FAMÍLIA: Arquivo confidencial
Você nunca errou por amor?

Araildes Maia

FAMÍLIA: Arquivo confidencial
Você nunca errou por amor?

Coleção
NOVOS TALENTOS DA LITERATURA BRASILEIRA

São Paulo 2009

Copyright © 2009 by Araildes Maia

Produção editorial	Equipe Novo Século
Projeto Gráfico e Composição	Claudio Tito Braghini Junior
Capa	Genildo Santana
Preparação de texto	Rinaldo Milesi

Dados Internacionais de Catalogação na Publicação (CIP)
(Câmara Brasileira do Livro, SP, Brasil)

Maia, Araildes
Família: arquivo confidencial: você nunca errou por amor? / Araildes Maia
Osasco, SP: Novo Século Editora, 2009. -- (Coleção novos talentos da literatura brasileira)

    1. Romance brasileiro I. Título II. Série

09-10814   CDD-869.93

Índices para catálogo sistemático:

1. Romance: Literatura brasileira   869.93

2009
IMPRESSO NO BRASIL
PRINTED IN BRAZIL
DIREITOS CEDIDOS PARA ESTA EDIÇÃO À
NOVO SÉCULO EDITORA
Rua Aurora Soares Barbosa, 405 – 2º andar
CEP 06023-010 – Osasco – SP
Tel. (11) 3699-7107 – Fax (11) 3699-7323
www.novoseculo.com.br
atendimento@novoseculo.com.br

Dedico este livro aos leitores do meu primeiro romance, *A Baianinha*, os quais o adquiriram, leram e com seus comentários me ajudaram a crescer como escritora e, solicitando um próximo romance, me impulsionaram a escrever cada vez mais e melhor.

Agradecimentos

Em primeiro lugar agradeço a Deus por me dar mais esta oportunidade durante a minha existência. Agradeço também aos meus três filhos, Ana Lívia, Márcio e Victor Hugo, pelo amor, carinho e paciência que sempre tiveram comigo, ajudando na digitação do texto, lendo os originais deste livro e dando dicas e opiniões importantes, especialmente a Victor Hugo, que, com seus comentários, ajudou a deixar minhas ideias mais claras e tornar este trabalho mais interessante para os leitores. Agradeço também ao meu esposo, Gilberto, pelo amor e compreensão durante a elaboração da obra.

Prefácio

Araildes surge em cena, mais uma vez, na condição de escritora, desta feita brinda-nos com este interessante livro *Família: Arquivo confidencial*. Não sei se inicio minhas palavras falando do ser humano, mulher dinâmica e inteligente ou da acadêmica dedicada, sempre presente aos nossos eventos no sodalício baiano. Só não aparece nas nossas sessões das sextas-feiras quando o trabalho não permite ou quando está viajando; sim, porque viajar é importante, pois as pessoas lidas e viajadas sabem mais e podem ensinar melhor.

Há algum tempo lançou o livro *A Baianinha* e colocou na capa a foto de sua filha querida, enviando ao mundo, ao mesmo tempo, dois filhos: a filha amada e bela e o livro útil e bem escrito – que chegou a ser adotado no Colégio 2 de Julho, coincidentemente – o local onde a nossa Academia de Cultura está se reunindo atualmente.

Gostei muito de ler os originais do presente livro e saber que Caldas do Jorro, situada na região de Tucano, é mencionada com prioridade e que ali morou Vihumar, um dos personagens principais. Antes de ser o centro turístico que é, Caldas do Jorro era a fazenda *Macaco*, propriedade do meu avô, Rozendo Ferreira Primo. Gostei também do caráter regionalista desta obra, pois é necessário falarmos dos usos e costumes, portanto, da cultura do interior do estado da Bahia, em verdade, onde tudo começou neste país de contrastes, mestiço, forte, belo e único...

A autora é graduada em Magistério, tem o curso de Licenciatura em Ciências e Matemática pela UFBA e é agente de transformação pela Universidade Holística Internacional. É bom lembrar que a palavra *Holos,* como sabemos, vem do grego e quer dizer Todo. Em síntese, somos a parte buscando o Todo que é Deus e é por isso que a vida é cheia de mistérios, segredos e buscas constantes...

A trama deste romance também fala de confidências, confianças e desconfianças, da necessidade do diálogo em todos os níveis, a validade insubstituível do amor e a necessidade e urgência da harmonia dentro da família (que é cheia de *arquivos*) e por analogia – da importância da paz social, mundial e cósmica.

Livro bom de se ler, escutar as conversas entre os personagens e de aprender e reaprender com os mestres aqui citados e relembrarmos desta sentença irrecorrível:

"Onde quer que você se encontre, é exatamente onde precisa estar neste momento", deixando bem claro que tudo nesta vida é merecimento, resultado da lei de causa e efeito que vamos movimentando através do uso do livre arbítrio que nos foi concedido pela Inteligência Suprema.

Arailds da Silveira Maia Valois Costa, cujo nome já é uma frase, um verso, um poema, é também integrante da Academia Internacional de Letras, Artes y Ciencias, sediada em Buenos Ayres, Argentina – o que quer dizer, em outras palavras, que é lida também em outros países, como aconteceu no sucesso do seu livro anterior, anteriormente mencionado, que serve até de indicação para os estrangeiros que nos visitam traduzirem e entenderem melhor nossos costumes baianos e a essência da nossa brasilidade.

Por isso, recomendo a leitura deste livro e parabenizo à acadêmica Arailds por mais esta feliz iniciativa.

* Benjamin Batista é advogado e escritor. Presidente da Federação das Academias de Letras e Artes da Bahia (FALA, BAHIA) e da Academia de Cultura da Bahia.

Capítulo 1

Vihumar não é um nome encontrado facilmente entre as pessoas que conhecemos. Mas havia, no entanto, um menino a quem todos chamavam de Vihumar. Nome escolhido pela sua mãe, que sempre foi apaixonada pelo mar. Vihumar nasceu na Bahia, na cidade de Caldas do Jorro, às 5 horas da manhã. O galo cantava e os pássaros voavam de galho em galho, saudando um dia muito bonito, véspera do Natal. Como sua mãe costumava dizer: "Foi nesse dia tão lindo e marcante que ganhei o melhor presente de Natal de minha vida". Vihumar era uma criança muito bonita, esperta, gordinha, cabelos encaracolados, olhos verdes bem grandes e pele morena. Tinha também o principal: saúde de ferro e estava chegando para uma família onde encontraria muita paz e muito amor.

As pessoas costumavam falar:

— Nasceu o mulatinho do sr. Maurício e da dona Laura.

Vihumar viveu uma boa parte da sua infância não apenas na companhia de seus pais, mas também na de seus avós paternos, dr. Alexandre e dona Maria da Conceição, que, na ocasião do nascimento do neto, deixaram sua residência em Salvador, levando com eles dona Lôla, pessoa de muita confiança, para ser governanta da casa do filho, e a prima dela, dona Primavera, que já trabalhava há pouco mais de seis meses com eles, porque havia perdido o emprego de auxiliar de enfermagem e, por falta de opção, tinha resolvido fazer uma experiência como cozinheira, já que cozinhava muito bem. Então, a partir dessa decisão, os avós de Vihumar resolveram comprar uma casa junto ao sítio do filho para que pudessem ajudar na educação do primeiro neto tão querido e amado. O dr. Alexandre e a dona Maria da Conceição eram mais conhecidos pelos seus apelidos; parentes, vizinhos e amigos costumavam chamá-los de Xande e Concinha.

O avô de Vihumar era formado em Biologia e em Medicina, o segundo curso concluído muitos anos após seu casamento. Antes de exercer a profissão de médico, tinha sido, durante um longo tempo, professor de Biologia da Universidade Federal da Bahia. Seu único filho, Maurício, após o casamento, tinha ido morar no interior com dona Laura, pois havia acabado de passar em um concurso para juiz estadual e tinha de tomar posse em Caldas do Jorro. Por isso, o dr. Alexandre, sentindo-se muito solitário, já que o filho era seu amigo e confidente, e a esposa parecia viver "no mundo da Lua", sempre muito preocupada e nervosa, o que o deixava intrigado, sem perceber motivo aparente para tal comportamento, resolveu fazer um novo vestibular, pois gostava de desafios, e era também uma forma de preencher mais o seu tempo e esquecer as preocupações com a esposa. Logo em seguida à conclusão do curso de Medicina, conversando com o filho, surgiu a ideia de começar a nova carreira no interior, já que havia se aposentado muito cedo como professor e na época do nascimento do neto não havia médico na cidade de Caldas do Jorro. Assim, o dr. Alexandre aproveitou o convite do filho e da nora para juntar o útil ao agradável, deixando a casa em Salvador apenas para as férias e feriados longos – pelo menos foi essa a ideia inicial do casal.

Dr. Alexandre, como era chamado pelos seus pacientes, no início da sua carreira, ficou sendo o único médico da cidade onde passou a morar, porque os dois que atendiam antes da sua chegada foram embora alegando insatisfação com o baixo salário que recebiam. O avô de Vihumar, por causa da grande dedicação que tinha pelos doentes, tornou-se muito respeitado pelos pacientes que atendia no hospital e por todas as pessoas que o conheciam, que admiravam a seriedade com que ele executava suas atividades. Era cada vez mais admirado, e os seus pacientes, ao longo do tempo, foram adquirindo mais confiança no trabalho que ele fazia. Vestia-se muito bem; não se via grão de poeira nas roupas brancas que usava para trabalhar em seu consultório e no hospital; por onde passava, deixava um perfume muito agradável, porque não dispensava a água-de-colônia para sair de casa.

O sr. Maurício, assim como seu pai, era um homem vaidoso, elegante; usava sempre a mesma marca de perfume, o que fazia com que sua presença nos lugares se tornasse inconfundível; era um juiz de direito muito competente, honesto e justo.

Dona Laura tinha curso superior, pós-graduação e mestrado, e exercia a profissão de professora do Ensino Fundamental. Muito feliz com sua escolha, dizia que não saberia fazer, tão bem, outra coisa na vida. Sempre muito vaidosa, mantinha unhas limpas, cabelos e dentes impecáveis. Saía para trabalhar muito bem vestida, usava um perfume suave no corpo e não esquecia o guarda-pó para não sujar a roupa na sala de aula.

Dona Laura, além da imensa felicidade com o nascimento de Vihumar, conseguia, a cada dia, realização profissional com seus alunos em sala de aula. Chegava a dizer: "vou para minha terapia". Era apaixonada por crianças e adolescentes. Amava realmente a maioria das coisas que fazia e achava que só assim valia a pena viver. Para seguir essa profissão, desafiou a tudo e a todos de sua família, porque, principalmente seus pais, queriam que ela escolhesse algo que desse mais rentabilidade e fosse menos desgastante. Ela lhes disse que, ainda que ganhasse pouco dinheiro com o fruto do seu trabalho, não se importaria. Fez o que almejou e, por isso, era realizada profissionalmente.

Vihumar era um felizardo. Além de ter os pais inteiramente para ele, porque era filho único, podia servir-se de tudo de bom que ambos tinham. Eles moravam em um sítio esplêndido, com casa de dois andares, varanda, escadaria, várias janelas, redes espalhadas ao redor da casa, tudo isso e muito mais. Na casa, havia um corrimão, na escada maior, em que Vihumar montava e deslizava com muita rapidez. Além das árvores, pomares, um belo jardim com vários tipos de flores do campo, um lindo roseiral, e uma maravilhosa piscina, que Vihumar curtia muito, onde nadava e dava várias cambalhotas. Vivia também pedindo a seus pais para deixá-lo chamar os colegas e amigos para que pudessem participar das brincadeiras que inventava, e também ajudá-lo a fazer peraltices, que não eram poucas.

O sítio era ótimo para brincar de esconde-esconde, jogar bola de gude, subir em árvores, jogar futebol, correr descalço, arrancar e chupar frutas dos pés das árvores, fazer campeonato de bicicleta, pular corda, quando ele e outro menino seguravam a corda, para que as meninas pulassem; enfim, a casa dele era boa para várias brincadeiras. Embora Vihumar fosse uma criança de situação financeira muito boa, gostava também de brincar com coisas simples que havia aprendido com seus pais.

A mãe de Vihumar vivia dizendo:

— Meu filho, calce os pés, você pode se resfriar!

Vihumar fingia não ouvir, e raramente obedecia. Ele não gostava, desde criança, de cumprir ordens. Se lhe pedisse, tudo bem; se ordenasse, ele não queria fazer.

O maior sonho dele era um dia vir para a capital conhecer o mar, os peixes e quem sabe um dia mergulhar para ver as coisas que existem no fundo do mar. Queria também andar de asa-delta, ultraleve ou paraquedas, porque sempre sonhava que estava voando, voando muito, igual a um passarinho. Ele sabia que, mais cedo ou mais tarde, o sonho de conhecer o mar se concretizaria, porque, para seus pais, era fácil levá-lo à capital baiana.

Uma das grandes alegrias da vida de Vihumar era a boa convivência com seus avós paternos e maternos, que sempre foram muito próximos do neto. Dona Anita, a sua avó materna, todos percebiam, tinha um carinho mais especial pelo neto. Embora dona Concinha, avó paterna, fosse bastante meiga, às vezes tinha atitudes ríspidas com Vihumar, parecendo ser mais mãe que avó, pois dizem que avô e avó mimam demais os netos; no entanto, não era o que se observava nas atitudes dela. Ela era formada em enfermagem pela Universidade Federal da Bahia e sempre fora uma pessoa muito culta e com ideias à frente de sua geração. Casou-se muito jovem, com apenas 18 anos, quando tinha completado o Ensino Médio. Só depois de alguns anos é que fez vestibular, e concluiu o curso superior dez anos depois do seu casamento. Ela estava sempre fazendo cursos e mais cursos de aperfeiçoamento em sua profissão e participava todo ano de um congresso em sua área, pois não se contentava com pouco saber. Logo após seu casamento, em questão de dias, engravidou de Maurício, seu único filho. O dr. Alexandre amava seu filho homem, mas queria uma filha a todo custo, porém, isso nunca aconteceu, porque dona Concinha não teve mais filhos.

Mas como na vida nada é perfeito, dona Concinha, que era uma pessoa aparentemente sem grandes problemas, alegre, carismática, bondosa, prestativa e honesta, andava, nos últimos tempos, nervosa e preocupada. Ela escondia de todos os parentes, amigos e conhecidos um fato muito sério ocorrido em sua vida, um grande mistério, que ela nunca teve coragem de revelar nem mesmo para o dr. Alexandre, o esposo que ela tanto amava. Achava que segredo não era para contar a ninguém, porque se contasse, deixaria de ser segredo, ou seja, na opinião dela apenas uma pessoa podia saber sobre aquele assunto misterioso. No entanto, apesar de pensar assim, em um determinado fim de semana, mudou de ideia, pois estava se sentindo tão sufocada, preocupada e angustiada por não ter com quem falar, que acabou confiando em uma pessoa muito próxima. Uma pessoa que, na verdade, não merecia sua confiança. E pensando estar sozinha em casa, Concinha começou a falar em voz alta sobre o assunto que guardava a sete chaves. Foi então que percebeu que tinha companhia.

— O que disse?

Dona Concinha, totalmente sem graça, respondeu:

— Não é bem isso que você ouviu.

— Eu ouvi muito bem, não houve nenhum engano, meus ouvidos estão bem limpos.

Não houve outra alternativa, a não ser contar toda a verdade, confirmando tudo que a pessoa ouvira, e naquele momento foi até bom, porque, finalmente, tinha com quem desabafar, mas dona Conchinha se sentia muito envergonhada do que havia feito, pois achava que tinha cometido um pecado grave.

Segundo a psicóloga, terapeuta e escritora Lídia Aratangy, "errar faz parte do processo de aprendizagem, o que faz a diferença é a maneira que você vai usar esse erro". Diz ainda que "cada ato seu, cada gesto seu, tem um significado, uma consequência". Na opinião dela "o ser humano é realmente muito complicado e afirma que uma verdade é sempre relativa".

Após a revelação, dona Concinha pediu pelo amor de Deus que a pessoa não contasse a ninguém o que ficara sabendo. E a pessoa cinicamente lhe disse:

— Não se preocupe.

A partir desse momento, sua vida se transformou num inferno, pois a pessoa que ela julgou ser de total confiança passou a lhe fazer constantes ameaças.

Capítulo 2

Alguns anos se passaram, Vihumar já estava com quase 10 anos e sempre que não estava estudando, fazia experiências, mágicas e outras coisas mais, porque, embora fosse uma criança travessa, era bastante estudioso e inteligente e não deixava de fazer a lição de casa nem um dia. Com todas as peraltices, ainda conseguia ser o melhor aluno da classe.

No seu décimo aniversário, o presente que pediu a seu pai foi um cavalo, pois há alguns meses vinha manifestando o desejo de aprender a montar.

Quando o filho disse o que desejava ganhar, o sr. Maurício olhou espantado para o filho, perguntando:

— Você quer ganhar um cavalo de verdade?

— Sim. Um cavalo branco de verdade. De mentira é que não poderia ser.

— Branco?

— Sim. Porque, quando eu tiver uma namorada, eu vou buscá-la no meu cavalo branco para passear.

O pai riu muito.

— Você ainda é um fedelho, saindo dos cueiros, não é hora de falar em namorada. Vou pensar no assunto. Vou conversar com sua mãe, depois eu lhe dou a resposta. Só me faltava essa, tão cedo já quer aprender equitação.

— O que é isso?

— Equitação? Você é um menino tão esperto e não sabe?

— Quando a gente não sabe as coisas não é pra perguntar? Então responda.

— Equitação é a arte de andar a cavalo. Bem, como já falei, vou resolver com sua mãe se vamos dar o cavalo para você de presente de aniversário.

E assim fez. Conversou com a esposa, e dona Laura argumentou:

— Maurício, a gente faz muitas vontades a Vihumar, não podemos dar tudo que ele pede. Já é filho único, não tem com quem dividir as coisas, embora a gente ensine a ele que deve repartir com os outros tudo de bom que temos, mesmo assim, a tendência natural é que fique com quase tudo para ele, por ser nosso único filho. Eu acho que devemos ter cuidado quando ele pedir as coisas, mesmo que a gente tenha condições para dar, vamos, de vez em quando, dificultar um pouco, para ele não se acostumar mal.

— Sim, tudo bem, você está certa, mas eu quero saber: vamos ou não vamos dar o pônei a ele?

— Apesar de tudo que eu disse, vamos dar sim; ele merece, é um ótimo filho apesar das travessuras.

Na véspera do aniversário de Vihumar, eles esconderam o pônei branco, perto do pequeno haras que haviam construído para satisfazer o filho. Sobre a relva verde, colocaram o cavalo extremamente raro, muito bonito, todo enfeitado com flores do campo e laços de fitas azuis; escovaram os pelos do cavalo e o deixaram bem bonito para o dia seguinte, quando dariam um grande churrasco no quiosque, que havia no sítio, para os amigos mais chegados, parentes e coleguinhas de escola de Vihumar, principalmente Zezinho, a quem todos chamavam na escola de "Zezinho Bundão", e Aline, a "Menina Maravilha", melhores amigos do aniversariante.

Enquanto a paz e a alegria reinavam na casa do aniversariante, seus pais nem imaginavam o que estava se passando na casa vizinha, onde moravam os avós paternos de Vihumar. Dr. Alexandre estava cada vez mais intrigado com as ligações que a esposa recebia no celular. As ligações eram sempre feitas de um dos orelhões das ruas de Caldas do Jorro ou até, algumas vezes, de ruas de Salvador. Ele via que a esposa atendia às ligações sempre com monossílabos e desligava muito nervosa. Outro fato que o deixava bastante pensativo era o fato de dona Concinha ir todo final de mês a Salvador e fazer questão de ir sozinha, dando sempre uma desculpa para o marido não acompanhá-la. Ela se justificava dizendo que ficaria mais à vontade para fazer compras e conversar com as amigas ou argumentava que depois de tantos anos de casamento não era preciso tanto grude. Saía muitas vezes brincando com o marido dizendo:

— Sai do meu pé, chulé.

Dr. Alexandre se surpreendia:

— Eu, hein! Até pra isso você deu. Ficar falando palavras grosseiras, termos chulos, próprios da ralé.

Ela retrucava dando risada:

— É, Xande, até que rimou chulé com ralé.

Ela ia a Salvador sempre no fim do mês, geralmente em dia útil, e retornava para Caldas do Jorro no mesmo dia ou, no máximo, na manhã seguinte.

Capítulo 3

Vihumar nem conseguiu dormir direito na véspera do seu aniversário, passou a noite quase em claro, sonhando acordado com o grande dia! Dona Laura e sr. Maurício acordaram o filho logo depois da meia-noite, pois queriam ser os primeiros a abraçá-lo, antes mesmo que o dia amanhecesse, cantando o "Parabéns pra você, nesta data querida..."

Na manhã seguinte, dia 24 de dezembro, quando estava completando 10 aninhos, Vihumar levantou-se cedo e foi direto à sala de jantar, onde encontrou todos os seus familiares muito felizes. Na sala, a mãe acabara de ornamentar o bolo de um metro, que ela mesma fizera questão de preparar para o filho.

O sítio estava todo enfeitado com faixas em cores azuis e brancas, as preferidas do aniversariante, com dizeres carinhosos e muitas bolas de soprar e apitos. Logo que acordou, Vihumar perguntou aos pais:

— Hum! Vocês não vão me dar presente? Hoje eu faço 10 anos, é de mãos vazias que vocês me dão o abraço?

Dona Laura respondeu:

— Deixe de ser malcriado, rapazinho! Venha com a gente ver a surpresa. Nós já deixamos de lhe dar presente em seu aniversário?

Antes que ele respondesse, o sr. Maurício perguntou:

— Já lhe negamos algum prazer que desejasse?

— Não. Mas hoje vocês não trouxeram nada. Nos outros anos vocês me abraçam com o presente nas mãos.

— Porque este ano o presente não pode vir até você. Você é que vai até ele. Venha conosco. Venha logo.

— Só quero ver que presente é esse.

Por um instante ele se esqueceu do que havia pedido. Dirigiram-se para o local em que estava alojado o cavalo, a pequena estrebaria ou, como vamos chamar, o pequeno haras.

O menino Vihumar, ao se aproximar e enxergar o pônei, estremeceu, seus olhos brilharam, e ele pulava de tanta alegria. Abraçava seus pais e corria para o cavalo dizendo:

— Eu consegui, eu consegui, você vai ser meu melhor amigo e confidente, viu?

Os pais perguntaram:

— E nós?

— É diferente. Vocês são as pessoas mais especiais do mundo para mim.

— Ainda bem que você pensa assim. Estávamos ficando com ciúme do pônei.

Todos riram.

— Você já é meu maior confidente. Já que meus pais nunca resolveram me dar um irmãozinho.

Os pais nem deram resposta, não queriam estragar tanta alegria do filho. Também não queriam tirar o brilho daquele dia tão especial.

Vihumar passou a manhã inteira indo visitar o seu cavalo branco, ao qual ele deu o nome de Espertinho. Ele, quando ficou sozinho com o pônei, falou:

— Você vai ser meu confidente, meu amigo, meu cúmplice e, embora o único, o meu predileto, viu? Olha, Espertinho, não sei nem o que quer dizer a palavra cúmplice, mas deve ser coisa boa, todo mundo fala.

Vihumar perguntou para o cavalo:

— Você sabe, Espertinho, o que é ser predileto para alguém? Vou lhe dizer: é "ser querido com predileção". Eu vi essa palavra no dicionário. Alguém falou, eu não sabia o que era, então, fui procurar para aprender. Você ainda não entendeu, não é? Você vai ser o meu preferido. Porque predileção quer dizer: "preferência acentuada por alguma coisa ou alguém".

A mãe de Vihumar, como boa professora que era, não perdia a mania de sempre querer ensinar alguma coisa a alguém mesmo fora da sala de aula. Nesse dia, antes de os convidados chegarem para o aniversário, ela chamou o filho para explicar algumas coisas a respeito da palavra "aniversário".

— Vihumar, venha ver como seu bolo está bonito!

— Já vou, mamãe.

— Venha logo, menino!

— Já estou indo.

Vihumar veio montado no corrimão da escada deslizando vertiginosamente. O corrimão era o seu tobogã particular, que vivia sempre bem lustrado, diariamente polido.

— Vihumar, você sabia que a palavra "aniversário" tem origem no latim?

— Eu não, ninguém nunca me disse. Como eu poderia saber?! Não sou adivinho!

— Deixe de ser malcriado e não me interrompa. Ela é uma adaptação de *anniversarius*, que significa "aquilo que volta todos os anos". Você sabe por que o bolo?

— Claro que sei.

— E por que é?

— Porque é gostoso e todo mundo quer comer, os convidados já trazem o presente e não podem sair sem comer nada.

— Não é nada disso, menino. O bolo de aniversário vem da mitologia grega. Estudiosos afirmam que todo dia seis de cada mês o povo antigo oferecia um bolo para Ártemis, a deusa da caça. Você sabia também que o costume de colocar velas sobre o quitute originou-se na Idade Média?

— Claro que não, já falei que não sou adivinho.

— Ouça, menino. Pois é, os camponeses achavam que as velas trariam luz para o homenageado. Viu, meu filho, quanta coisa legal você aprendeu e pode passar para seus amiguinhos hoje?

— Meus amiguinhos não querem saber de nada disso, querem é comer o churrasco, o bolo, os brigadeiros, beber refrigerantes e brincar comigo. Isso é que eu sei que eles querem. Tchau, mamãe. Obrigado pelas informações.

Família: arquivo confidencial

— Vihumar, vá logo tomar banho para esperar limpinho seus convidados e meus pais, que vão chegar de Salvador. Os pais de seu pai vão chegar também, mas eles moram aqui ao lado.

— Não sei pra que tomar banho, depois eu vou me sujar todo mesmo.

— Menino, não resmungue e me obedeça.

— Está bem, está bem, mamãe, eu vou, viu? Eu vou, meu grande amor da minha vidinha — disse Vihumar, dando dois beijos na mãe.

Vihumar é um menino muito carinhoso com os pais e com as pessoas de um modo geral.

A Estância Hidromineral Caldas do Jorro está situada no município de Tucano, a seis quilômetros de sua sede, com uma altitude de aproximadamente 220 metros em relação ao nível do mar. Tem administração própria e autonomia financeira. A sua água provém de uma perfuração feita pelo Conselho Nacional de Petróleo e a profundidade do poço é de 1.861,42 metros, considerado inesgotável, tendo em vista as enormes reservas existentes.

Sempre que podia, dona Laura explicava para o filho um pouco do que sabia sobre a cidade Caldas do Jorro. Nesse dia mesmo do aniversário de Vihumar, antes de os convidados chegarem, enquanto ajudava o filho a se vestir, ela dizia:

— Vihumar, você sabia que as águas do Jorro são resultantes da combinação de dois lençóis freáticos aproveitados com revestimentos e colocados filtros numa extensão de 270 metros em arenito aquíferos, provindo deles água com grande pressão e em abundância?

— Eu, hein! Não estou entendendo nada, mamãe, que você está falando! Tantas palavras difíceis: freáticos, arenito, aquíferos, revestimento, provindo. Parece até que você está pensando que está conversando com o papai. Não quero saber nada disso. Hoje é meu aniversário!

— Tá bom, meu filho, você tem razão, mas para completar o que eu estava dizendo, as suas propriedades terapêuticas já são bastante conhecidas e comprovadas. Afirma-se que é a melhor fonte de água termal do Brasil e comparável às melhores do mundo, tal como VicHy, na França, cuja temperatura é de apenas 36 graus.

— Pôxa, mamãe, você quando começa a falar parece que não quer parar mais. Continuo sem entender nada. Não sei o que quer dizer terapêuticas, propriedades, comprovadas.

— Ah, meu filho, outra hora eu lhe explico o significado dessas tantas palavras que você não entendeu. Você está certo, parece que eu estou conversando com gente grande. Olha, a água de poço de Caldas do Jorro é limpa e abundante. Com grande pressão e desprendimento de gases espontâneos, dissolvidos no volume de água termal, a uma temperatura de 48 graus centígrados.

— Ah, mamãe! Chega de aula de geografia em pleno domingo, dia do meu aniversário... Chega!

— Está bem, meu querido, os convidados já devem estar chegando. Vamos descer.

Mais uma vez, Vihumar desceu montado no corrimão da escada deslizando e contrariando sua mãe.

— Menino, você vai chegar lá embaixo todo amarrotado.

— Não tem importância, vou chegar parecendo um papel crepom. O que é que tem?

A mãe riu e relevou porque era o aniversário dele.

A festa foi muito divertida, as crianças adoraram o presente que Vihumar ganhou dos pais, e todos quiseram montar. Vihumar estava muito feliz com a presença de todos, inclusive dos seus avós maternos e paternos, sr. Davi e dona Anita, dr. Alexandre e dona Concinha, que, embora angustiada com as ameaças que vinha recebendo, disfarçou a preocupação com seu problema. Vihumar brincou o dia todo com os colegas e amigos. Jogou bola, deu mil cambalhotas na piscina, subiu e desceu na pequena escorregadeira ao lado da piscina, jogou bola de gude... As meninas brincaram de roda, de macaco, fizeram um time de vôlei... Na hora de partir o bolo, Vihumar deu o primeiro pedaço para Aline, a sua amiga preferida.

Ao anoitecer, antes de ir se deitar, Vihumar aprontou uma de suas peraltices. Dona Concinha e dona Anita estavam conversando um pouco com dona Laura. Vihumar pegou uma caixa de fósforos e alguns palitos de dentes e, por trás da janela do quarto de sua mãe, de uma das varandas, ele foi espetando os palitos nos cabelos das avós. Quando foram dormir, elas encontraram os palitos e se perguntaram:

— Será que eu estou ficando maluca? Eu, hein! Eu coloquei palitos nos meus cabelos e nem percebi? Ou alguém colocou? Bem, vou tirá-los e não vou comentar com ninguém. Estou usada, mas não estou caducando. Não, eu não sou louca.

O que elas não sabiam é que o sr. Maurício e dona Laura tinham visto os palitos quando elas saíram do quarto e tinham comentado:

— Nossas mães estão ficando malucas? Tantos palitos nos cabelos!

Eles não sabiam que se tratava de mais uma peraltice do filho. Os pais de Vihumar cumpriram mais uma vez o ritual de colocar o filho para dormir e rezarem juntos o Pai Nosso e a Ave-Maria. Rezaram ainda a oração do anjo da guarda: "Santo Anjo do Senhor, meu zeloso guardador, se a ti me confiou a piedade divina, sempre me rege, me guarde, me governe, me ilumine, amém".

E naquela noite, os pais de Vihumar prometeram outro presente a ele.

— Meu filho, disse o sr. Maurício, você vai para Salvador com seus avós para conhecer o mar.

Vihumar nem acreditou no que estava ouvindo.

— Verdade, papai, verdade, mamãe?

— Claro que é verdade, meu filho, a gente não mente para você.

Vihumar disse que nem ia conseguir dormir direito, pensando em ver o mar.

Então, sua mãe lhe disse:

— Meu querido, na verdade foi displicência nossa não ter lhe levado antes para ver o mar. Também, nós não tínhamos parentes morando em Salvador, com exceção de meus pais, que voltaram para lá faz pouco tempo; seus avós, por parte do seu pai, moravam lá, mas depois que viemos morar aqui eles vieram também, e temos muitos afazeres aqui. Por outro lado eu achava, e seu pai também concordava comigo, que seria melhor que levássemos você para ver o mar quando estivesse crescidinho, porque a emoção que você sentiria seria maior, achávamos que você se contentava com as águas e piscinas termais daqui de Caldas do Jorro. Mas o importante é que seu grande sonho vai ser realizado.

Capítulo 4

O dia amanheceu, e como era uma segunda-feira, Vihumar acordou com a voz de sua mãe:

— Acorda, menino! Está na hora da escola! Depois que fizer suas orações vá direto para o banheiro escovar os dentes e tomar banho. Seja rápido no banho. Está me ouvindo? Forre a cama também.

— Estou, mamãe. Também, do jeito que você está gritando, só não ouviria se fosse surdo.

— Para de resmungar e anda depressa. Olha, Vihumar, meus pais vão passar a semana aqui. No fim de semana vão levá-lo para Salvador. Assim, eu fico um pouco a sós com seu pai e descanso das suas traquinagens.

— Ah, mamãe, fala a verdade! Você e o papai vão morrer de saudade de mim.

— Vamos mesmo, nós o amamos muito. Mas que você é travesso, é.

— Eu estava pensando que ia conhecer o mar hoje.

— Como hoje, menino, se você tem aula?

— Eu podia ir pela tarde e voltar no mesmo dia, à noite.

— Vai cuidar de tomar seu chocolate com pão e biscoito. Aliás, acho que essa história de chocolate todo dia pode não fazer bem. Não se esqueça de chupar uma fruta antes e tomar o suco também. Ouviu bem? Para não desmaiar na escola.

— Eu nunca desmaiei na escola. Oh, oh, oh! Sou bem fortinho. Eu tenho a força — disse dando uma cambalhota.

Todos os dias o pai o levava para a escola e a mãe ia buscá-lo. Porém, até chegar em casa, ele ia furando e escrevendo palavras com um prego em todas as terras que encontrava pelo caminho e se escondia da mãe atrás dos postes que encontrava, para ela voltar e procurá-lo. Um dia, a professora comentou com sua mãe:

— Ele é um garoto muito inteligente, mas não sei como consegue ser o melhor da classe, pois mexe com todo mundo. Nem seus melhores amigos escapam das suas gozações. No Zezinho, por exemplo, que ele diz ser seu melhor amigo, colocou o apelido de "Zezinho Bundão". Só porque o assento da cadeira era menor que o bumbum de Zezinho; ele percebeu e colocou o apelido. Eu tive de mandar fazer uma cadeira com um assento maior para Zezinho, pra ver se Vihumar parava com as gracinhas. Em Aline, que ele diz que também é sua melhor amiga, colocou o apelido de "Menina Maravilha", porque se junta a ele para ajudar em suas peraltices, e embora tenham a mesma idade, ela anda sempre de batom e unhas grandes e pintadas. Enfim, dona Laura, ele bole com todo mundo. Mas o que admiro é que ele é um menino que, embora seja assim, é sensível e não provoca nem "caçoa" de ninguém. E só continua com as brincadeiras se percebe que as pessoas não estão magoadas nem aborrecidas com ele. É... seu filho é um menino especial. Outro dia, ele falou na sala de aula que estava doido para crescer logo, virar homem, para ter uma formatura e não precisar ficar todo dia estudando tantas disciplinas, porque não sabia para que decorar tanta coisa que nem ia precisar usar um dia. Eu lhe disse: "Você que pensa que não vai precisar estudar depois de formado; aí é que você vai ter de estudar mais e mais, porque, senão, você não vai se destacar na sua profissão. Porque hoje em dia não basta o diploma, tem de fazer cursos de especialização naquilo que você estudou". Sabe o que ele falou? "Eu não sei o que é especialização, professora. Que palavra difícil!", e eu, em seguida, expliquei o significado da palavra. Ele disse: "Bem, pró, mas eu como gente grande vou mandar na minha vida e vou estudar do meu jeito. E também quero trabalhar para ganhar muito dinheiro e ajudar os pobres, os doentes e os deficientes físicos. Quero arrumar emprego para eles, porque eles também são gente que o

Brasil precisa!" Esse seu filho, dona Laura, é realmente incrível. Ele é sempre o líder da sala, até mesmo no recreio. Eu não quero que a senhora brigue com ele, mas teve um dia na hora do recreio que ele convenceu todos os colegas a comprarem pizza, e todos compraram. Ele se juntou a Zezinho e Aline e colocaram bastante ketchup em todas as pizzas dos 25 colegas e ninguém conseguiu comer de tão enjoadas que ficaram. Começaram a fazer um Festival de Pizza, um jogando na cara do outro. Depois correram todos para o banheiro para lavarem os rostos e voltaram para a sala de aula sujos de ketchup e com massa de pizza nas roupas. Eu falei que aquela atitude deles estava errada, até porque vivemos em um país que tem muita gente passando fome; não é justo nem correto esbanjar comida; tem gente pegando do lixo. Ele respondeu: "Ah! Desculpe, professora, nem pensei nisso". É, minha cara, seu filho vai longe... Consegue ser respeitado por todos, aprende tudo com facilidade e sempre domina as situações por mais absurdas que sejam.

Dona Laura respondeu:

— Eu não estou achando a menor graça nessas brincadeiras de Vihumar. Ele merece um castigo. Vou falar com o pai dele e vou combinar para ele passar pelo menos dois finais de semana sem jogar videogame e futebol, que são as coisas que ele mais gosta de fazer.

— Não faça isso. Eu não lhe contei para a senhora castigá-lo.

— Está bem, dessa vez eu vou relevar, mas na próxima ele não me escapa.

Capítulo 5

Chegara o fim de semana e Vihumar estava muito animado para ir conhecer o mar. Suas avós, que costumavam ter dores na coluna, nesse dia, em que se preparavam para a viagem, pois era final de mês e dona Concinha ia fazer mais uma de suas viagens misteriosas, comentaram uma com a outra que estavam sentindo dores fortes na coluna e acharam ótima a ideia de aproveitar a oportunidade rara de estarem juntas para conhecerem a cidade de Caldas de Cipó. Vihumar ouviu a conversa e foi correndo falar com a mãe.

— Você me disse que eu ia este fim de semana conhecer o mar.

— E vai mesmo, já estou arrumando sua mala. Dona Primavera vai junto também porque me pediu que a deixasse ir para cuidar de você e aproveitar para visitar a mãe doente, que mora em Salvador.

— Mas vovó Anita e a vovó Concinha estão falando que vão para uma cidade chamada Caldas de Cipó. Então, eu vou para Salvador sozinho, nem que seja caminhando.

— Deixa de maluquice, Vihumar, eu vou conversar com elas, espere aqui.

— Mamãe — perguntou dona Laura a sua mãe — vocês não vão voltar para Salvador hoje?

— Estamos resolvendo que não.

— Por quê?

— Porque estamos com muitas dores na coluna; acho que estranhamos as camas; Concinha inventou dormir aqui para conversarmos mais tempo e acordou toda dolorida também. Então, vamos aproveitar que estamos juntas para conhecer Caldas de Cipó, que tem águas classificadas como hipertermais, fracamente radioativas, bicarbonatas, cálcicas, magnesianas, líticas, ferruginosas...

— Ah, mamãe, onde você aprendeu tantas coisas sobre essa cidade?

— Eu li em uma revista. E ainda tem mais. As águas têm ação terapêutica: são antianafiláticas, diuréticas, colagogas. Aumentam a eliminação da ureia e do ácido úrico.

O dr. Alexandre apareceu e começou também a falar sobre as águas de Caldas do Cipó.

— Elas estimulam o metabolismo. Exercem ação excitomotora do aparelho gastrointestinal, hipotensora, antirreumática e analgésica.

Dona Concinha quis saber mais:

— Xande, são indicadas mesmo para quê?

— As indicações terapêuticas são as seguintes: moléstias alérgicas, eczema, asma, bronquite, afecções gastrointestinais, hiperacidez gástrica, úlcera gastroduodenal, anorexia, prisão de ventre, colite, icterícia, litíase renal e vesicular, doenças reumatológicas, astenia geral.

— Eu soube que o uso da água pode ser feito como bebida, em banhos termais, duchas, emanações e banhos de lama — disse dona Concinha.

— É verdade. As pessoas podem beber 1 litro d'água ao longo de 24 horas, mas, eventualmente, até 2 litros sob prescrição médica. Só tem um detalhe: vocês precisavam verificar se o melhor hotel de lá está em funcionamento, pois eu vi em uma reportagem que ele estava fechado. Digo isso porque ele era o ideal para vocês ficarem hospedados. Mas eu soube também que existem outras opções no local para banho.

— Já vi que não é neste fim de semana que meu filho vai conhecer o mar — interrompeu dona Laura. Vocês estão com a cabeça feita para visitarem Caldas de Cipó e agora, depois dessa aula que o dr. Alexandre, meu querido sogro, deu para vocês, piorou. Mas confirmem essa história do hotel.

— Não. Vamos de qualquer jeito. E quanto ao que você comentou que não é neste fim de semana que Vihumar vai conhecer o mar, é isso mesmo; no outro fim de semana levaremos o nosso neto para conhecer o mar. Ele já esperou até agora, pode esperar mais um pouquinho. Ele é muito jovem, nós é que não podemos esperar, porque já estamos em uma idade que não devemos deixar para amanhã o que é possível fazer hoje.

— Eu só não estou entendendo uma coisa: vocês estão aqui, em Caldas do Jorro, que tem água termal e querem ir para outra cidade, fazer uma viagem para ter a mesma coisa que têm aqui?

— Minha filha, não procure entender estas duas — disse o sr. Davi.

— É isso mesmo, na nossa idade nada pode ser censurado. Nós também temos o direito de curtir. E aí, minha norinha, vai encarar?

— De jeito nenhum, minha sogra querida. Tudo bem, façam o que vocês acharem melhor. Vocês têm todo o direito de distração, principalmente na idade de vocês, que dizem que é a "melhor idade". Embora eu ache a melhor idade ou a de um adolescente ou a idade que estamos vivendo no presente, desde que estejamos bem.

— Idade... Que idade? Velho, minha norinha, é o mundo. O mundo. Nós somos jovens na cabeça, no coração e na vontade de viver intensamente cada momento, como se fosse o último. E façam isso também porque ninguém tem a vida nas mãos.

— Olha, eu não chamei vocês de velhas, por favor, não me interpretem mal! Agora vocês duas vão comunicar para Vihumar que o sonho dele ficará adiado para a próxima semana.

— Tudo bem, comunicaremos. O que demora mais tempo para ser adquirido, quando conquistado tem um sabor melhor.

— Nem sempre, às vezes desgasta e perde a graça — respondeu dona Laura.

E completou:

— Ok, vocês venceram.

Os avós explicaram para Vihumar por que a viagem seria adiada. Ele resmungou um pouco e disse que criança sempre ficava em segundo plano. Seus pais e seus avós disseram que não era bem assim. No fim, ele se conformou e foi brincar com os amigos; colocaram várias latas presas nos dois carros dos avós para fazer zoada quando eles fossem sair e escreveram nos vidros dos automóveis: "Tenham boa viagem, mas não esqueçam da minha viagem na próxima semana. Amo vocês! Quero conhecer esse mar ao vivo e a cores; dizem que ele é grande e bonito, porque pela televisão e pela tela do cinema já estou cansado de ver.

Beijos,

do netinho único e querido,
Vihumar, dois em um".

Capítulo 6

Vihumar passou a semana sonhando com a sua viagem para a primeira capital do Brasil, Salvador.

Ficou envolvido durante toda a semana com os seus estudos, pois estava fazendo provas e, nas horas livres, cuidou, com todo o carinho, do seu cavalinho branco, com quem ele conversava e desabafava como se ele fosse gente.

Toda noite era incentivado pela sua mãe a tomar mingau e sopa de verduras com carne, frango, para ficar sempre forte. De vez em quando resmungava dizendo:

— Todo dia esta chatice.

No almoço, comia cozidos, feijoadas, legumes, tudo para se tornar um rapazinho bem forte. Tinha também de chupar bastantes frutas e comer verduras, mesmo contra sua vontade.

Sua mãe sempre lhe dizia:

— Quero que você tenha uma alimentação saudável, porque é essencial para ter saúde boa. Já dizia minha avó: "Saco vazio não fica em pé". Eu e seu pai queremos que você só morra bem velhinho. Mas, para isso, você tem de fazer sua parte: alimentando-se bem, dormindo cedo, fazendo regularmente exercícios físicos, entre tantas outras coisas.

— Mamãe, eu já disse: "eu tenho a força!". Se um dia eu chegar a morrer, vai ser com 200 anos — e deu uma cambalhota.

— Menino, você quer quebrar o pescoço?

— Claro que não. Sei que não vou quebrar porque já estou craque nisso.

— Vá dormir, porque amanhã você tem prova de matemática.

— Eu não estou com sono.

— Não importa. Vá para cama que o sono chega. Não se esqueça de rezar bastante, pedindo muita saúde e sorte, perdão pelos seus pecados ao Papai do Céu e agradecendo por mais um dia de vida e por tudo que ele tem feito por nós, pelos nossos amigos, parentes e pela humanidade. Peça à Mamãe do Céu muita paz, também.

— Todos os dias eu falo essas coisas com Deus, Jesus e Nossa Senhora; eles já estão cansados de ouvir a mesma coisa. Vão acabar pedindo férias para descansar de tantos pedidos dos fiéis, como diz minha avó Anita.

— Deixe de conversa fiada e faça o que eu estou mandando. Eles não se cansam nunca de ouvir nossas orações.

— Pois o dia que eu estiver com sono e não puder dormir, vou colocar uns palitinhos prendendo meus olhos com durex.

— Deixe de doidice que você pode furar seus olhos com essa brincadeira de mau gosto e ficar cego.

— Então não vou fazer isso, não, mamãe, pois não quero ficar sem enxergar, deve ser horrível.

— E é mesmo, embora não tenha experiência própria, mas sempre observo as pessoas deficientes visuais, principalmente quando estão caminhando nas ruas, vejo como é complicado. Sempre que posso, ajudo alguém a atravessar de um lado para o outro da rua ou levo a pessoa para o lugar desejado. Mas, voltando ao que eu estava lhe falando, vou mandar pela última vez: "vá dormir, Vihumar!"

— Já estou indo. Boa noite, minha querida mamãe e meu querido papai.

— Deus o abençoe. Durma bem.

— Vocês também.

Os pais ficaram olhando o filho pela porta, que estava encostada, e ficaram felizes em vê-lo rezando diante da imagem de Nossa Senhora.

Quando foram para o quarto, o sr. Maurício disse para a esposa:

— Laura, agora que todos se recolheram, vamos aproveitar para conversar um pouco. Depois namoramos um pouquinho antes de dormir. Aceita?

— Sim.

— Deixe eu comentar com você o que aconteceu hoje comigo, e que na verdade vem acontecendo há muito tempo; não só comigo, mas, pelo que venho observando, está acontecendo com todo mundo.

— O que é? Se está acontecendo com todo mundo, é porque é algo normal. Não sei por que você está estressado, aparentando tanto nervosismo.

— Ah, é porque tudo que banaliza não tem graça, torna-se fútil, comum.

— Diga logo do que você está falando, estou curiosa.

— Vou contar. Hoje, na porta do fórum, um menino me disse: "Tio, deixe que eu olho o seu carro". Em seguida, entrei no prédio, que é um local em que geralmente as pessoas, por eu ser juiz, me chamam de doutor, ou de excelência, então o rapaz da limpeza bateu sem querer com a vassoura em um dos meus pés e falou: "Desculpe, tio."

A esposa sorriu e disse:

— O que é que tem isso?

— Ah, Laura, me poupe, me economize. Não parou por aí. Quando saí do trabalho, ao meio-dia, parei na feira livre para fazer umas pequenas compras e a feirante da barraca perguntou: "Quer o quê, tio?". Depois entrei no supermercado e a moça que fica no caixa me perguntou: "Posso começar a passar suas compras, tio?"

Dona Laura continuou com um sorriso nos lábios, e falou:

— Você ficou incomodado, irritadinho, foi?

— Claro, e não acabou aí. Quando estava voltando para casa, encontrei Vihumar conversando com uns colegas que nem conheço bem, parei o meu carro para falar com ele, para saber se meu filho queria uma carona para voltar para casa, e os colegas em coro falaram: "Oi, tio, tudo bem?".

— Que bobagem, Maurício.

— Nada de bobagem. Se ainda fosse Zezinho e Aline, que frequentam a nossa casa há muito tempo, tudo bem, eu não ficaria aborrecido de me chamarem de tio. Mas pessoas que eu nem conheço direito! Ainda, nesse momento, passou uma das professoras deles, então um aluno falou assim: "Olá, tia!", cumprimentando-a. Eu disse ao garoto: "Ela é sua tia?" Ele respondeu: "Não. Ela é nossa professora." Para mim, foi a gota d'água.

— Por quê?

— Porque eu não aguento mais ser chamado de tio, em todos os lugares. Será possível, que meu pai engravidou tantas mulheres, para ter tantos filhos espalhados pelo mundo, para que eu tenha vários irmãos, consequentemente inúmeros sobrinhos em todo canto que vou?

— Ah, Maurício, coitado do meu sogro.

— Raciocine comigo: antigamente, a gente chamava de tio ou tia quando tínhamos consideração demais aos membros de uma família. Servia de orgulho para quem era tratado assim. Pensava-se: estão me considerando.

— É, mas agora isso mudou. A maioria das pessoas, atualmente, usa esse tratamento.

— Mudou e ficou antipático, ficou uma coisa forçada, automática. A gente não sente mais nenhum prazer em ser chamado assim, de tio, e vocês mulheres, de tia.

— É verdade. Você tem toda razão. Agora vamos deixar o namoro para outro dia, essa conversa, que eu pensei que seria rápida, demorou demais; eu quero é dormir, estou com muito sono.

— É, pelo menos desabafei. Há dias que eu estava para comentar esse assunto com você; como hoje o fato aconteceu de uma maneira insistente comigo, lembrei-me de lhe falar. Quanto ao namoro, está bem, querida, hoje eu deixo você dormir, mas de amanhã você não me escapa. Ouviu bem?

— Ah, sim, combinado. Amanhã teremos a noite toda para namorar, se Deus quiser e viva estiver. Com certeza vamos ter uma noite muito romântica.

— Tenha uma boa noite, meu amor!

— Você também, querido.

Após essa saudação, beijaram-se e foram dormir.

Capítulo 7

Chegou a sexta-feira, o último dia de aula da semana na escola de Vihumar.

Ele acordou e fez tudo bem rápido, sem que sua mãe precisasse mandar. Quando a mãe procurou por ele, Vihumar já estava esperando na porta para ser levado à escola.

— Vamos, papai, já estou esperando.

— O que foi que deu nele hoje? — quis saber dona Laura.

— Não sei, ou melhor, acho que sei, é a alegria porque vai para a capital com os avós.

Vihumar chegou ao colégio muito cansado, e a aula serviu para ele cochilar, porque tinha ido dormir muito tarde no dia anterior.

Quando chegou à sala de aula tomou um susto, porque encontrou outra professora.

— Cadê minha pró? – eles, pelo menos, não chamavam a professora de "tia".

— Quem é você? — perguntou a professora.

— Vihumar.

— Você viu o mar?

Ele vivia irritado porque várias pessoas não entendiam seu nome e faziam a mesma pergunta.

— Não. Eu não vi o mar. O meu nome é que é Vihumar.

Família: arquivo confidencial

— Quer dizer que você se chama Vihumar e não conhece o mar?
— Não, eu não conheço o mar.
— Pois deveria conhecer. Um menino com... Quantos anos você tem?
— Eu tenho 10 anos completinhos.
— Como é que seus pais não levaram você para conhecer o mar?
— Não sei. Eles pensavam que, por termos águas termais aqui, não me importava de não conhecer o mar.
— Ah! Você não falava da sua grande vontade de ver uma praia pessoalmente, não é?
— É, não falava muito da minha vontade de conhecer o mar quando eu era mais criança do que sou hoje.
— Por isso eles não levaram você para realizar esse sonho.
— Eu sei, professora, meus avós sempre dizem: "Já dizia o velho guerreiro Chacrinha, quem não se comunica se trumbica". Mas, professora, amanhã eu vou ver o mar de Salvador, meus avós vão me levar. E eu não pagarei mais esse mico quando me perguntarem se eu conheço o mar. É porque eu fico todo envergonhado quando me perguntam se eu já vi o mar e digo que não.
— Ora, mas isso não é vergonha. Vergonha é roubar e outras coisas mais.
— É, como falei, não vou mais pagar esse mico, meus avós vão me levar para conhecer a praia de Salvador, que eu soube que é a mais linda do mundo.
— Ah! Que bom. Agora vamos começar nossa aula.
— Cadê minha pró?
— Está doente.

Chega a noite, Vihumar vai dormir e nas suas orações ele fala:
— Papai do Céu e Mamãe do Céu, eu entrego minha vida para vocês, mas deixem que a minha viagem de amanhã dê certo, para que eu possa conhecer o mar. Afinal sou filho de um juiz de direito com uma professora formada pela Universidade Federal da Bahia. Realmente, eu já devia ter conhecido esse mar que tanto as pessoas dizem que é bonito. Pelo menos pela tela da televisão eu achei lindo. Só vou ficar com saudades do meu cavalinho branco.

Enquanto Vihumar estava muito feliz porque realizaria seu sonho, na casa ao lado, sua avó, dona Concinha, continuava vivendo um pesadelo. Ela estava sendo chantageada e tinha de pagar, todo mês, uma quantia em dinheiro para escapar das ameaças de escândalo. Dona Concinha temia que o filho, o marido, enfim, que parentes e amigos descobrissem o seu segredo e, por isso, durante muitos anos vinha dando dinheiro para aquela pessoa mau caráter. Ela retirava o dinheiro de uma poupança particular, de que o marido nem se lembrava que existia, para entregar à pessoa que vivia lhe dizendo:

— Ou me dá o que eu quero ou acabo com sua vida.

Como Dona Concinha não queria deixar pistas, não passava cheques, tampouco fazia transferência entre contas correntes. Ia pessoalmente retirar o dinheiro no banco e entregava na mão da pessoa que fazia as chantagens. Apesar de todos os problemas, ela era uma pessoa que, assim como marido, ajudava muitas pessoas carentes, distribuindo durante todos os meses do ano cestas básicas, roupas, dinheiro e brinquedos para instituições de caridade e às pessoas que lhes pediam ajuda. Também trabalhava como enfermeira voluntária no atendimento, junto ao marido, que reservava algumas consultas gratuitas durante o mês para as pessoas que não possuíam plano de saúde e que eram, realmente, carentes de praticamente tudo.

Capítulo 8

Naquela manhã, em Caldas do Jorro, o sol parecia mais bonito para Vihumar, porque era o dia em que ele ia viajar para Salvador e realizar seu grande sonho: conhecer o mar.

O céu estava azul, com pouquíssimas nuvens, a grama parecia mais verde que de costume, as flores amanheceram mais abertas e as árvores, molhadas pelo orvalho.

A alegria penetrou no quarto de Vihumar logo que o dia amanheceu. Dona Lôla, a governanta da casa, entrou no quarto dele, abriu as cortinas e disse:

— Vihumar! "É dia, o sol raiou! Vamos levantar... Quem na caminha ficar, a vida não sabe gozar".

Disse isso cantarolando. Vihumar tinha um ótimo relacionamento com a governanta, a lavadeira, a cozinheira (dona Primavera, que era a sua preferida), e o caseiro do sítio. Na verdade, ele conseguia conquistar as pessoas, e quando gostava de alguém, gostava de verdade. Independentemente de ser pobre, rico, branco ou negro. Aprendeu a ser assim com os pais.

Os pais de Vihumar amanheceram com o coração apertado, já estavam com saudades do filho, por antecipação, mas lembravam que tinham de treinar o desapego. Sabiam que não viveriam sempre ao lado dele, porque, pela lei natural da vida, um dia as pessoas se separam, mesmo que demorem para morrer. Mas, apesar de saberem de tudo isso teoricamente, a prática era um pouco diferente. Não tinham como não ter saudades de um filho tão presente em suas vidas, que nunca passava despercebido.

Às 7 horas da manhã, todos já tinham tomado café, e estavam com as malas prontas, inclusive dona Primavera, que iria visitar a mãe muito idosa e doente (na verdade, dizer que iria cuidar de Vihumar era só um pretexto, pois ela sabia que ele estaria com os avós). Dona Laura avisou para os seus pais:

— Olha! Nós sabemos que vocês são responsáveis, mas cuidado com ele na praia. Ele é muito afoito até mesmo nas piscinas, imaginem quando ele vir o mar. E você, Vihumar, nada de querer sair de perto dos seus avós, ouviu bem?

— Ouvi, sim. Mas eu vou querer nadar cachorrinho e mergulhar nas águas do mar.

— Menino, você vai olhar para o mar e depois, num local bem rasinho, poderá se banhar. Algumas praias em Salvador, a de Itapuã, por exemplo, têm bacias d'água em que você pode se banhar e brincar de castelinho de areia.

— Eu quero nadar! Nadar! Nadar!

— Tudo bem. Você pode até nadar, com eles perto de você e no raso.

— No raso não tem graça.

— Menino, mar não é igual à piscina, viu?

— Eu sei, é melhor.

— Vihumar, você já rezou hoje? Já pediu para Nossa Senhora e Papai do Céu para vocês terem uma boa viagem? E quando chegar lá, não se esqueça de visitar a Igreja do Senhor do Bonfim e a de Nossa Senhora da Conceição da Praia.

— Já, sim. Já pedi até para minha avó não sentir outra dor na coluna e inventar que não pode viajar para lugar distante para não me levar para conhecer o mar.

— O que é isso, Vihumar? Você acha que eu inventei aquela dor na semana passada para não levá-lo para Salvador? Está chamando sua avó de mentirosa?

— Eu não falei isso. Vocês adultos também levam tudo a sério!

— Está bem, deixa isso pra lá. Vamos cuidar e sair logo enquanto o sol não fica muito quente.

Vihumar não se continha de tanta alegria, saiu beijando todos da casa, inclusive os empregados, antes de viajar. Ainda falou uma piadinha para Dona Primavera:

— Não sei para que a senhora vai com a gente. Não preciso de guarda-costas, nem de babá, não sou mais criança.

Ela apenas sorriu...

Com o seu cavalinho branco, houve uma despedida especial, além de beijá-lo, Vihumar conversou com ele, alisou o seu pelo e disse:

— Espertinho, não fique triste, eu não vou demorar, é só um fim de semana, viu?!

Capítulo 9

Vihumar chegou a Salvador e foi direto para a casa da avó Anita e do avô Davi, guardar as malas e vestir a roupa adequada para ir à praia, e Dona Primavera foi direto para a casa da sua mãe.

Os avós levaram o netinho para conhecer inicialmente a praia do Farol de Itapuã. Vihumar nem estava acreditando no que via.

— Eu já tinha visto o mar pela televisão e no cinema, mas não pensei que fosse tão grande e tão bonito! Quero nadar.

Dona Anita falou para o neto:

— Calma! Você vai nadar, mas antes vamos caminhar um pouco pela praia.

— Não, eu quero nadar agora.

— Depois você nada. Vamos brincar de castelo de areia? — perguntou o avô.

— Eu quero nadar.

— Olha, Vihumar, nós vamos nos molhar nas águas do mar, depois vamos fazer um castelinho de areia e depois, sim, nós vamos entrar na água para você nadar um pouco. Está bem assim?

— Está bem. Não adianta nada eu dizer que não está bem. Vocês é que mandam. Eu vou ter que fazer o que vocês querem, mesmo!

— Tudo bem, meu neto — disse sr. Davi. — Vamos sentar na areia e construir um lindo castelo.

Família: arquivo confidencial

Realmente construíram um lindo castelo de areia. Depois Vihumar foi cobrir os avós com areia. Fez um grande buraco, onde os dois entraram e ele foi cobrindo um por um.

Os avós não se esqueceram de passar protetor solar no netinho e neles também, para proteger a pele.

Quando Vihumar acabou de cobrir o sr. Davi, os dois avós dormiram. O menino travesso pegou a bola azul que seus avós tinham lhe dado de presente e foi caminhando sozinho pela praia. Quando o avô despertou, procurou pelo neto.

— Gente! Cadê Vihumar?

— Não sei.

— Meu Deus — disse o sr. Davi mais uma vez —, cadê o Vihumar?!

— Ah! Minha Virgem Santíssima! — disse dona Anita. — Onde está o meu neto? Eu não vou me perdoar nunca se ele não aparecer.

— Não fale isso nem de brincadeira!

O dr. Alexandre, que era um homem muito sábio e muito prático, havia acabado de chegar à praia naquele momento e viu o desespero dos dois.

— Não adianta ninguém se desesperar. Cada um de nós vai para um lado procurar nosso neto e, se Deus quiser, e Ele há de querer, Vihumar será, logo, logo, encontrado. Vamos, corram, não vamos perder tempo com discussão tola. Andem depressa!

— É isso mesmo, gente, — disse dona Anita — não vamos perder tempo. Oh, meu Jesus, nos ajude!

Dona Concinha, que também chegara à praia, foi ajudar a procurar o neto.

— Minha Nossa Senhora, vós que sois mãe também, nos ajude, se for do nosso merecimento, a encontrar nosso neto. Logo que ele apareça nós vamos direto para a igreja de Nossa Senhora da Conceição da Praia e em seguida vamos levá-lo para a igreja do Senhor do Bonfim para agradecer.

Todos saíram pela praia de Itapuã gritando: "Vihumar, Vihumar!" Perguntavam às pessoas que iam encontrando:

— Por favor! Vocês viram um menino gordinho, moreno, cor de cravo e canela, com um boné na cabeça virado para trás e uma bola azul grande na mão?

Passaram pelas barracas, foram até o farol e... Nada. Olhavam para as águas do mar e pediam a Iemanjá para ajudar a encontrar o neto. O tempo passava e a angústia aumentava, começou a entardecer, apareceu o pôr do sol e nada de Vihumar ser encontrado.

Enquanto isso, a mãe de Vihumar estava chegando a Salvador, pois tivera uma intuição de que o filho não estava bem e pedira ao marido que a levasse para Salvador. O sr. Maurício argumentou que tudo aquilo era bobagem, que o menino tinha viajado pela manhã e logo após o almoço ela já estava querendo ir para Salvador, encontrá-lo.

— Será possível, Laura, bastou Vihumar viajar com os avós e você já quer ir ao encontro dele! Está vendo aí; por isso precisamos deixá-lo viajar mais sem a gente. Como hoje foi a primeira vez, você está desse jeito.

— Não é nada disso, Maurício, eu é que não estou com um bom pressentimento! Se você não me levar, eu vou sozinha.

— Calma! Eu vou levá-la, sim. Tudo bem! Vamos dar um passeio em Salvador.

Ao chegarem em Itapuã, na casa de seus pais, dona Laura ficou preocupada por não encontrar ninguém. A empregada disse que eles tinham saído assim que chegaram da viagem, e que ainda não tinham voltado para casa.

Dona Laura quis procurá-los na praia, que era muito próxima à casa em que seus pais moravam; dava mesmo para sair pelo fundo caminhando.

Ao chegarem à praia e encontrarem os seus pais, o sr. Maurício e dona Laura acharam estranho não avistarem Vihumar. Quando se aproximaram, dona Laura perguntou:

— Cadê o meu filho?

— O que vocês estão fazendo aqui? — perguntou dona Anita.

— Ah! Laura estava com um pressentimento e quis vir para Salvador.

— Onde está meu filho?

Estavam todos pálidos.

— Calma! — disse o dr. Alexandre — Estamos procurando por ele.

— Procurando por ele?! — gritaram os pais de Vihumar.

— É, explicou o sr. Davi. Ele estava cobrindo a gente de areia, então nós pegamos no sono e ele saiu com a bola, caminhando pela praia, e ninguém percebeu.

— Vocês são irresponsáveis! — disse dona Laura — seus lábios trêmulos não acharam uma palavra melhor para dizer.

— Tenham calma todos, por favor — disse o sr. Maurício, disfarçando o nervosismo. Não adianta acusarmos uns aos outros. Todos nós temos o mesmo objetivo: encontrar Vihumar, porque o amamos. Então, não vamos perder mais tempo. O negócio é cada um ir para um lado procurar por ele, e o primeiro que encontrar volta para o Farol. Os demais, no espaço de uma hora, quer encontrem ou não, também devem voltar para o Farol. Combinado?

— Combinado. Ele não deve estar muito longe. Ele é muito esperto.

Já estava anoitecendo e todos ainda procuravam pelo menino.

Capítulo 10

Passava das seis horas da tarde. Dona Laura rezava muito enquanto caminhava e pedia à Virgem Santíssima que iluminasse sua mente para ela se dirigir ao local em que seu filho estivesse. Ela caminhou em direção a uma das pedras, perto de algumas bacias d'água que existem na praia de Itapuã, e lá estava o menino Vihumar pulando dentro da água do mar, brincando com sua bola azul e com outras crianças, que moravam nos arredores.

Sua mãe o chamou gritando e chorando:

— Vihumar! Vihumar! Meu filho, que susto você nos deu!

O garoto, ouvindo a voz de sua mãe, estremeceu como se acordasse de um sonho.

— Mamãe, você veio?!

— Você me chamou, meu filho, por telepatia.

— Mamãe, o que é telepatia? Já vem você, mamãe, falar comigo com palavra difícil.

— Dê-me um abraço bem forte e depois eu lhe explico o que quer dizer a palavra "telepatia". Seu danado, esse susto só serviu para confirmar o que eu sabia! Que você é muito importante para mim e que eu não sei viver sem você. Eu te amo demais, Vihumar!

— Eu também te amo, mamãe. Mas fala o que é telepatia!

— Bom, vou dizer: telepatia é o estado das pessoas de quem se diz que, sem fazer uso da vista natural, veem e conhecem o que se passa muito longe delas. Entendeu?

— Não, não entendi nada.

— Então eu vou dizer diferente: telepatia é a transmissão de pensamento de um indivíduo para outro, sem comunicação natural por meio dos sentidos.

— Entendi, mamãe, só não entendi o que quer dizer "indivíduo". Fala o que é.

— Vamos andando para o Farol, onde os outros devem estar, que eu vou lhe explicando. Todos devem estar muito aflitos. Indivíduo é todo ser, animal ou vegetal, em relação à sua espécie. Pessoa considerada isoladamente, em relação a uma coletividade. Entendeu?

— Entendi. Obrigado pela aula, minha querida mamãe.

— Vihumar, você merecia uma surra pelo que fez!

— Oh, mamãe, não me bata.

— Eu não vou bater. Você sabe que eu não gosto de bater em criança. Mas que você merece, merece! Talvez quem sabe um castigo. Vou combinar com seu pai.

— Eu não fiz por mal. Só pensei que enquanto eles dormiam na praia dava tempo de conhecer melhor o mar e voltar.

— É, mas você podia ter morrido afogado e eu ia ficar desesperada. Seu pai e seus avós também. Você promete que nunca mais sai sem avisar a alguém mais velho?

— Prometo.

Eles se encontraram com os avós e com o pai, e todos se abraçaram, felizes. Seu avô materno, sr. Davi, muito brincalhão, para descontrair, falou:

— Vamos embora, porque, entre mortos e feridos, salvaram-se todos.

— Nós vamos é direto para a Igreja de Nossa Senhora da Conceição da Praia e depois para a do Senhor do Bonfim agradecer pela graça alcançada — disse dona Laura.

E assim fizeram.

Vihumar foi o primeiro a se ajoelhar nas igrejas para agradecer e pedir perdão para Papai do Céu pela aflição que fizera seus pais e seus avós passarem.

Antes de voltarem para a casa dos avós, em Itapuã, foram tomar sorvete na Ribeira. Os pais prometeram que levariam Vihumar para conhecer o Jardim Zoológico no dia seguinte, e resolveram perdoar o filho pelo acontecido.

Capítulo 11

No dia seguinte, acordaram todos felizes, recuperados do susto e muito agradecidos a Deus por tudo.

Pela manhã, o sr. Maurício e dona Laura levaram o filho para visitar o Jardim Zoológico. Ele ficou muito alegre, a manhã era de muito sol, achou o Zoológico bonito, limpo, bem grande, provido de tudo o que era necessário para que as pessoas, além de conhecerem os animais, ainda pudessem fazer lanchinhos. Ele não perdeu a oportunidade de provar um delicioso acarajé, beber refrigerante, comer um saco de pipocas e chupar picolé. Fez tudo que tinha direito. Inclusive, sem que os guardas vissem, colocou uma banana na boca do macaco e deu capim para alguns cavalos. Enquanto isso, suas avós preparavam um chá das cinco para convidar os amigos e vizinhos mais íntimos para conhecerem o neto, do qual elas tinham muito orgulho.

— Concinha, você sabia que uma senhora da nobreza instituiu o chá das cinco na Inglaterra sentindo que o intervalo entre o almoço e o jantar era muito longo?

— Eu não. Onde foi que você ficou sabendo disso?

— Eu sou curiosa, gosto de aprender as coisas.

— Ah! E eu não gosto de aprender?

— Eu não falei isso. Não ponha palavras na minha boca.

— Está bem, amiga.

Dona Anita continuou:

— Em pouco tempo, o hábito se espalhou pelo mundo e a escolha da louça tornou-se fundamental. Por isso, amiga, vou aproveitar para usar minhas finíssimas xícaras, bule, açucareiro, leiteira e pratos de sobremesa no chá que vou servir hoje. Venha ver.

— Hum! Finíssima louça mesmo. Porcelana chinesa, não é?

— É, ela é conhecida como Bone China, feita de pó de osso. E a louça revela o rosto de uma oriental no fundo da xícara. Na verdade, o chá, que surgiu em 2.737 a.C., na China, e foi popularizado pelos ingleses, vai bem a qualquer hora do dia, mas que seja servido numa xícara à altura de sua tradição. Assim como estas minhas, que são lindas. Venha ver logo.

— É, estou vendo. Gente fina é outra coisa, conhecemos pelas pernas, que são finas!

Elas riram.

— Deixe de bobagem. Você sabe que embora tenha estas coisas, não tenho a menor vaidade por isso. Apenas me considero uma pessoa de bom gosto.

— E é mesmo. Parabéns!

— Vamos, ajude-me com isso. Quando eles chegarem do passeio, eu quero que esteja tudo pronto.

— Não precisa pressa, eles ainda vão passar no Mercado Modelo e também na Praia da Ribeira para tomarem um sorvete.

— Ah! Eles tomam sorvete demais. Todos os dias praticamente saem para tomar sorvete.

— É verdade. Estão exercitando o que um velhinho de 85 anos, que gostaria muito de ter mais tempo para viver, mas infelizmente contraiu uma doença grave e estava em estado terminal, escreveu. O texto fala mais ou menos assim: "Gostaria de ter mais tempo de vida para contemplar mais o sol, subir mais montanhas, tomar mais sorvete" etc.

— É, amiga, ele tem toda razão. Ainda completo o texto dele dizendo que a gente deve se importar menos com problemas pequenos, e aqueles que nós não temos como resolver, devemos aceitar com serenidade.

Pouco tempo depois Vihumar chegou e encontrou a surpresa: os amigos dos avós já estavam na sala esperando o chá das cinco. Vihumar entrou com um berimbau que tinha ganhado de seus pais. Disse que tinha

Família: arquivo confidencial

visto vários rapazes praticando capoeira. Ficou encantado. Foi um final de tarde muito divertido, e as pessoas gostaram bastante do garoto Vihumar.

No fim da tarde, ele seguiu viagem com seus pais; no dia seguinte tinha aula às 8 da manhã. O sr. Maurício viajou um pouco preocupado, porque não gostava de pegar a estrada à noite, mas naquele dia abriu uma exceção e correu tudo bem.

Ao chegarem em casa, dona Laura comentou com o marido:

— Maurício, eu estava observando uma coisa durante o chá que minha mãe ofereceu.

— O que você notou, Laura?

— Quando estamos contentes e preparamos uma festa qualquer, escolhemos as pessoas mais queridas para participarem daquele momento de alegria conosco.

— Sim, é verdade. E daí? Você não acha muito natural? Que mal há nisso?

— É que eu estava lembrando que, quando estamos tristes, precisando de ajuda, ou porque alguém faleceu ou por alguma aflição, não temos critérios de seleção, aceitamos a colaboração de todos, não discriminamos ninguém.

— Claro. Estamos fragilizados.

— Pois, então, Maurício, aparecem os que a gente gosta e, às vezes, até aqueles com quem a gente não simpatiza muito. Toda e qualquer ajuda nessas horas é bem-vinda. Parece que quanto mais gente, melhor, não é? Você já reparou nisso?

— Já, sim, Laura. Mas a vida é assim mesmo, cada um de nós em determinado momento, mesmo que seja sem perceber, seleciona.

— É verdade.

— Deixe essa conversa para aprofundarmos outro dia.

— Está bem.

— Hoje estou muito cansado por tudo que passamos em Salvador. Só quero concluir dizendo o seguinte: somos humanos, por isso temos defeitos. Todos nós, sem exceção. Agora também tem um detalhe: quando fazemos uma festa, geralmente não temos condições financeiras para convidar todo mundo de que a gente gosta, logo também fazemos uma lista e escolhemos, consequentemente, selecionamos. Na hora de um enterro, não é necessário convite. Um vai avisando o outro.

— Certo, chega desse papo. Quero que você me dê um beijo bem gostoso e depois vamos dormir, pois o fim de semana foi muito desgastante.

— Com todo prazer, minha querida.

Após se beijarem, eles fizeram uma oração juntos agradecendo o desfecho da aflição que passaram com Vihumar em Salvador, e, em seguida, deitaram e dormiram abraçados.

Capítulo 12

No dia seguinte, Vihumar foi para a escola todo feliz. Via-se no seu rosto o orgulho e a satisfação por poder dizer que conhecia o mar, e o mar da capital. Nesse dia, Zezinho, o "Zezinho Bundão", e Aline, a "Menina Maravilha", aprontaram mais que nunca. Fizeram no intervalo da aula guerra de bolinha de papel dentro da sala de aula.

Vihumar, na hora do recreio, saiu perguntando para os colegas e professores da escola:

— Vocês conhecem o mar? Ah!, não conhecem? Pois eu conheço pessoalmente, e o de Salvador.

O garoto não cabia em si de contentamento.

— Você gostou, Vihumar?

— Muito. Quando eu crescer vou estudar, trabalhar e ganhar muito dinheiro para morar em frente ao mar. Vocês vão ver.

E seus lábios abriram-se num sorriso franco.

Dona Laura estava em casa se preparando para dar aula, à tarde, no colégio em que trabalhava. Embora fosse um colégio simples, era muito aconchegante. Tinha inclusive um parquinho infantil para as crianças brincarem no recreio. O sr. Maurício já estava no fórum, e o dr. Alexandre, no hospital, que era bastante grande, limpo e equipado com tudo o que era necessário para cuidar muito bem dos doentes. Ele sempre foi um médico muito douto em sua arte e generoso com todas as pessoas de que cuidava, independentemente de nível social, raça ou religião. Assim como a nora, que optou pela profissão de que mais gostava, ele escolheu a profissão de médico porque sempre amou tudo o que era ligado à saúde. Fazia tudo com amor e muita dedicação. Algumas vezes nem ganhava dinheiro com o seu trabalho. Dependendo do paciente, ele não cobrava consulta. A satisfação dele era enorme sempre que podia fazer isso. Mas também era muito justo; daquele que podia pagar ele não dispensava o pagamento, mas quando percebia que a pessoa era muito humilde, atendia de graça, com grande prazer. E assim vivia o menino Vihumar, com o bom exemplo de seus pais e do seu avô, recebendo sempre muito amor e carinho. E aprontando suas travessuras...

Em outro fim de semana, que Vihumar foi para Salvador com os avós, ele saiu escondido de casa e com o dinheiro da mesada, que recebeu dos pais, comprou vários picolés e foi vender na praia. Mas ele colocou os picolés dentro de uma caixa que não era térmica, e quando alguém resolveu chamá-lo para comprar um, ele abriu a caixa e viu que os picolés haviam virado suco de frutas, pois estavam todos derretidos.

— Ah! Eu tinha colocado trinta picolés aqui nesta caixa, agora sumiram, só estou vendo um suco. O que aconteceu?

O homem que o havia chamado para comprar um picolé respondeu:

— Menino, picolé e sorvetes têm de ficar ou na geladeira, dentro do congelador, ou em caixas de isopor.

— Por que isso?

— Porque senão eles derretem, principalmente quando o dia é ensolarado como o de hoje. Vai me dizer que seus pais nunca falaram isso para você?

— Ninguém nunca me disse. Nem meus pais, nem outra pessoa. Ou, então, eu me esqueci mesmo.

— E você por acaso perguntou para alguém?

— Eu não.

O homem disse:

— Já que você perdeu todos os picolés, você pode ficar mais um pouco aqui comigo para eu tentar lhe contar um diálogo teatral que assisti há vários anos, na época dos festivais do "Dia do Trabalho"?

— Sim, eu posso ouvir o senhor.

Família: arquivo confidencial

— Então, antes de contar, vou lhe fazer uma pergunta: Você tem pai?
— Sim.
— Ele trabalha?
— Trabalha.
— Tem certeza?
— Tenho.
— Olha, garoto, desconheço o autor desta brincadeira que reduz, com artifício, os dias que um cidadão trabalha por ano.
— Ah! Conta logo, moço, senão vou embora.
— O diálogo é assim. Preste atenção que é interessante:
— *Rapaz, que pressa é essa?*
— *Vou ao trabalho, já estou atrasado.*
— *Trabalho? Não me diga que ainda existe essa asneira!*
— *Claro que existe. E você não trabalha?*
— *Nem eu, nem você.*
— *Calma lá, meu pai trabalha!*
— *Então vamos ver: quantas horas seu pai trabalha por dia?*
— *Oito.*
— *E quantas horas tem o dia?*
— *Vinte e quatro.*
— *Muito bem, o ano tem 365 dias de 24 horas, se ele trabalha 1/3 do dia, 1/3 de 365 são 121, ele trabalha 121 dias por ano.*
— *E quantos domingos há no ano?*
— *Cinquenta e dois.*
— *Cento e vinte e um, menos 52, são 69, seu pai só trabalha 69 dias por ano.*
— *É isso mesmo.*
— *Quantos dias de férias ele tem?*
— *Trinta.*
— *Sessenta e nove, menos 30, são 39, portanto ele trabalha 39 dias por ano. Contando o Natal, o Ano Novo, Sexta-feira Santa, aniversário*

da cidade e outros babilaques, nós temos 12 dias de festa, nos quais não se trabalha, 39 menos 12 são 27. Seu pai só trabalha 27 dias. E sábado ele só trabalha meio expediente, meio dia durante um ano, são 26 dias, não é verdade?

— Exato. 27 menos 26, é 1, ele só trabalha um dia por ano. De qualquer maneira, restou um dia. Mas aí que está o seu engano. Esse dia que sobrou é o dia "1º de maio". Dia do trabalho e ninguém trabalha! Gostou, menino, dessa "piada"?

— Gostei. Mas nunca ouvi falar disso.

— Nunca ouviu, cara de pavio!... Vai pra casa que seus pais devem estar preocupados com você.

Vihumar ajeitou o boné, que estava virado para trás e disse:

— Meus pais, não. Meus avós. Eu moro no interior da Bahia. Vim para Salvador passar apenas o fim de semana. Amanhã, infelizmente, vou embora. Mas eu já disse: um dia, quando eu ficar adulto, eu venho pra aqui de vez e vou morar bem pertinho do mar.

— Ah, menino! Como é seu nome?

— Vihumar.

— Eu sei que você viu o mar, eu perguntei seu nome.

— V-i-h-u-m-a-r — ele soletrou lentamente.

— Está bem, menino traquino, agora vá pra casa.

— Está bom, moço, até logo.

Quando Vihumar chegou em casa, os avós chamaram o neto à sala e conversaram com ele explicando os perigos de ele sair de casa escondido, andar sozinho pelas ruas de Salvador. Ele ficou olhando alternadamente para um e para o outro. Parecia não lhes dar a mínima atenção. Mas ficou tudo bem. No dia seguinte, voltou para Caldas do Jorro e seus avós prometeram que nada contariam para seus pais. Chegou em casa contando que ficou muito contente em Salvador, porque dessa vez conheceu mais uma praia: a do Porto da Barra, que tem águas calmas, limpas, onde ele pôde nadar bastante com seus avós. Eles visitaram também o Farol da Barra e conseguiram até alugar um barquinho e dar um passeio pelo mar. Para ele, foi mais um fim de semana inesquecível.

Capítulo 13

No dia seguinte, enquanto Vihumar tomava café da manhã com seus pais, ele aproveitava para contar outras coisas que tinha feito em Salvador.

— Papai! Eu empinei pipa lá na praia do Porto da Barra.

— Ah, meu filho, você quer dizer que você "pôs em uma posição vertical, a pino, e fez subir aos ares o "papagaio", a pipa, aquele brinquedo infantil", não foi? Isso que quer dizer "empinar".

— Foi isso mesmo que eu fiz.

— Estou lhe explicando porque muitas vezes a gente fala as coisas e não sabe nem direito o que estamos falando.

— Está bem, papai. Mas, um dia, eu vou andar de ultraleve ou de asa-delta, também.

— Tá bom, mas ande logo que eu vou levá-lo para o colégio.

Vihumar entrou na sala de aula e a professora ainda não tinha chegado. Então, ele aproveitou para comentar aos colegas sobre o seu fim de semana em Salvador. Quando a professora entrou na sala, ouviu a conversa e disse:

— Vou aproveitar que Vihumar está falando em praia e vou alertar vocês de uma coisa: tenham cuidado quando forem expor o corpo ao sol em qualquer lugar, principalmente na praia. Vocês podem ficar com a pele queimada e, além disso, podem ter uma insolação. Usem sempre filtro solar. E só tomem sol das 7 às 10 da manhã ou pela tarde, a partir das 16 horas.

— O que é insolação? — perguntou Vihumar.

— É um problema que aparece quando ficamos por muito tempo sob o sol quente, sem proteção. Na insolação, além do ardor por causa da pele queimada, costumam aparecer febre, calafrios, dores de cabeça e, às vezes, delírios.

— Professora, o que é delírio? — perguntou "Zezinho Bundão".

— Delírio é uma exaltação de espírito; desvario. Entendeu?

— Eu não entendi nada. Minha cabeça ficou mais confusa.

— Vou ver se lhe explico melhor: é quando uma pessoa está fora de si. Quando diz repetida e irrefletidamente palavras sem nexo.

— O que é nexo? — perguntou Aline "Menina Maravilha".

— Puxa, que meninos curiosos! Querem saber o significado de tudo.

— Isso não é bom?

— É bom, mas é muito cansativo para quem explica.

— A senhora não está aqui para nos ensinar e tirar nossas dúvidas?

— Estou. Qual foi mesmo a pergunta?

— O que é nexo? – perguntaram todos em voz alta.

— Nexo é relação de coisas ou de ideias entre si; lógica.

— Ah, agora entendi.

— Vamos começar a aula, estamos atrasados. A propósito, quero falar uma coisa para vocês que era para eu ter dito na aula anterior e esqueci. Vejam bem, essa história de ficar criticando o outro, colocando apelido só porque a pessoa possui uma deficiência ou tem alguma coisa de diferente das demais pessoas, isso não está certo.

— Por que a senhora está falando isso, professora? — perguntou Vihumar.

— Porque aqui mesmo, nesta sala, há vários alunos com apelidos estranhos. Eu estou substituindo a titular há poucos dias e já observei isso.

— Quem, por exemplo, professora? — insistiu Vihumar.

— Por exemplo, Zezinho "Bundão", Aline, a "Menina Maravilha", entre outros.

— Ah! Mas eles não se importam — disse Vihumar.

— Você é que pensa. Às vezes, as pessoas se importam, sim, apenas não falam.

— Vocês ficam aborrecidos por terem apelidos engraçados? Respondam para a professora!

— Não, responderam em coro.

— É, mas independentemente de as pessoas desta sala se importarem ou não, devemos respeitar todos os deficientes físicos ou qualquer pessoa que tenha algo de diferente. Até porque, se formos analisar, todo ser humano é especial, porque não existe na face da Terra um ser igual ao outro. Os indivíduos chamados de "excepcionais", na verdade, são especiais e únicos como qualquer ser humano, porque ninguém é igual a ninguém. Certo?

— Certo, falaram todos em voz alta.

— Apenas para completar o meu raciocínio, quero também dizer que "as brincadeiras discriminatórias e os apelidos pejorativos feitos em sala de aula podem gerar experiências angustiantes capazes de produzir graves conflitos. O elogio alivia as feridas da alma, educa a emoção e a autoestima. Elogiar é encorajar e realçar as características positivas. Frequentemente, os alunos machucam seriamente um ao outro. Em vez dos elogios, existem críticas agressivas. Vocês não imaginam o rombo emocional que esses apelidos provocam no solo do inconsciente. Não lhes permita falarem pejorativamente dos defeitos físicos e da cor da pele dos outros". Infelizmente, a discriminação racial e social fazem parte da nossa rotina.

— Normal, professora — disse arrogantemente um aluno.

— Normal, não! Reflitam sobre o que lhes falei agora, que não são palavras minhas, e sim do psiquiatra Augusto Cury. Tem outra coisa que ele diz também com a qual eu concordo e que serve para refletir: "Acho belo as pessoas que têm uma religião, que defendem o que creem com respeito e que são capazes de expor, e não impor, suas ideias". Muito bonito isso.

— Está bem, professora, já transmitiu sua mensagem, agora: qual é o assunto de hoje? — perguntou Vihumar.

— Hoje, vamos falar do momento do nascimento. Prestem atenção: o processo do nascimento, conhecido por trabalho de parto, começa quando o útero da mãe passa a contrair-se a intervalos de tempo cada vez mais curtos.

— Pró, o que é contrair? — perguntou Vihumar.

— Contrair é apertar, encolher. Então, continuando o que eu estava explicando, num determinado momento rompe-se a bolsa de água onde o bebê flutuava, e o líquido amniótico é eliminado.

— Pró, o que é amniótico? — perguntou Zezinho.

— Eu vou explicar o que é *âmnio* e vocês vão entender melhor. *Âmnio* é um saco membranoso repleto de líquido, que envolve e protege o embrião dos vertebrados superiores contra choques mecânicos e adesão.

— Sim, mas eu quero saber o que é líquido amniótico — insistiu Zezinho. Estou com a cuca atrapalhada.

— Menino, é o fluido que ocupa o *âmnio* e envolve o embrião. Chega! Não vou dizer mais nada sobre isso. Continuando com a minha aula: a saída fica livre, e com as últimas contrações o bebê vem ao mundo. E o milagre de uma nova vida se repete. Este é o chamado parto normal. Entenderam?

— Sim, entendemos.

— Conhecem alguém que nasceu de parto normal?

— Eu nasci, pró – respondeu Zezinho.

— Continuando com as explicações sobre o nascimento, eu pergunto a vocês: conhecem alguém que nasceu num parto cesariano?

— Eu nasci assim, pró — respondeu Aline.

— Sabe o que quer dizer?

— Eu não. Minha mãe nunca falou.

— Pois bem: trata-se da retirado do bebê por meios cirúrgicos.

— O que é cirúrgico? — perguntou Vihumar.

— Eu vou dizer o que é cirurgia, e então vocês vão captar a minha mensagem. Certo?

— Certo.

— Cirurgia é uma especialidade médica que consiste em praticar, manualmente ou com ajuda de instrumentos, atos operatórios, sobre um corpo vivo. Entenderam?

— Entendemos.

— Então, as principais indicações do parto cesariano visam à segurança da mãe e de seu filho: quando a mãe, por razões físicas, não consegue dar à luz normalmente e quando uma espera maior pelo nascimento pode colocar o bebê em perigo, aí, sim, deve-se partir para um parto cesariano. Mas só nesses casos. Eu mesma sou contra essas pessoas que ficam marcando cesariana sem necessidade. É um absurdo, na minha opinião. Na cirurgia, o médico faz um corte na região inferior da barriga da mãe e retira o bebê pelo corte. Parece que o nome vem de antiga lei romana, *Lex Cesarina* (Lei de César). A lei obrigava, quando necessário, a realização da cirurgia para salvar a vida do bebê. Entenderam tudo?

— Entendemos.

Vihumar chegou em casa intrigado com tantas coisas que aprendera naquele dia e perguntou para sua mãe:

— Mamãe, como eu nasci? De parto normal ou cesariano?

— Onde você aprendeu essas coisas? — perguntou dona Laura ao filho.

— Na aula de ciências que a pró substituta de pró Fatinha explicou hoje.

— Ah, Vihumar, não estou com vontade de responder isso agora. Outro dia eu digo, vou deixar você em suspense.

— E o que é suspense?

— Suspense? Suspense é quando, em um momento de uma história, em que a ação, retardando seu desfecho, mantém o espectador, o ouvinte ou o leitor na expectativa angustiante do que vai acontecer. Entendeu?

— Mais ou menos.

— Mais para mais ou mais para menos?

— Ah, mamãe, deixe pra lá! Agora vou brincar. Depois você me explica melhor e aproveita para me dizer como eu nasci.

— Brincar, nada, você vai lavar as mãos para almoçar.

Vihumar obedeceu à mãe, mas o fato de ela não ter respondido àquela pergunta tão simples o deixou intrigado.

Capítulo 14

Durante o resto daquele dia, dona Laura, que não costumava fazer os serviços domésticos diários, arrumou atividades para que suas auxiliares ficassem fora de casa durante um bom tempo e, varrendo os vários cantos da sua casa, do seu jardim, enfim, de todo o seu sítio, ela parecia querer varrer todos os cantos de sua alma, pois tinha ficado atordoada com as perguntas de Vihumar. Dona Laura sofria.

Quando o marido chegou do trabalho, ela já o esperava, porque naquela tarde não tinha ido dar aulas. Logo que o sr. Maurício entrou, ela lhe disse franzindo a testa:

— Maurício, preciso lhe contar uma coisa, vamos lá no nosso quarto.

— Alguém morreu? Estou vendo lágrimas em seus olhos.

— Não, graças a Deus todos os nossos conhecidos, que eu saiba, estão vivos.

— Então, Laura, deixe eu tomar um banho, estou muito cansado hoje. Trabalhei mais do que devia. Passei do meu limite.

— Não, eu lhe respeito muito, mas preciso lhe falar agora, porque estou a tarde toda agoniada com isso, e apertou nervosamente o pulso do esposo.

— Está bem. Vamos logo, diga o que aconteceu.

— Vamos para o nosso quarto. Já disse. Só vou falar lá — disse dona Laura, com os olhos vermelhos de chorar.

— Está bem, vamos.

Dona Laura atravessou a sala e colocando-se junto do sofá em que Vihumar adormecido repousava, contemplou-o um instante, com um sentimento de profunda melancolia. Em seguida, os dois chegaram ao quarto. O sr. Maurício estava ficando preocupado, principalmente porque já havia percebido a vermelhidão dos olhos de sua esposa.

— Senta aqui, Maurício, que eu conto tudo — disse ela, puxando o marido pelo braço.

— Fala logo, desembucha, estou ficando aflito — disse ele, passando a mão pelo cabelo penteado a capricho.

— Vihumar veio me perguntar hoje se nasceu de parto normal ou cesariano.

— Ah! É isso? Você me mete um susto desse por causa dessa bobagem?

— Bobagem, é? Você não se preocupa, não?

— Não. Nem um pouco. Deixe de fazer uma tempestade num copo d'água. O que foi que você respondeu para ele?

— Disse que depois respondia, que ia deixá-lo no suspense. Na verdade, estava querendo ganhar tempo, para conversar e combinar com você o que eu ia falar.

Sr. Maurício brincou com a esposa; ele, sempre com o espírito divertido, achava facilmente o lado cômico das coisas:

— Laura, nunca se esqueça: "Sozinhos somos fortes, juntos somos imbatíveis". Deixe de sofrer por antecipação, porque assim tem dois trabalhos: um de se aborrecer e outro de voltar ao normal. Quando ele perguntar outra vez, diga qualquer coisa, ou melhor, diga que foi de parto normal. Agora deixe-me eu tomar o meu banho.

Dona Laura, pensativa e triste, sentou-se em uma cadeira de braço que ficava antes da entrada do banheiro do casal, e respondeu:

— Está bem, meu amor. Ah, Maurício, antes do banho, veja esta poesia que eu encontrei hoje na sua gaveta, que um dia eu dei para você.

— Eu vou ler. Mas depois você vai deixar eu tomar meu banho em paz, está bem?

— Está bem, querido.

Ele começou a ler:

Jeito sincero de amar

*Sempre que você chega
o meu coração, não sei explicar,
bate mais forte, começa a acelerar
eu fico nervosa e as palavras
começo a atropelar.*

*Não digo coisa com coisa
meus olhos começam a brilhar
minhas mãos começam a suar
meu corpo treme e chego a arrepiar.*

*Ah! Como eu lhe quero
me dê a oportunidade de lhe mostrar
como sou carinhosa e sei
que você vai gostar
o meu amor não vai lhe sufocar.*

*Nós vamos nos amar no sol,
na chuva e ao luar, e felizes iremos ficar com este amor
tão sincero que só eu posso lhe dar.*

Com a fisionomia risonha e franca, ele olhou carinhosamente para a esposa e disse:
— Olha, meu amor, só você para me fazer ouvir um poema adolescente que você fez para mim no início da nossa paquera; cansado do jeito que eu estou, precisando urgente de um banho.

— Não vou mais importuná-lo. Mostrei esta poesia para você apenas para descontrair um pouco. Tome seu banho tranquilo.

Ela fechou a porta do quarto e saiu bem devagar, suspirando lentamente.

Capítulo 15

Vihumar estava com quase 12 anos. Os pais do pré-adolescente já reparavam na nova mania, e muitos dos pais dos seus amigos ficavam de cabelo em pé com os filhos, pois a principal diversão da garotada, nas festas e baladas, era beijar vários parceiros na mesma noite, beijo de verdade – daqueles que os adultos só trocam quando estão apaixonados.

A moda está se espalhando entre meninos e meninas cada vez mais jovens. A turma do beijo, que até há pouco tempo tinha entre 18 e 20 e poucos anos, agora vem conquistando adeptos na faixa dos 13 aos 17. É exatamente nessa faixa etária que os colegas e amigos de Vihumar se enquadram. O ritual funciona mais ou menos assim: o rapaz se aproxima da garota, ou vice-versa, sorri e pergunta: "Oi, tudo bem?". Se o sorriso for retribuído, troca-se mais meia dúzia de palavras e, em poucos instantes, o casal está aos beijos e abraços em algum canto do salão. Sem nenhum tipo de compromisso futuro. Ao longo da festa, a cena se repete, com outras combinações entre os personagens.

— Se a balada é boa, dá para beijar umas vinte garotas, contava orgulhoso Zezinho "Bundão" aos pais de Vihumar, que embora não fossem "caretas", achavam que essa atitude dos adolescentes era muito sem sentido.

Falavam sempre para o filho e para seus amigos que tivessem cuidado com essa prática de beijar tantas pessoas, para que não adquirissem alguma doença por intermédio do beijo. Vihumar dizia com graça que ainda não tinha beijado uma pessoa, quanto mais várias pessoas. Mas prometia que não ia demorar para começar a beijar. E os amigos dele argumentavam que estava na moda esse tipo de comportamento e que com certeza era só uma fase boa de curtição. Zezinho também contou para o sr. Maurício e para dona Laura que muitos meninos não se contentavam em "ficar" por alguns instantes com as garotas. É preciso competir para ver quem consegue beijar o maior número delas na mesma festa. Ele justificava:

— Vamos às baladas para nos divertir, e beijar faz parte da curtição. Por que vocês só deixam Vihumar ir para festas acompanhados por vocês ou pelos avós?

— Porque ele é muito garoto.

— E como os pais da gente deixam?

— Veja bem, Zezinho, além de vocês terem um pouco mais de idade que ele, não podemos julgar a criação de ninguém. Cada família age com seus filhos da maneira que acha mais certa.

Dr. Alexandre conversava sempre com o filho e com a nora sobre o assunto e dizia que, embora o neto afirmasse não ter beijado nenhuma garota nas festas, não via motivo para os pais se preocuparem com a moda do beijo em série, porque isso não significava que se estava criando uma geração de devassos ou de jovens que banalizam o amor.

— Beijar vários parceiros na mesma balada nada mais é do que uma brincadeira entre os adolescentes.

Os pais de Vihumar não concordavam muito com esse pensamento, e o dr. Alexandre completou a conversa dizendo:

— Esses beijos não têm uma conotação propriamente sexual ou afetiva. Para os jovens, beijar virou um jogo.

Para o dr. Alexandre, o beijo é uma forma de os adolescentes garantirem sua inserção no grupo de amigos.

— Ao beijar muitas garotas, o rapaz é valorizado pelos seus pares. O mesmo vale para as meninas, quando elas escolhem a quem beijar e alcançam seu objetivo.

O dr. Alexandre conhecia muito sobre os assuntos e comportamentos dos adolescentes porque era médico hebeatra, especialista em medicina do adolescente e considerado também um terapeuta de adolescente.

A prática do beijo comunitário tornou-se tão popular entre os jovens que já surgiram comunidades no Orkut dedicadas somente ao assunto. Numa delas, chamada "Eu curto beijar na balada", os participantes revelam num fórum de discussão quantos parceiros beijaram em apenas um dia. Decidida a faturar com o fenômeno, a NaturApi, uma empresa de pesquisas tecnológicas ligada à Universidade do Estado da Bahia, lançou no Carnaval o spray bucal "Beije". O produto é feito com própolis, que tem propriedades bactericidas, e mel e destina-se a higienizar a boca. Segundo os fabricantes do spray, os foliões sempre se beijaram muito no Carnaval da Bahia, mas nunca houve tantos adolescentes entre os beijoqueiros. Nem no Carnaval nem nos salões onde rolam música eletrônica e rock.

A hebeatria, especialidade dedicada ao adolescente, encantou o dr. Alexandre, que ficou feliz com a escolha, porque assim poderia entender melhor seu próprio neto e também colaborar com sr. Maurício e dona Laura para que compreendessem certas atitudes do filho.

Sabemos que a adolescência é um conjunto de transformações e que o fim da adolescência é muito relativo. É um período de intensas transformações e de definições da vida. Em nenhuma outra fase da vida o indivíduo passa por tantas modificações. Com o garoto Vihumar, que estava entrando nessa fase, não seria diferente.

Um dia, em seu quarto, ele disse diante do espelho:

— Espelho mágico, espelho meu, tem alguém no mundo mais feio do que eu?

— Não. Não tem, não. Você é o adolescente mais feio dos feios, Vihumar! — completava ele mesmo, fantasiando a resposta do espelho.

— Sou mesmo. Cabelos encaracolados, pele morena, cravo e canela, como as pessoas vivem dizendo, nariz de panela ou de boi pisou, até que ele está afilando, orelhas de abano, o rosto parecendo uma goiaba aberta, ou um morango, cheio de espinhas vermelhas, dentes com aparelho, os pés, deixei de usar botas ortopédicas, mas estou usando palmilhas. Sou o próprio ET, porque até magro fiquei. Ou, então, sou a própria múmia paralítica. Uma hora dessas vou assustar com minha própria imagem no escuro. Eu, hein!

Mas apesar da idade, Vihumar continuava com as suas travessuras.

Família: arquivo confidencial

Era Dia das Mães. Ele acordou cedo, o que raramente acontecia. Deu a volta pelos fundos do sítio e entrou pela varanda. Passou pela sala principal, encontrou dona Primavera na cozinha, deu bom dia e foi abraçar a mamãe com uma mensagem que tinha trazido da escola no dia anterior:

"*Mãe, um amor que fica acima e afora de qualquer outro sentimento.*

Ali está ela, com o filho ao colo, seio de fora diante de todos, na função mais simples e encantadora, que é a de alimentar a criança que ela trouxe em seu ventre e que será dela enquanto vida houver.

O tempo passou, ela agora continua mãe, é o referencial básico da criança, que se guia e se protege tendo como abrigo e fortaleza aquela que, para os outros é uma mulher, mas para ela, criança, é a casa, a mesa, o leito, o mundo."

— Está gostando, mamãe, da mensagem? — perguntou Vihumar.

Dona Laura balançou a cabeça, pois estava com a voz engasgada, e as lágrimas saltavam dos seus olhos de tanta emoção.

Dona Laura continuou a leitura:

"*Pobre ou rica, velha ou moça, ela se destaca na história de cada um de nós. Não é pobre nem rica, nem velha nem moça, é a mãe. Quando estamos perto dela, tudo parece melhor. Crescemos, vamos à luta, enfrentamos a aspereza da vida, mas onde quer que estejamos, sabemos que podemos contar com ela, com sua bênção, com a sua proteção. Nós mesmos nos sentimos melhores porque sabemos que somos amados, aceitos e perdoados.*"

Mãe e filho se abraçaram e as lágrimas rolaram também no rosto de Vihumar, que ficou envergonhado.

— Vihumar, não precisa ficar com vergonha porque está chorando.

— É porque as pessoas vivem dizendo que homem não chora, mamãe.

— Chora sim, meu filho. Isso é uma bobagem que as pessoas dizem, afinal os homens também têm sentimentos, como as mulheres. Apesar de eu dizer isso, falo que o homem também não precisa ser manteiga derretida. Ou seja, chorar a toda hora por qualquer coisa. Mas que homem chora, chora. Homem é um ser humano com todos os sentimentos. O choro não vai deixar nenhum homem menor que os outros e vai fazer muito bem. Porque o choro nos traz alívio.

Apesar de Vihumar ter uma família equilibrada e um ótimo relacionamento com seus pais, que concentravam esforços e pensamentos em fazê-lo feliz, os conflitos entre gerações de vez em quando existiam. Como escreveu Carlos Heitor Cony: "O mal-estar entre as gerações que vivem sob o mesmo teto e repartem a mesma mesa é apenas um mal-entendido. Os pais acham que os filhos, por serem jovens, são necessariamente felizes, têm tudo da vida, tudo. Os filhos acreditam que os pais, por representarem o poder, são necessariamente felizes porque chegaram lá. Acontece que nem os filhos são obrigatoriamente felizes nem os pais estão obrigatoriamente realizados. Os filhos reclamam das cobranças paternas. Os pais acreditam que os filhos não reconhecem o valor do lar construído, da comida na mesa todos os dias. Bastaria um olhar mais profundo de um grupo sobre o outro para desmanchar o equívoco. Nem os filhos precisam invejar os pais pelo poder, nem os pais precisam ficar despeitados porque os filhos têm a vida toda pela frente. O amor nunca será a soma de iguais".

Também sabemos que esta história da vida toda pela frente nem sempre é verdadeira. Nunca temos certeza de nada, sabemos apenas do aqui e agora, o resto a Deus pertence. Não é porque um é mais jovem que o outro, que vai morrer depois. Isso é um mistério que só o Pai Celestial sabe e pode desvendar. As nossas vidas estão nas mãos Dele, fazemos apenas o que Ele nos permite.

Naquele Dia das Mães, Vihumar entregou um envelope para a mãe, dizendo que era um presente:

— Toma, mamãe, é pra você, com todo meu amor.

Dona Laura abriu o envelope e encontrou a seguinte lista:

"Limpar o meu quarto: 2 reais

Estudar todos os dias as lições: 3 reais

Ir ao supermercado comprar biscoito: 1 real

Cuidar do meu pônei: 2 reais

Tirar o lixo todo fim de semana, na folga dos empregados: 5 reais

Ter um boletim com boas notas: 2 reais

Tomar sopa todas as noites: 5 reais

Total da dívida: 20 reais"

Dona Laura olhou o filho, que aguardava cheio de expectativa. Finalmente, ela pegou o lápis e escreveu no mesmo papel:

"Por carregar você nove meses no meu ventre e te dar à luz: nada.

Por carregar você pequenino e depois ensiná-lo a andar: nada.
Por passar tantas noites sem dormir, tratar de você e rezar por você: nada.
Pelos problemas que te ajudo resolver: nada.
Pelos medos e preocupações que me esperam pela vida toda: nada.
Pela comida, roupas e brinquedos: nada.
Por limpar as suas orelhas e aparar as suas unhas: nada.
Custo total do meu amor: nada."

Ao terminar de ler o bilhete o menino olhou para a mãe e disse:

— Mamãe, eu te amo! — pegou novamente o papel e escreveu com uma letra enorme: "totalmente pago".

Dona Laura se mostrara tão singularmente comovida, abraçou Vihumar e disse:

— Agora, meu filho, venha ver o que eu escrevi outro dia pensando no meu amor por você.

Reflexão de uma mãe

Meu Deus!
Como é bom imaginar um filho,
Planejá-lo até nos seus mínimos detalhes:
Como será o seu rosto, o cabelo,
Seu corpo, sua personalidade?

Mas como é complicado educá-lo!
Um filho é para sempre,
É um pedaço de nós mesmos,
É um ser a princípio indefeso,
Que sai das nossas entranhas...
É o elo mais forte que existe
Entre duas pessoas,
É o amor mais profundo
E sincero também.

O filho sente a presença marcante
Da mãe ainda na sua barriga,
Sente sua tristeza, sua alegria,
Sente todas as suas emoções...
E nós, na tentativa de ampará-lo
Com o nosso aconchego,
Às vezes terminamos, sem querer,
Sufocando-o com uma super superproteção...
Enfim...
O importante é que ele sempre
Sinta a nossa presença
Nos momentos mais marcantes
De sua vida, contando sempre e cada
Vez mais com o nosso apoio.

— Gostou?
— Claro, mamãe. Obrigado.

A família foi tomar café da manhã. O sr. Maurício tinha encomendado uma linda cesta de café da manhã para dona Laura, com um buquê de rosas amarelas, as suas preferidas.

Mais tarde, todos almoçaram no sítio. Os pais de dona Laura vieram de Salvador e se juntaram aos pais do sr. Maurício. A família estava completa.

Foi um dia muito feliz para todos. A festa do Dia das Mães na casa de Vihumar correu animada, com música, muita conversa e muito riso.

Capítulo 16

No dia seguinte, Vihumar acordou cansado, com preguiça de ir para a escola. Dona Primavera tinha preparado o café da manhã do garoto com todo carinho. Dona Primavera não é só a cozinheira da casa, é também uma amiga da família. É visível a afeição e o respeito que todos têm por ela. Vihumar chegou na escola contando para os amigos, Zezinho e Aline, o quanto tinha brincado no fim de semana, com alguns colegas e amigos da vizinhança. Eles tinham aprontado bastante.

A professora Fatinha já tinha retornado às atividades e entrou na sala de aula muito animada.

— Vamos começar nossa aula. Hoje vamos falar sobre os hormônios e o despertar da sexualidade.

— Já vem a professora com palavras difíceis, disse Zezinho. Logo hoje que só estou pensando em beijar, beijar muito — comentou baixinho com a colega que estava a seu lado.

— Antes que vocês me perguntem o que é hormônio, eu vou logo dizer, embora eu acredite que muitos de vocês já saibam: hormônio é a substância que entra na corrente circulatória e vai atuar sobre funções orgânicas, agindo como excitante ou regularizador. Estão entendendo?

— Mais ou menos — responderam alguns dos alunos.

— Os hormônios são produzidos e secretados pelas glândulas, que podem ser de dois tipos.

— Quais são? — perguntou Vihumar.

— Glândulas endócrinas e glândulas exócrinas. Eu vou explicando no decorrer da aula para vocês. Saibam, por exemplo, que o hormônio do crescimento estimula o desenvolvimento físico e pode fazer coisas surpreendentes com o tamanho das pessoas.

— É por isso que eu estou tão ridículo, parecendo um ET? — disse Vihumar.

Todos riram.

— Eu não estou vendo nada de ridículo em você — disse a professora — você é um garoto normal.

— Se isso é normal, eu quero saber o que é anormal.

— Vamos deixar de gracinhas e vamos prestar atenção à aula.

— Não é gracinha, pró, é o que eu acho.

— Todos vocês são normais, prestem atenção à aula que vão entender melhor a fase da adolescência e vão parar de dizer bobagens. Já vi que manter o espírito de rebeldia faz parte das mudanças do adolescente. Vocês implicam com tudo, até com um fio de cabelo que esteja fora do lugar. Continuando a falar sobre o hormônio do crescimento, vocês sabiam que a tribo Watussi, na África Central, por exemplo, é formada por pessoas que estão entre as mais altas do mundo?

— Eu não — respondeu Vihumar.

— Pois é. Na média, eles medem 1,83 metros. Mas há pessoas ainda mais altas. O americano Robert Pershing Wadlow, nascido em 1918, media 2,72m e pesava 199kg aos 22 anos!

— Então ele era um gigante.

Todos riram.

— Os pigmeus da tribo Mbuti, do Zaire, também na África, estão no extremo oposto: são muito mais baixos que a média. Os homens da tribo medem mais ou menos 1,37 metros, e as mulheres, 1,35 metros.

— Então eles são anões! — disse Aline.

— Nada disso — falou a professora. Vejam bem, as glândulas responsáveis pela produção de hormônios sexuais são os testículos, no homem...

— E na mulher? — perguntou Aline.

— Na mulher, os ovários.

— Professora, permita-me um comentário.

— Diga, Zezinho.

— A senhora está falando essas coisas do corpo na adolescência e eu percebi que aqui na sala tem muitas meninas que vivem se queixando dos pneuzinhos que elas têm dos lados do corpo, mas eu já falei para elas que não fiquem impressionadas com isso, porque Aline, que é bonitona, nem se preocupa com isso.

— Por quê? Ela não tem pneu? — perguntou a professora.

— Não, não é isso. É porque avião também tem pneus!

Todos gargalharam.

— Deixe de piadinha. Vamos voltar para o assunto da aula.

— Ah! Que a piada foi boa, foi — disse Vihumar.

— O hormônio masculino chama-se testosterona. Quando o menino chega à puberdade, seus testículos começam a produzir grande quantidade desse hormônio. Os resultados podem ser vistos no corpo.

— Como? — perguntou Zezinho.

— Surgem pelos no rosto, nas axilas e na virilha; a voz fica mais grossa.

— Por isso que eu digo que pareço um ET — disse Vihumar.

Todos riram.

— Os adolescentes riem muito, mesmo sem ter grandes motivos. É natural nessa fase da vida. O riso faz parte do cotidiano dos adolescentes. Dizem que sorrindo viveremos mais tempo e teremos menos rugas. Em contrapartida, as crianças geralmente choram demais; na verdade, estou querendo dizer que, pelo que observo, elas choram com muita facilidade.

Os alunos ficaram distraídos e começaram a brincar de bolinha e aviãozinho de papel, pegaram também giz e começaram a jogar uns nos outros.

A professora perdera o controle da turma, por um instante parou de falar, respirou fundo e disse com a voz mais alta:

— Ouçam, por favor. Esta aula é muito importante para entenderem as modificações que estão acontecendo com o corpo de vocês. Por essa ocasião, os testículos também passam a elaborar espermatozoides, as células que permitem a reprodução.

— E os ovários? — perguntou Aline.

— Os ovários produzem os hormônios femininos: estrógeno e progesterona. O surgimento dos dois, que ocorre entre os 10 e os 13 anos de idade, também provoca mudanças na menina.

— Quais, pró? — perguntou mais uma vez Aline, curiosa!

— Pelos nas axilas e na virilha, certo arredondamento dos quadris, desenvolvimento dos seios. Aparecem as primeiras menstruações, significando que os ovários estão em condições de liberar óvulos e que a gravidez é possível. Tudo isso é normal; anormal seria se essas coisas todas que eu falei não acontecessem.

— Tudo bem, pró. Normal! Normal! Normal!

— E tem mais uma coisa que eu quero dizer para vocês: todo homem tem uma pequena quantidade dos hormônios femininos. E a mulher também tem um pouco de hormônio masculino.

— Professora, e quando acontece de os hormônios falharem?

— Normalmente, o nosso corpo produz a quantidade certa de hormônios. Porém, às vezes, as coisas não correm direito e o equilíbrio fica comprometido.

— Sim, professora, e aí acontece o quê?

— Os médicos falam em hipofunção quando a secreção é escassa e em hiperfunção quando é excessiva.

— Não estou entendendo nada — disse Aline.

— Nem a gente — falaram os demais alunos.

— Vejam bem, existem doenças que ocorrem em um e em outro caso.

— Ahan... Entendi — Aline murmurou.

— Por exemplo, uma pessoa com peso excessivo pode suspeitar de alguma irregularidade hormonal.

— Ah! Que alívio! Ainda bem que estou cada vez mais magro, mais esquisito, parece até que vou virar um faquir e vou deitar numa cama de prego — disse Vihumar. Muito estranho mesmo eu estou.

— Para com isso, Vihumar, já disse que você é normal, e que todos vocês são normais. Depois de eu explicar tudo isso você ainda não entendeu?

— Entendi, professora, estava só brincando...

— Vihumar, você falou de faquir, você sabe o que é isso? — perguntou a professora.

— Eu vejo todo mundo falando que é uma pessoa muito magra.

— Eu vou explicar para vocês. Faquir é um monge mulçumano que vive em rigoroso ascetismo. Ou seja, indivíduo que se exibe jejuando, deixando-se picar ou ferir sem dar sinais de sensibilidade.

— Ah! Que legal, professora, gostei da explicação.

— Olha, eu disse que ainda ia explicar para vocês sobre o despertar da sexualidade, mas vai ficar para amanhã. Já passei muitas informações importantes hoje. Este outro assunto também é importante; fica para o dia seguinte, está bem?

— Está bem — disseram os alunos.

Vihumar foi para casa feliz, porque sabia que ele era um garoto totalmente normal, embora continuasse se achando esquisito.

Capítulo 17

Na manhã seguinte, Vihumar acordou ansioso para ir assistir às aulas, pois se lembrou do assunto que seria dado naquele dia. Ficou repetindo ainda na cama, após suas orações matinais:

— Hoje vou estudar sobre: "O Despertar da Sexualidade". Só quero ver o que a professora vai dizer. Só quero ver...

Continuou na cama durante mais dez minutos, pensativo. Depois disse para si mesmo em voz alta:

— Agora vou levantar para não me atrasar.

Dona Laura entrou no quarto e perguntou:

— Vihumar, você está falando sozinho, meu filho?

— Estava "pensando alto", mamãe. Não é assim que vocês adultos falam?

— É assim mesmo que a gente fala, seu papagaio. Fica copiando as palavras dos adultos, não é?

— É, sim.

— Levanta logo para não se atrasar. A gente na vida deve procurar sempre que possível ser pontual. Principalmente no colégio; se você se atrasar, vai prejudicar o desenvolvimento da aula e o seu também. Porque não acompanhando a evolução dos assuntos desde o início, além de prejudicar a si próprio, atrapalha o restante dos alunos, perguntando o que foi que a professora já falou. Anda logo, Vihumar, vai cuidar para sair. Seu pai já está pronto para levá-lo.

— Já vou, já vou! Hoje você nem sabe, mamãe, quem está com mais pressa, urgência mesmo, de ir para a escola do que eu. Não quero perder essa aula de hoje por nada. Nada nesse mundo, ouviu?

— Por que isso?

— Depois lhe digo — respondeu ele, saindo apressado.

Vihumar entrou na sala de aula na maior expectativa para que a professora chegasse. Para surpresa e decepção dele, a professora não pôde comparecer; a professora substituta disse que faria apenas uma revisão do assunto anterior. Todos se entreolham, considerando a presença da professora substituta como algo inútil e decepcionante. Vihumar empalideceu e comentou com os colegas:

— Ah, estava muito bom para ser verdade! Logo hoje, que íamos saber tantas coisas bacanas, a professora Fatinha não veio. Mas, tudo bem, eu espero para amanhã. Só quero ver se ela vai faltar amanhã também.

A professora substituta pediu silêncio para começar a aula de revisão.

Vihumar chegou em casa todo desapontado.

— E aí, Vihumar, como foi a aula tão esperada? — perguntou o sr. Maurício.

— Não foi — ele respondeu.

— Não foi por quê?

— Porque a professora Fatinha inventou de não ir justo hoje.

— Inventou, não! Se ela não foi, é porque não pôde. Veja como você fala de sua professora! Não julgue as atitudes dos outros sem saber a verdadeira razão.

O garoto, por não esperar essa reação do pai, que lhe falou com certa rispidez, estremeceu e corou vivamente.

— Tá bom, papai. Está aborrecido comigo?

— Não. Estou cansado, além do meu trabalho ser de grande responsabilidade, algumas pessoas, só porque sabem que eu sou juiz de direito, ficam me bajulando, vão lá no fórum, levam lembranças ou chegam aqui em casa atrás de mim ou de sua mãe para trazerem de presente: leites, queijos, peru, entre outras coisas, e eu não quero receber, o que gera uma situação constrangedora e que me deixa irritado. Ainda ficam dizendo: "Oh, doutor, aceite, é dado de bom coração".

— Por essas e outras coisas que eu não quero ser juiz. Acho que deve ser ruim, até porque todo dia o senhor parece um pinguim, tem que usar paletó e gravata; e além do mais aqui faz muito calor.

O pai sorriu.

— Está bem, meu filho; e a professora que não foi trabalhar hoje, será que vai amanhã?

— Não terá aula dela amanhã, só no dia seguinte. Eu quero ver se ela não vai aparecer no próximo dia de aula.

— Ela só não vai aparecer se não puder.

— Tá legal. Espero que ela possa.

Vihumar passou o resto do dia estudando e brincando. Até com o pônei ele se divertiu mais do que de costume; em determinado momento afrouxou o passo do cavalo e ficou conversando com ele como se estivesse falando com uma pessoa. Fez até uma brincadeira com um periquito que ele tinha desde quando era bem pequeno: abriu a gaiola, deixou-o sair voando, mas depois de algum tempo o periquito voltou para dentro da sua morada habitual, pois já estava acostumado a viver preso, não conhecia o gosto de viver livremente.

Embora no sítio tivesse gangorra, que seus pais compraram e mandaram instalar, ele amarrou, com os amigos, uma corda nas árvores e pendurou pneus para servirem de balanço, assim, eles podiam mover o corpo para um lado e para o outro. Vihumar gostava muito do movimento de vaivém daquele brinquedo, que era mais apropriado para crianças do que para adolescentes. Mas nesses momentos, seu espírito infantil falava mais alto.

Empurravam bastante uns aos outros, correndo o risco de se machucarem caindo. À noite, em seu quarto, Vihumar ficou lembrando que alguns colegas, com os quais ele não tinha intimidade, tinham chamado ele, Zezinho e Aline para experimentarem um cigarro, escondidos na cantina da escola, ou no banheiro, mas os três resistiram à tentação e não aceitaram. Ele se lembrou das palavras do seu pai e de sua mãe, que sempre lhe disseram:

Família: arquivo confidencial

"Meu filho, não queime nunca seu dinheirinho comprando cigarros. Eles fazem muito mal para a saúde e as pessoas geralmente acabam morrendo de câncer de pulmão. Se fosse uma coisa boa, pense bem, não haveria tantas pessoas fazendo tratamento para deixar o vício".

Vihumar, naquela noite, rezou e foi dormir, pedindo para que Deus permitisse que sua professora não faltasse no dia seguinte.

Capítulo 18

Alguns dias depois, Vihumar, mais uma vez, acordou ansioso, chamando os pais e pedindo que saíssem logo da cama, coisa que raramente acontecia, pois ele sempre foi preguiçoso para levantar, mas desejava ardentemente assistir àquela aula tão prometida pela professora Fátima.

Ouvindo os gritos dele, dona Primavera entrou no quarto do garoto e pediu que ele falasse mais baixo, que era muito cedo para fazer tanto barulho; só porque estava aflito para ir assistir aula da professora Fatinha, precisava aquilo tudo?

Ele disse com atrevimento:

— A senhora, dona Primavera, não é minha mãe para falar comigo neste tom!

— Não sou sua mãe, mas vi você nascer. Tenho obrigação de lhe ensinar bons modos, até porque sou mais velha que você.

— Ah é? Já que a senhora me viu nascer, responda sem pensar: eu nasci de parto normal ou cesariano?

— Eu é que sei? Pergunte para seus pais.

— Já perguntei, mas eles ficam me enrolando.

— Então, pronto! Eu é que não vou falar nada. E não me enrole. Eu falei para você não fazer barulho porque ainda é muito cedo.

— Era só o que me faltava, até esta quase idosa que, como diz o meu avô Alexandre, "a velha gagá, já deu o que tinha que dar", querendo mandar em mim! — ele disse bem baixinho.

— O que você disse?

Família: arquivo confidencial

— Nada não, senhora, estava falando comigo mesmo.

Vihumar pensou: "Ora, ela vive querendo se fazer de moderninha e cheia de palavras antigas na boca: "uma ocasião", "vou chegando", "pois não", "é muito frenético", "rapaz lorde", vive chamando as pessoas: "*fia*, vem cá", fala "minha caderneta", em vez de dizer "minha agenda", "ordenado", em vez de "salário", entre outras palavras antigas, que eu só vejo idoso falando. Parece que não se enxerga. E o que é pior, vive sempre com a cabeça cheia de *bobes*, andando para cima e para baixo, típico de pessoas que estão pelo menos beirando os sessenta anos de idade. Eu sei, porque já observei as amizades das minhas avós e estão sempre com um lenço de seda na cabeça e os benditos bobes. Olha que na maioria das vezes estão todas arrumadas, mas com as manilhas na cabeça. Vão assim para a feira livre, para a padaria, para o supermercado, para a farmácia, fazer caminhada, para a praia, e muitas vezes estão até de óculos de grau ou mesmo óculos escuros. Observei que são pessoas de todas as classes sociais que fazem isso. São umas tremendas GTI (gatas da terceira idade), geralmente na "idade do condor" (com dor aqui e ali...) e com a PVI (porcaria da velhice instalada)".

Vihumar teve o privilégio de ser aluno da professora Fátima, Fatinha, como todos a chamavam, tanto quando era muito criança e também agora, quase no fim do ensino fundamental, como professora de ciências físicas e biológicas. Ele e os colegas tinham bastante amizade com ela, em virtude dos longos anos em que vinham convivendo.

Vihumar chegou à escola e, para a sua alegria, a professora Fátima já estava na sala, aguardando os alunos para começar a aula. Nesse dia, ela daria duas aulas de ciências seguidas, para depois entrarem os outros professores previstos para aquele dia. Vihumar estava muito atento, esperando a aula começar. Zezinho brincava com Aline, e ela estava distraída, parecendo que estava no mundo da lua, pensando só Deus sabe no quê.

— Vihumar? Tudo bem? — perguntou a professora.

— Tudo ótimo! — respondeu, como sempre, expansivo e otimista.

Vihumar falava com grande alegria e com muita euforia, para que a professora iniciasse logo o assunto.

— Bem, vamos começar. Ah! Antes de começar o assunto de hoje, quero falar uma coisa: vejo sempre as pessoas jogando papéis no chão das ruas, nas praias, nos jardins; peço a vocês que não façam isso. É muito feio, além de deixar a cidade suja. É a mesma coisa quando as pessoas não ajudam a preservar a natureza e começam a arrancar as flores dos jardins, ou cortam as árvores, ou plantas de um modo geral. Temos de ajudar a preservar a natureza, e sujar ruas também é uma grande bobagem. Não puxar descargas em sanitários públicos ou das casas que frequentamos, mesmo quando apenas urinamos, por exemplo, é outra coisa feia, pois, se fazemos algo errado nos estabelecimentos públicos, damos a impressão, para as pessoas, de que agimos da mesma maneira em nossas casas. Então, as pessoas concluem que somos porcos, e com toda a razão; e a gente não quer passar esta imagem para os outros. Não é verdade?

Os alunos olham assustados para a professora e alguns deles respondem:

— É, professora, a senhora está certa.

— Portanto, quando vocês estiverem em algum lugar que não tenha lixeira, nada de jogar papel nas ruas, combinado?

Os alunos balançaram a cabeça afirmativamente.

— Também não quero ver ninguém arrancando flores dos jardins, tampouco deixando o sanitário de qualquer lugar que seja, e o da escola principalmente, sem acionar o botão da descarga. A direção daqui recebe muita reclamação. Vamos colaborar, porque assim teremos orgulho de nós mesmos. Bem, vamos iniciar o assunto de hoje. Vocês sabem o que é a adolescência?

— Mais ou menos, professora — respondeu Aline.

— Como "mais ou menos"? Ou sabe ou não sabe.

— A gente não sabe direito, não — respondeu Vihumar.

— Adolescência é o período de tempo, de alguns anos, em que uma criança se torna adulto.

— Não entendi bem — disse Zezinho.

— O adolescente é aquele que ainda não alcançou pleno desenvolvimento. A primeira fase da adolescência chama-se puberdade e marca o início das transformações físicas e mentais.

— Como assim, professora? — perguntou Vihumar.

— São transformações físicas e mentais provocadas pela intensa atividade dos hormônios sexuais. Já falei dos hormônios na aula anterior.

— E quando começa? — perguntou uma vez Vihumar.

— O momento em que essas transformações começam varia muito. Em geral, as meninas saem na frente: seu corpo mostra as primeiras alterações entre nove e treze anos.

— E os meninos? — indagou outro aluno da turma.

— Nos garotos, o início ocorre entre dez e quatorze anos. Também o fim da adolescência varia.

— Como assim, professora? — perguntou Zezinho.

— Apesar de as leis considerarem que uma pessoa se torna responsável ao fazer 18 anos, o pleno amadurecimento físico e psíquico não acontece no mesmo momento para todos.

— Ah, agora entendi — respondeu Zezinho.

— Estão gostando da aula? Estou falando sobre vocês.

— Estamos gostando muito — respondeu Vihumar, que era o líder da classe.

— Então, vejam bem: a puberdade marca o início de tempos novos e excitantes, mas que também trazem inquietação. Os jovens parecem não entender o que acontece com os seus corpos, por isso eu falei anteontem com vocês sobre menstruação, primeiros sinais de barba e bigode nos meninos, arredondamento do corpo das meninas, entre outras coisas mais que eu expliquei para que vocês entendessem tudo com mais clareza.

— Ah, sim. Realmente agora estou me entendendo melhor — disse Vihumar. Porque sei que esta fase um dia vai passar.

— Mas, Vihumar, a adolescência é uma fase ótima de nossas vidas, é um período de muito aprendizado. É, igualmente, uma fase de grande vida social, com passeios, encontros, festinhas. Vocês querem fase melhor?

— Eu quero — interrompeu Zezinho, antes que Vihumar respondesse à professora. Eu quero ficar adulto! Adulto, porque vou poder fazer tudo sem pedir permissão.

— Mas não é bem assim, adulto não pode tudo. Você chega lá, não tenha pressa. Curta sua adolescência, pois cada minuto é preciso. Nessa fase da vida, garotos e garotas desenvolvem suas próprias ideias de como as coisas deveriam ser.

— É, mas os adultos não dão importância e dizem que nós somos aborrecentes! — continuou Zezinho.

— Eu não digo isso. Mas sabem por que eles falam assim? Porque todas as mudanças da adolescência provocam comportamentos contraditórios, incompreendidos na maioria das vezes pelos adultos. Na verdade, parece que eles esqueceram as suas próprias adolescências.

— É isso mesmo, professora — disse Zezinho. Meus pais mesmo não me entendem.

— Pois os meus me entendem — disse Vihumar. Sou eu que não me entendo.

Todos riram.

— Sabe o que é, gente? Na adolescência os jovens começam a formar suas próprias ideias e querem tomar suas próprias decisões.

— É isso mesmo, professora. Claro que tem que ser assim — respondeu Aline.

— Deixem-me continuar. Às vezes, os adolescentes defendem seus pontos de vista com excessivo vigor ou rebelam-se contra o modo de vida dos pais que, até pouco tempo atrás, aceitavam com toda tranquilidade. Começam a discutir o que é certo, o que é errado, o que fazer para melhorar as condições do país etc. Isso tudo é normal dentro do processo de crescimento.

— Mas tem de ser assim mesmo, professora, senão os adultos dominam a gente. Tipo assim: pode isso, não pode aquilo. E na verdade é mais "não pode" do que "pode". Não é, pessoal?

— É! — alguns responderam.

— Aline, você está mais do que certa. Está certíssima — completou Zezinho.

— Continuando com a aula, a adolescência é um período de intensa sociabilidade, momentos de grandes amizades e de muitas confidências.

— Eu mesmo, professora — disse Vihumar — tirando meus pais e meu cavalo branco, Espertinho (que outro dia até emprestei para o papai, que mandou selar o cavalo e saiu passeando, me deixando sozinho sem poder conversar e confidenciar com meu cavalinho), meu maior confidente é o Zezinho. Ele que me traia um dia que vai ver o que eu faço. Ele vai ver!

— Olha, Vihumar, nada de vingança, nem ódio, isso só nos faz mal. Se Zezinho trair sua confiança, o que você deve fazer é não contar mais segredo nenhum para ele e desculpá-lo.

— Tá bom. Mas eu quero que ele sempre seja meu amigo, meu melhor amigo.

— Não se preocupe; ele será, não é, Zezinho?

— Se depender de mim, sim.

— Nós criamos até símbolos próprios, não foi, Zezinho? — disse Vihumar.

— Foi sim.

— Eu estou tendo o cuidado para explicar tudo em detalhes, para que vocês não tenham informações distorcidas pelos corredores e pátios da escola.

— Está vendo, Aline? — disse Vihumar. Isso é para você, que dá importância a tudo que lhe falam nos corredores, nos intervalos.

— Cale sua boca, que eu não sou assim.

— Vamos parar com discussão. Também quero dizer que tenho zelo por vocês, entusiasmo em ensiná-los e sei reconhecer com clareza as diferenças individuais existentes entre os jovens. Eu procuro não praticar injustiças nas minhas decisões em sala de aula, tenho sempre interesse em ajudá-los.

— A gente sabe disso, professora.

— Completando o meu pensamento, que vocês interromperam: se vocês souberem reconhecer, vão confirmar que eu não demonstro favoritismo com as pessoas.

Como sabemos, não conseguimos agradar a todos na vida. Dois alunos, que tinham chegado atrasados, olharam para a professora com um olhar de acusação e espanto, porque achavam que ela tinha favoritos, sim, por exemplo, Vihumar e Zezinho. Nesse instante, Aline, descontraidamente, disse:

— É verdade, pró, gostamos tanto da sua aula que as outras se tornam até agradáveis, pela sua influência. Até mesmo aquelas aulas dos professores de que não gostamos muito; a de Geografia por exemplo.

— Poupem-me os detalhes.

— Está bem, pró.

— Vocês sabem que todas as criaturas vivas precisam se reproduzir?
— Claro! Mas, por que, professora? — perguntou Vihumar.
— Para garantir a sobrevivência da espécie. Para muitas plantas e animais, a reprodução é apenas uma forma de se multiplicarem.
— E para nós?
— Para nós humanos ela tem também, além desse, outros significados.
— Quais são? — perguntou Aline.
— O relacionamento sexual entre homem e mulher, por exemplo, é uma forma de demonstrar o amor que um tem pelo outro. A maior parte dos órgãos reprodutores masculinos, como os testículos e o pênis, é externa. Nos testículos fabricam-se os espermatozóides, e quando um deles se une ao óvulo da mulher, vai dar vida a um novo ser.
— Ah! É assim? Pois minha mãe nunca me explicou, mas eu já sabia. Enganei o bobo na casca do ovo — respondeu Aline.

Os alunos soltaram uma gargalhada e a professora não deu importância para a piadinha da garota.

— É assim, sim — disse a professora. Por causa da produção dos hormônios sexuais há o surgimento dos pelos pubianos e embaixo dos braços. Nas meninas começa o desenvolvimento dos seios e elas passam a usar sutiã.
— Ah! Entendi agora por que Aline estava toda metida.
— Entendeu o quê, Zezinho? — indagou Aline.
— Nada! Nada, não!
— A voz dos garotos torna-se mais grossa...
— Está vendo aí, Zezinho; é por isso que a nossa voz está horrível — disse Vihumar.
— Já falei para vocês que tudo isso é normal, normalíssimo. Estou falando tudo isso para evitar que se formem ideias equivocadas em suas mentes. Eu quero até avisar para vocês que vão ser desenvolvidos programas de educação sexual rotineiramente nesta escola.
— Oba! Legal! — exclamaram alguns alunos.
— É importante que os adolescentes recebam informações sobre contracepção e sobre a importância do respeito pelo próximo em todo relacionamento. Também é fundamental falar sobre doenças sexualmente transmissíveis (DST) e como elas podem ser evitadas.

Família: arquivo confidencial

— Como elas podem ser evitadas? — perguntou Zezinho.

— Em outra aula, eu explico.

— Diga só uma maneira de evitá-las, professora.

— Está bem. Se as pessoas usarem a camisinha, por exemplo, nas relações sexuais. Vocês já ouviram falar em camisinha, não ouviram?

— Não! — os alunos responderam rindo, numa óbvia ironia.

— Professora, não somos mais crianças, alguns ainda são pré-adolescentes, mas outros já estão na adolescência, como eu, por exemplo — disse Zezinho. Para falar a verdade, eu já sabia de tudo isso que a senhora explicou.

— Muito bem! Não tenho dúvida disso. Mas garanto que você não sabia com tantos detalhes como foi explicado, com termos técnicos.

— Ah! Mas que eu sabia, eu sabia.

— Professora, não dê importância para ele, esta aula foi maravilhosa — disse Aline.

— Todo adulto deveria se recordar de que é comum os adolescentes viverem momentos confusos e de que eles podem ser ajudados a sair de muitos conflitos se souberem melhor o que está acontecendo com seus corpos.

— É isso mesmo, professora — disse Aline. Mas a maioria dos adultos esconde as coisas da gente, ou ficam cochichando entre eles, parecendo que tudo é pecado.

— É verdade. Alguns adultos têm vergonha de falar sobre esses assuntos. Se as explicações forem dadas com seriedade e antes de começarem as mudanças físicas, melhor ainda.

— Isso mesmo, professora — tornou a dizer Aline. Concordamos com a senhora em gênero, número e grau.

— Só para concluir, vou ratificar para vocês que crescer é ótimo, mas também traz algumas dificuldades e conflitos. É importante que vocês, pré-adolescentes, e alguns aqui já adolescentes, sejam informados disso.

— E quando os pais da gente não quiserem conversar sobre esses assuntos, o que podemos fazer, professora? — perguntou Zezinho.

— Alguns adultos têm mais facilidade de se entender com os adolescentes que outros. Se os pais não forem abertos, procurem um parente próximo, o avô ou avó, por exemplo. É bom que eles também tenham conversas frequentes com os netos.

— Nesse ponto, eu tenho muita sorte; meus pais são legais e meus avós também — disse Vihumar. Não escondo quase nada de meus pais.

— Quase nada? — perguntaram os outros alunos, gargalhando.

— É, falei quase nada. Porque posso esquecer de dizer alguma coisa e nem me lembrar — completou Vihumar, sorrindo, quase como uma ironia.

— Está bem! Por hoje chega. Até amanhã pra vocês.

Vihumar chegou todo contente em casa com tantas informações. Aprendeu que o uso da camisinha evita não só a gravidez, mas também doenças venéreas, ou seja, doenças sexualmente transmissíveis, e a pílula evita a gravidez indesejada. Por isso, a importância do uso dos dois ao mesmo tempo. Entretanto, toda pessoa que vai começar sua vida sexual deve procurar a orientação de um ginecologista ou urologista. Ele contou para seus pais tudo o que se lembrou da aula enquanto faziam as refeições. E, à noite, foi dormir ainda mais feliz que nos dias anteriores, porque, a partir dali, podia se entender melhor e entender também seus colegas e amigos.

Capítulo 19

Um ano e alguns meses depois...

— Vihumar, acorda! Você está dormindo nos braços da vida? — perguntou dona Laura bem alto.

— O quê...?! Não entendi nada... - ele respondeu, esfregando as mãos nos olhos, muito sonolento.

— Nos meus braços, sim, você vai poder dormir um dia, mas nos braços da vida é importante estar o tempo todo acordado.

— Ah! Você, mamãe, me assustou e eu continuo sem entender nada.

— Acorda, menino! Há pássaros demais para se ver; há um sol maravilhoso lá fora.

— Agora, mesmo que não quisesse, teria que levantar; perdi o sono.

Depois do susto inicial, Vihumar começou a curtir e a saborear o prazer de estar acordado. Ainda na cama, fez suas orações e antes de ir para o banheiro contou à mãe o sonho que havia tido, o que a fez lembrar-se de uma pergunta que uma criança lhe fizera certa vez:

— Tia Laura, para onde vão os nossos sonhos quando a gente acorda?

— Eles ficam escondidos dentro da gente, esperando o momento de aparecer novamente, numa outra noite de sono.

— É mesmo, tia?

— Bem, querido, não tenho bem certeza disso, mas o conselho que lhe dou é que faça, sempre que possível, um esforço para tornar um sonho bom em realidade.

Vihumar, após conversar com sua mãe, foi feliz e satisfeito tomar banho e começa a cantarolar:

Não sei se o que falei é verdade
Mas sei que um sonho quero tornar real
Ele sempre fica por aí
Perturbando dentro de mim
Estou menos infeliz hoje
Porque meu sonho quero em prática botar
Mesmo que ele seja inoportuno ou louco
Sinto o amanhã se tornando hoje,
Quero tornar real o que ontem sonhei para hoje.
Lá, lá, ri, lá, rá...

Disse, após sair do banheiro:

— Mamãe, fale mais sobre o sonho e o amanhecer.

— Vou apenas lhe dizer algumas palavras e você tente não esquecê-las: "Se soubéssemos o que o amanhã traria, não precisaríamos de nossos sonhos e planos. Mas o amanhã é a pergunta sem resposta, um novo desafio para enfrentar, uma nova aventura para ousar! Gostou, Vihumar?

— Gostei. Você é poeta?

— Não, sou poetisa, ou seja, mulher que faz versos.

— Olha, meu filho, o homem caracteriza-se por uma contínua renovação. Suas condições psicossomáticas variam constantemente — disse o sr. Maurício, que entrara no quarto naquele momento.

— Ah, já vem você com palavras complicadas! E eu por acaso sei o que é psicosso... so... Isso aí que você falou, é o quê?!

— Eu não vou lhe dizer, você vá procurar este termo no dicionário, depois que eu acabar de falar a minha frase. Eu, sua mãe, seus professores, seus avós, sempre lhe explicamos toda palavra que você não sabe o que é, mas isso não está certo. "Não dê o peixe, ensine-o a pescar". Logo, você que vá pesquisar para saber o que a palavra quer dizer.

— Está bem! Está bem! Depois eu vou procurar mesmo.

— Continuando o que eu estava dizendo, quando você me interrompeu. Apesar das mudanças, trata-se sempre do mesmo homem. Cada fase da vida – criança, jovem, adulto, velho, senil — apresenta em si mesma algo de novo, é única, não vivida anteriormente, indo-se para frente sempre; nisso é que reside a tensão da existência, o estímulo para vivê-la. Sabe quem falou isso, Laura?

— Ah, a frase não é sua?

— Não. É de Romano Guardini.

— Poxa, quase todo dia vocês ficam com essas conversas chatas. Tudo que dizem é cheio de explicações. Estou ficando enjoado disso. Ficam lendo demais, depois querem passar tudo para mim. Vocês pensam que sou adulto. Eu sou apenas um adolescente, eu não entendo tudo que vocês dizem.

— E quem falou para você que os adultos entendem tudo? Aí é que você se engana. Mas saiba que quem não gosta de ler, ou seja, quem não lê, não tem vocabulário. Está bem, meu filho, hoje é fim de semana e você, após fazer as lições, tem mais é que se distrair.

— É isso mesmo que eu vou fazer. Mas, antes, vou procurar no dicionário o significado das palavras "psicossomática" e "senil".

— Vihumar, só mais uma frase que eu quero lhe dizer: o segredo da existência não está somente em viver, mas em saber por que se vive.

— É isso mesmo — disse o sr. Maurício. E tem mais: procure sempre viver, e não sobreviver.

— Tudo bem! Mas agora chega. Até logo para vocês. Amo vocês, viu?

— Nós também o amamos muito, meu filho. Nunca se esqueça disso. Ainda que seus pais errem de alguma forma com você, é com a melhor das intenções, sempre pensando em protegê-lo.

— Eu sei disso.

À tarde, nesse mesmo dia, Vihumar começou a se arrumar para passear pelas ruas de Caldas do Jorro com seus colegas e amigos, Zezinho e Aline.

Enquanto se arrumava, olhava seu rosto e corpo no espelho, e pensava alto: "É, acho que já posso namorar de verdade. O tempo passou e eu fiquei até bonitinho. Meu nariz afilou o suficiente para ficar charmoso, as espinhas diminuíram, meu sorriso está bonito. Também, usei aquele aparelho nos dentes durante quatro anos, consegui enfim tirar a bota ortopédica e de quebra ainda tenho esses olhos verdes! Com esta idade, 13 anos, quase 14, já estou com 1,75 m de altura! Como diz o povo: o mulatinho do sr. Maurício e da dona Laura até que é bonitinho... Eu, hein! Bonitinho! Dizem que bonitinho é sinal de feio. Digam logo que eu sou ou bonito ou feio. Agora dizer "bonitinho"? Bem, o importante é que eu mesmo já estou me achando um moreno cravo e canela suportável e muito charmoso. E quando eu for passar, de novo, um fim de semana com meus avós em Salvador, pretendo como sempre ir à praia tomar um solzinho, com protetor solar, é claro, e garanto que vou ficar melhor ainda, todo bronzeado, mais atraente, irresistível. As garotas que me aguardem."

— Vihumar, está falando sozinho? — perguntou dona Lôla, a governanta da casa.

— Eu não, dona Lôla. Estou falando com a minha própria imagem no espelho. Pode ter amigo melhor?

— Claro que não. Na verdade, Vihumar, melhor que este, só Jesus Cristo.

— É verdade.

— Vai passear?

— Vou, com meus amigos de fé, irmãos, camaradas. Quer dizer, Zezinho, sim, é tudo isso, mas Aline não é minha irmã, não.

— Por que não?

— Porque seria um sacrilégio considerá-la minha irmã e eu querer namorá-la, concorda?

— Concordo. Já está assim, é?

— É. Há muito tempo que ela é meu amor platônico. Afinal, eu estou muito fora de moda. Na minha idade, os garotos já ficaram com muitas meninas, já beijaram muito. A questão é que eu quero um relacionamento mais sério, entende?

— Entendo. Agora eu que vou fazer com você o que você faz com seus pais. Não sei o que quer dizer "sacrilégio", tampouco "platônico".

— Como eu estou de bem com a vida e estas duas palavras já sei de cor e salteado, vou lhe explicar, e também gosto muito, muito mesmo, da senhora. A senhora me viu nascer, não foi?

— É, mais ou menos.

— Eu hein, como assim?! Mais pra mais ou mais pra menos?

— Ah, menino, me explique logo o que quer dizer essas duas palavras; ande, diga, estou curiosa.

— Bem, eu sei que "sacrilégio" é um ato extremamente repreensível. Ou seja, com relação ao que estamos conversando, se eu fosse, quero dizer, se eu considerasse Aline minha irmã, não poderia namorá-la porque seria um pecado. Entendeu?

— Entendi. E a outra palavra? Quer dizer o quê?

— Ah! Platônico?

— Sim.

— É aquilo que é puramente ideal, que não se traduz ou manifesta em atos. Puro, casto. Entendeu o significado desta também?

— Mais ou menos.

— Mais pra mais ou mais pra menos?

— Mais pra menos.

— Veja bem, dona Lôla. Neste caso, eu falei platônico porque eu quis dizer que Aline ainda não sabe dos meus sentimentos. Compreendeu, agora?

— Agora eu entendi. Eu vou sair do seu quarto para você acabar de se arrumar.

— Tudo bem.

Vihumar terminou de se vestir e desceu pelo corrimão da escada. Apesar de já ter 13 anos, não tinha perdido essa mania. Saiu de casa para encontrar os amigos na praça, todo perfumado. Chegou primeiro que eles e ficou pensando sozinho: "Hoje eu vou me declarar para Aline. Vou entregar para ela uma poesia que eu peguei emprestada da coleção que meu pai deu para minha mãe, quando eram namorados. Quer dizer, emprestado não, peguei escondido do meu pai, depois coloco no lugar de volta. Ninguém saberá que não fui eu que fiz, e ela pensará que escrevi para ela".

Vihumar começou a ler a poesia, ensaiando para entregar para Aline.

Lembranças de um passado adolescente

Você de quem nas minhas lembranças
guardo grandes recordações
de momentos tão marcantes
tão rápidos e tão pequenos
pequenos nos momentos,
mas enormes no pensamento.

Você que é tão carinhoso
e às vezes muito mentiroso,
que veio me falar
que nunca quis me amar,
que brincou com os meus sentimentos,
sentimentos tão ingênuos
de uma jovem adolescente
cheia de sonhos e fantasias
em que você foi incluído um dia.

Mas hoje você insiste em dizer
que tudo não passou de brincadeira,
embora em sua vida inteira
você tenha se traído
na maneira de me olhar
com este olhar tão profundo
e um sorriso com que você tenta
disfarçar, um sentimento
tão forte que nem você soube explicar.

Vihumar tomou um susto, uma onda de sangue invadiu a face do garoto, com a mesma rapidez com que ele empalideceu. A testa dele contraiu-se interrogativamente. Vihumar dobrou o papel com ar pensativo e resmungou sozinho:

— Meu Deus! Peguei a poesia errada! Que diacho! Ainda bem que eu não entreguei para ela. Esta poesia foi minha mãe que fez quando era adolescente. Eu, hein! Como isso pôde acontecer? Parece que eu estou ficando lelé da cuca... Mas ainda bem que eu não entreguei. Quando voltar para casa, vou procurar outro poema, que meu pai tenha feito para alguma garota quando era jovem.

— Vihumar, está falando sozinho? — perguntou Zezinho, aproximando-se dele.

— Estava falando comigo mesmo. Algum problema?

— Claro que não. Só que você fica parecendo um maluco falando sozinho.

— Atire a primeira pedra quem nunca falou sozinho! Eu vejo crianças, adolescentes, jovens, pessoas de meia-idade, da terceira idade, de todas as idades falando sozinho; principalmente pela rua.

— É verdade, você tem uma certa razão. Mas eu nunca falo sozinho.

— Está bem, deixe isso pra lá, agora me responda: por que você demorou tanto, Zezinho?

— Ah! Não deu para chegar antes. Estava ajudando meus pais em casa. Não sou você que tem governanta, cozinheira, lavadeira, jardineiro e até pônei. Minha família é pobre. Não sei nem por que você gosta de ser meu amigo e de Aline.

— Assim você me ofende, Zezinho. Sempre fomos amigos desde que éramos crianças. Eu gosto de vocês pelo que vocês são e não pelo que vocês têm. E como diz meu pai, nem também pelo que as pessoas aparentam ser. Porque tem muita gente que está vivendo só de aparência e nada mais.

— Eu sei, Vihumar. Você é muito legal. Por isso somos tão amigos, não é?

— É, mas da próxima vez não me deixe esperando tanto tempo. Estou cansado. E Aline, que não chega?

— Sei lá! Eu não moro com ela. Moramos na mesma rua, mas cada um na sua casa.

— Eu sei disso. Não precisa você falar assim.

— Tudo bem, Vihumar. Sabe de uma coisa? Vamos passear sozinhos mesmo. Eu acho que Aline não vem.

— É uma pena. O passeio não vai ter graça sem ela.

— Está apaixonado, é?

— Estou, e daí? Vai me encarar?

— Não. Fique calmo. Garota de amigo meu pra mim é homem.

— Faz de conta que eu acredito.

— É verdade mesmo.

— Eu acho bom. Ela não sabe, mas eu me considero namorado dela.

— Vocês já se beijaram?

— Ainda não.

— Então não são namorados.

— Pra mim, somos. Eu até um dia peguei na mão dela e dei um beijo no rosto. Fiquei gelado e nervoso.

— E ela?

— Sei lá. Na verdade eu só a beijei na boca nos meus sonhos. E no final do sonho, a gente acabava casando e eu chegava para pegá-la no meu cavalo branco, Espertinho.

— Como ele é romântico e sonhador!

— Sou mesmo. E um dia o meu sonho vai se tornar realidade.

Vihumar, com raiva das brincadeiras de Zezinho, empurrou o resto do sorvete que tinha na mão na boca do amigo. Zezinho, todo lambuzado de sorvete, diz:

— Que brincadeira sem graça, Vihumar! De muito mau gosto.

— Então pare de falar bobagem!

— Tudo bem. Somos amigos irmãos e cada vez mais amigos. Toque aqui.

Zezinho estende a mão para Vihumar. Aperta a mão do amigo com energia. Eles fazem as pazes. Aquele rápido instante teve toda a doçura de uma reconciliação.

Família: arquivo confidencial

Quando Vihumar se afasta para ir para casa, Zezinho brinca e fala gritando:

— Até que o sorvete estava gostoso! Viu?

Vihumar sorriu melancolicamente porque lembrou que Aline não apareceu. Voltou para casa desapontado, seu plano tinha dado errado. Ele pensou durante o jantar: "Tanta produção para nada. Tomei até banho de perfume e ela não apareceu. Mas, tudo bem. Quanto mais difícil ela for, melhor. Vou querer conquistá-la. Sei que um dia eu consigo. Mais cedo ou mais tarde."

Em seu quarto, sonhou com Aline e imaginou os dois casados e felizes. O que, provavelmente, se acontecer, será em um futuro distante.

Capítulo 20

No dia seguinte, que era um domingo, Vihumar acordou um pouco triste porque não tinha se encontrado com Aline. Calado, desceu as escadas e, dessa vez, não deslizou pelo corrimão. Sem conter as lágrimas, encontrou, no final da escada, dona Lôla, que limpava os quadros de molduras douradas e as cortinas rendadas, que refletiam a claridade do dia ensolarado e alegre, mas não para Vihumar, que não estava nada bem.

— Está triste, Vihumar? — perguntou dona Lôla.

— Estou.

— O que aconteceu?

— Aline não apareceu ontem no encontro. Gastei quase um vidro inteiro de perfume para nada.

— Ah, Vihumar, não fique triste! Nada como um dia após o outro. Quem sabe você hoje não tem um dia melhor que o de ontem?

— Estou apostando que sim, dona Lôla, porque se não, eu não vou resistir.

— Deixe de bobagem. Você ainda é muito jovem. Tem a vida toda pela frente para namorar.

— A senhora pode me garantir isso?

— Isso o quê?

— Que eu tenho a vida toda pela frente?

— Garantir eu não posso. Mas eu espero que tenha. Não posso afirmar como certo porque a nossa vida pertence a Deus. A gente só faz o que Ele nos permite. Mas com fé Nele, você é um menino muito bom e eu tenho quase certeza de que você há de viver muito. Todos nós precisamos da sua companhia e da sua alegria, Vihumar.

— Ah, mas a senhora falou que eu sou um menino bom... Dizem os mais velhos que são os bons que Deus chama primeiro. Então, se é assim, eu estou "ferrado".

— Deixe de coisa! Isso é conversa fiada do povo.

— Tá bom, tá bom! A verdade é que eu também preciso muito da minha companhia, ele completou com graça. Se um dia eu chegar a morrer, dona Lôla, vai ser bem velhinho, pode apostar.

— Assim é que eu gosto de lhe ver, Vihumar, animado!

Vihumar chegou à mesa para tomar o café da manhã com seus pais, apenas tomou a benção deles e permaneceu o tempo todo em silêncio. Não fez como das outras vezes, não conversou nem brincou. Dona Laura sempre dizia: "Vihumar, fique um pouco calado, meu filho, na hora das refeições, porque este é um momento sagrado". Desta vez não precisou dizer nada, o menino não abriu a boca.

— O que houve, meu filho? — perguntou sr. Maurício.

— Estou triste.

— Por quê? — interrogou dona Laura.

— Problemas de adolescente — respondeu Vihumar.

Naquele garoto havia uma paixão verdadeira, exclusiva e ardente, pela amiga Aline.

— Que problema? — insistiu o pai.

— Meu filho, não devemos falar a palavra "problema" e, sim, usar "desafio" ou então dizer que "estamos com dificuldade" — disse a mãe. E o pai manteve-se calado, respeitando aquele instante de tristeza do filho, que ele esperava ser transitório.

Vihumar, dessa vez, nem perguntou nada, deu uma risada sem graça e subiu para o seu quarto. Sua mãe foi atrás dele.

— Você não quer me contar o que aconteceu? Talvez você se sinta melhor.

— Agora não, mamãe. Eu prometo que outra hora eu conto.

— Está bem. Vou respeitar este seu momento.

Dona Laura fechou a porta do quarto, preocupada com o filho, mas respeitou o momento que Vihumar estava passando. Ele queria ficar sozinho com seus pensamentos.

Vihumar pegou um livro para ler, mas não conseguiu se concentrar; ficou olhando pela janela, a grama verdinha, as árvores, cheias de frutos e a piscina, brilhando, com suas águas cristalinas. Qualquer um perceberia o seu modo triste de olhar para as coisas lá fora. O adolescente falava com os olhos e murmurava com amargura.

Os pais de Vihumar, mais tarde, fizeram-lhe um convite para irem juntos ao clube da cidade. A princípio ele não queria ir, depois aceitou. Chegando lá, uma surpresa: Aline estava com seus pais se divertindo na piscina. Embora fossem pessoas simples, eles eram privilegiados e frequentavam o mesmo clube que a família de Vihumar, porque ganharam o título do clube de presente de um amigo, que tinha uma situação econômica muito melhor que a deles.

Vihumar achou que o seu coração fosse saltar do peito. Ele se aproximou dela. Cortejou cerimoniosamente a garota, depois voltou e disse:

— Está aqui há muito tempo?

— Não. Chegamos há pouco tempo.

— Por que você não foi encontrar comigo e Zezinho ontem?

— Porque não deu.

— Nós esperamos um tempão.

— Pois é, mas não deu para ir. Tive que ajudar minha mãe nos afazeres de casa.

— Ah, entendo. Você vai ficar muito tempo na água?

— Não, já estou saindo. Vou me enxugar.

— Sente-se aqui perto de mim.

— Ah! Vou beber um refrigerante, ou água, estou com sede.

— Vou com você.

— Não, espere aqui. Daqui a pouco eu volto.

— Por que eu não posso ir com você?

— Melhor não.

— Vou esperar você voltar. Você volta, não é?
— Volto sim. Sou uma garota de palavra.

Vihumar não sabia que Aline também gostava dele. Mas sua mãe e seu pai não queriam que a filha namorasse. Achavam que ela era muito nova e que deveria pensar nos estudos.

Aline voltou e Vihumar pediu outra vez que ela se sentasse junto dele.

— Aline! Sente-se aqui.
— Não posso.
— Não pode por quê? Está com pressa? Na escola somos tão amigos... Por que aqui não podemos ficar juntos?
— Porque meus pais não querem. Eles dizem que pobre não se mistura com ricos.
— Mas eu não sou rico!
— Mas seu pai é juiz, doutor, Excelência, autoridade, sua mãe é professora formada por universidade, tem pós-graduação, mestrado, sei lá o quê. Seu avô é o médico mais importante daqui; agora é que estão chegando uns novatos... Enfim, você, se não é rico, é classe média alta.
— Ah, é, eu sou classe média tão alta que para meu pai pegar o dinheiro que ganha tem que subir uma escada.

Aline dá risada.

— Você sempre com brincadeirinhas, hein, Vihumar!
— Claro! Como diz minha mãe, na vida a gente tem o compromisso de ser feliz. Mesmo que a gente volte um dia para este mundo, depois que morrermos, nunca mais eu volto como Vihumar e você como Aline, "Menina Maravilha", não é verdade?
— É, nisso você tem razão. Ou melhor, sua mãe tem razão quando diz isso.

Os pais de Aline chamam a filha para ir embora.

— Você já vai embora? Tão cedo assim?
— Vou. Tenho que ir. Eu não mando em mim. Esqueceu que somos apenas adolescentes? Um dia eu pego minha carta de alforria. E aí serei uma pessoa emancipada, liberta.

— É assim que você se sente na casa de seus pais? Uma escrava?

— Mais ou menos, Vihumar. Nem todo mundo tem a sorte que você tem, de ter pais rígidos na hora certa, mas bastante liberais, carinhosos e compreensivos. Não é que meus pais sejam ruins, mas me sufocam muito.

— Eu realmente sou um sortudo. Meus pais me amam muito e eu a eles.

— Sim, Vihumar, eu também gosto muito dos meus pais. Mas a verdade tem que ser dita, doa a quem doer. Não é assim que os adultos dizem?

— É, sim. Você vai embora agora mesmo? — perguntou Vihumar, baixo e humildemente.

— Vou. O que você quer comigo? Já não conversamos?

Ela o achou profundamente abatido. Neste momento, olharam profundamente um para o outro. Vihumar segurou o braço de Aline parecendo que queria contar tudo que se passava com ele, os seus sentimentos com relação a ela, mas percebeu que não era a hora oportuna. Os pais dela estavam por perto.

Só Aline, mesmo, para conseguir quebrar o silêncio dele naquele dia.

— Você está triste hoje, Vihumar?

— Estava triste como nunca fiquei. Mas já passou. Sua presença nesse clube me alegrou. Mudou o meu astral...

— Hum... Estou com prestígio com você, hein?

— Sempre teve. Você que nunca reparou.

— O que é que você tem para me contar?

— Ah, é importante, mas depois a gente se fala com calma. Está bem?

— Certo. Você é quem manda.

Aline foi embora para casa com seus pais. Vihumar continuou no clube, apenas porque seus pais insistiram. Encontraram alguns amigos e ficaram conversando, atualizando os papos. Depois que Aline foi embora, para Vihumar, o ambiente ficou sem graça. Para distrair, foi jogar uma pelada com os outros colegas que estavam no clube. E mais um dia se passou e a revelação de Vihumar para Aline foi adiada. Mas ele acreditava que as coisas com dificuldade tinham um sabor melhor; assim tinha aprendido com seus pais e avós.

Capítulo 21

Vihumar passou a semana sem novidades na vida pacata e rotineira da cidade onde vive com seus pais. Além de ir para a escola estudar e praticar esportes nas aulas de educação física, continuou brincando com seus amigos, colegas e vizinhos, de futebol, skate, bicicleta. Começou a aprender a jogar buraco com seus pais, um jogo de cartas do qual está gostando, como ele mesmo disse, "mais ou menos". Para ele, o jogo era mais uma maneira de se distrair, assim como o videogame, que também joga com os pais. Mas tudo sem exagero, porque o sr. Maurício e dona Laura acham o vício algo terrível e não querem que o filho seja viciado em nada.

Em um fim de semana, Vihumar sonhou com a professora Fatinha.

— *Professora, quantos anos você tem?*

— *Ah! Que pergunta indiscreta! Não se pergunta a idade das pessoas. Principalmente de uma mulher.*

— *Por que não? É pecado?*

— *Não, não é pecado. Mas geralmente a mulher não gosta de dizer a idade.*

— *Que bobagem! Eu digo a minha e minha mãe também diz a dela.*

— *Mas sua mãe é muito jovem, Vihumar, parece até sua irmã.*

— *É, professora. Minha mãe é "propaganda enganosa", como ela mesma diz, parece, mas não é.*

— *Então você quer dizer que ela é mais ou menos uma "coroa"? Vihumar, velho é o mundo! O mundo! Não eu!*

— Sim, professora, pule, mas não me enrole. Quantos anos você tem?

— Olha, Vihumar, eu vou lhe responder assim: a mulher quando passa dos trinta não sai dos 29. Está bem?

— Está, porque eu descobri que a senhora ou você, sei lá, já tem mais de 30 anos!

Vihumar acordou assustado com seu pai o chamando.

— Meu filho, acorde! O dia amanheceu com a luz da esperança brilhando em seus olhos! E muita bondade no coração, viu? Seja bondoso no sentido de ser misericordioso e ir além da justiça.

— Ah, papai, além de me tirar do meu sonho gostoso com minha professora Fatinha, está pregando para mim, parecendo que vai virar pastor!

— Não, não vou virar pastor, mas o que estou lhe dizendo são palavras verdadeiras. Vamos acordar logo, senão vamos chegar atrasados para a aula de espanhol em Salvador. Se você continuar dorminhoco, não vou pagar mais este curso intensivo aos sábados.

— Já vou, papai, já estou indo! Não precisa me chamar mais.

— "Jogue fora o pessimismo, os óculos escuros dos preconceitos, da crítica precipitada, dos julgamentos descaridosos" — disse dona Laura, aproximando-se do marido.

— Está falando comigo, Laura?

—Estou falando para você e para mais quem quiser ouvir. Eu li essa frase em um livro de autoajuda, gravei e estou repetindo. Ainda tinha assim: "Busque compreender, aceitar, acolher com generosidade. Viva em paz com Deus e deixe os outros viverem". Não é legal?

— Sim, é muito legal quando aprendemos naturalmente. Mas dessa forma, você está parecendo que quer nos impor o aprendizado. Ou então, está parecendo aquelas pessoas que vivem com a Bíblia embaixo do braço, batendo nas portas das pessoas aos domingos, repetindo frases feitas e, na verdade, algumas dessas pessoas nem sabem direito o que estão falando. Não estou generalizando, lógico.

Dona Laura nem ligou para o que o marido disse.

— Vihumar, venha cá, está indo tomar banho, mas já fez suas orações matinais?

— Esqueci, minha mãe!

— Volte para fazer. E por que está me chamando de "minha mãe", se você sempre me chamou de "mamãe"?

— Porque eu estou ficando homem e não quero que meus amigos fiquem rindo de mim quando eu chamá-la de mamãe. Não quero pagar mico. Entende?

— Não tem nada a ver. Você me chamar de mamãe não vai tirar sua masculinidade.

— Entendi, está bem! Vou pensar e depois decido como vou continuar lhe chamando.

— Olha, deixa eu lhe dizer uma coisa, sobre outro assunto importante: não se esqueça de todos os dias, pela manhã e pela noite, de fazer suas orações, meu filho. Rezar e concentrar-se nunca representa tempo perdido. A maior força do mundo ainda é a oração. E quando orar não se esqueça sempre de agradecer também e pedir para Deus nos livrar de todos os males, porque, infelizmente, o Brasil está tendo muitos acidentes de trânsito e muitos assaltos violentos.

— Está bem, vou rezar; ou melhor, já rezo todos os dias, vou orar mais.

— E tem mais uma coisinha que eu quero dizer: "A felicidade começa onde termina o egoísmo, a preguiça, e a vida ganha sentido pleno quando a partilhamos". Amar e repartir, permutar. A felicidade nasce da comunhão, meu filho.

— Está bem, se você continuar me dando sermão não vou conseguir rezar e aí é que meu pai vai se zangar comigo porque vou me atrasar para ir para Salvador.

— Está bem, vou sair do seu quarto e deixá-lo sozinho.

Vihumar começou a se lembrar do sonho que teve com a professora, lembrou que havia algum tempo que ele estava querendo, de verdade, perguntar a idade dela. Ficou pensando: "eu sonhei que estava perguntando a idade dela porque aquilo já estava no meu subconsciente há algum tempo".

No curso de espanhol, que Vihumar está fazendo com o pai, o professor tinha escrito no quadro esta poesia:

Celebrando la vida

I - Celebrar la vida es
Tratar de ser feliz
Sin estropear la vida de la gente
Pues la libertad de las personas
Termina cuando empieza la del prójimo.

II - Celebrar la vida es no perder tiempo
Com sonseras y vivir com amistad
Actuar mas y quejarse menos
Es vivir cada momento
Viviendo el momento presente como
Si fueste el último.

III - Celebrar la vida es vivir con coraje
Entusiasmo y alegría
Luchar sin pequeñeces
Amar dentro de nuestra realidad
Tener fé en Dios por encima de todo
Y actuar sin maldades.

O professor pediu aos alunos que trouxessem o poema traduzido para o português na aula seguinte. Vihumar e seu pai saíram alegres da aula, pois parecia que o professor tinha ouvido a conversa que eles haviam tido antes de saírem de casa.

Antes de voltarem para Caldas do Jorro, passaram em Itapuã para visitar os avós de Vihumar. Deram um rápido mergulho na praia perto do farol e seguiram viagem, para não pegarem a estrada com o dia escurecendo.

Chegaram em casa cansados e foram dormir cedo. Eles não imaginavam que, na casa ao lado, permanecia o drama de dona Concinha, que, apesar de tantos anos passados, permanecia nas mãos de quem lhe fazia as chantagens. A avó paterna de Vihumar continuava viajando para Salvador, para dar dinheiro à pessoa que a chantageava, que fazia questão de receber o dinheiro na capital para que ninguém em Caldas do Jorro a visse recebendo dinheiro de dona Concinha. Tudo poderia ser resolvido na cidade onde moravam, mas a pessoa que fazia chantagens não queria correr o risco de ser vista por pessoas conhecidas, e a esposa do dr. Alexandre sempre cedia.

Quando o filho e o neto chegaram de Salvador, dona Concinha estava na varanda, na parte superior da sua casa; acenaram rapidamente e entraram logo no sítio, pois estavam ansiosos por um banho. Ela, muito pensativa, após um silêncio longo e abafado, fechou a porta da varanda e foi para seu quarto, onde o dr. Alexandre estava dormindo profundamente. A cada ano, a situação ia se complicando mais e mais. A pessoa que a chantageava pedia cada vez mais dinheiro, queria joias e uma casa. Dizia que nunca tinha tido a oportunidade de ter uma casa, porque tinha gastado todo o dinheiro que ganhou na vida comprando bobagens, achando que não precisava pensar no futuro.

Dona Concinha estava em uma situação tão difícil que chegou ao ponto de vender todos os bens que estavam em seu nome, da época que era solteira, pois havia se casado com o dr. Alexandre com separação parcial de bens, ou seja, só o que adquiriram após o casamento era dos dois.

Pediu para sr. Maurício que vendesse um terreno na Ilha de Itaparica, que ela e o marido haviam dado para ele de presente de casamento. O filho, na época do pedido, ainda argumentou com a mãe dizendo:

— Por que a senhora não pede dinheiro para meu pai? Logo o meu presente que quer tomar de volta?

— Meu filho, por favor, faça o que sua mãe está lhe pedindo. Confie em mim. Não meta seu pai nisso — pediu-lhe a mãe.

Fez o filho prometer que jamais contaria isso para o dr. Alexandre. Ele guardou segredo, mas ficou bastante preocupado com a atitude da mãe. Depois que ele falou que ia fazer o que ela estava pedindo, saiu do lugar coçando a cabeça, voltou e disse:

— Poxa, minha mãe, a senhora está numa situação tão difícil assim? Por que não divide o problema com meu pai e comigo?

— Já lhe pedi: deixe seu pai fora disso. Pelo amor que você tem a Deus e a mim; sei que você não tem segredos com sua mulher, mas esse você terá que guardar.

— Fique tranquila, não vou falar nada, nem com Laura nem com ninguém. Afinal, não esqueci o seu ensinamento. Segredo deve ser somente de uma pessoa, e nesse caso, duas estão envolvidas, eu e a senhora — respondeu o sr. Maurício, coçando a cabeça.

Ele não sabia, porém, que a pessoa que fazia as chantagens também conhecia o verdadeiro motivo da angústia de sua mãe. O sr. Maurício deixou a mãe com um sorriso nos lábios, porém bastante preocupado com aquele pedido tão misterioso, que o deixara tão intrigado.

Capítulo 22

O sr. Maurício acordou, em um domingo, com um pensamento fixo.

— Laura, será que já não está na hora de mudarmos para Salvador, para que Vihumar tenha melhores colégios, melhores oportunidades de lazer e outras coisas mais?

— Não sei, Maurício, se é o momento. Até por causa do seu trabalho, do meu. Aqui temos estabilidade financeira. Eu sou uma professora realizada, você também está muito bem como juiz de direito, não sei se você conseguiria facilmente ser transferido. Seu pai é muito competente e por isso respeitadíssimo pelos seus pacientes, enfim... É algo para pensarmos com calma.

— Quem disse que, se formos embora, meus pais também irão?

— É verdade... De repente eles nem vão pensar nessa possibilidade, mas, de qualquer forma, acho que ainda não é o momento.

Na verdade, sabemos que embora as pessoas queiram algum tipo de transformação em suas vidas, elas têm medo do esforço que teriam de fazer para mudarem efetivamente. As pessoas geralmente encontram enormes dificuldades de lidar com as mudanças. Ainda que tenham sempre à mão uma longa lista de insatisfações e modificações necessárias e urgentes, acabam demonstrando muita fraqueza nas ações requeridas para a transformação. Sabemos que não seria diferente com o sr. Maurício e dona Laura, embora a mudança para Salvador não fosse uma necessidade, porque eles estavam bem em

Caldas do Jorro, mas seria uma grande transformação. Dona Laura, inclusive, era uma mulher muito pé no chão, econômica, sem avareza; sempre procurava o meio-termo, a posição do bom senso, principalmente quando precisava definir uma situação que envolvesse dinheiro, ou quando o esposo tinha dúvidas para resolver alguns problemas de pessoas que lhe solicitavam ajuda por não saberem como proceder diante de algumas dificuldades. Ela, de certa maneira, influenciava a decisão do marido, dizendo-lhe que pensasse bem para não fazer nada que o prejudicasse para ajudar os outros. No caso de irem morar em Salvador por causa das oportunidades que o filho teria na capital, realmente, era preciso pensar com calma, já que em Caldas do Jorro viviam com bastante conforto, carinho dos amigos, vizinhos e tinham estabilidade financeira. Mudar, de uma hora para outra, sem estrutura, poderia ser um desastre.

Uma parte da resistência das pessoas é motivada pelo medo do esforço que teriam de fazer para encaixarem o novo dentro de suas rotinas. Outra parte resulta do temor das perdas que uma mudança no status pode lhes trazer em relação às posições, direitos e vantagens já alcançadas.

"Todos nós temos um 'eu saudável' e um 'eu doente'. Por mais neurótico e resistente que alguém seja, existe sempre uma parte dentro dele(a), por pequena que seja, desejosa de crescer e, portanto, disposta a se esforçar e a correr os riscos envolvidos numa mudança".

Igualmente, por mais saudável e envolvido que alguém possa parecer, sempre há uma parte, ainda que pequena, que recusa a se esforçar, que se apega ao que é antigo e familiar, que teme qualquer mudança e não quer trabalho, que deseja conforto a qualquer custo e ausência de sofrimento e dor a qualquer preço, mesmo que esse preço seja a ineficiência e a estagnação. O que não era o caso dos pais de Vihumar.

— Ah, Laura! Pense no assunto com carinho, porque, como diz Geraldo Eustáquio de Souza, "A gente cresce, o universo agradece. A gente empaca, o universo padece".

— Está bem, Maurício. Prometo pensar no assunto com carinho.

— Olha, Laura, eu acho esse homem fantástico... Outro dia eu li uma matéria dele que dizia assim: "Você pode ter muito dinheiro – e isso lhe garante um elevado nível de vida. Entretanto, é a maneira como você gasta o seu dinheiro que vai garantir a sua qualidade de vida".

— Ah! Nisso ele tem razão, Maurício.
— Ele tem razão em outras coisas também.
— O quê, por exemplo?
— Por exemplo? Ele fala também: "Você pode ter muito conhecimento acumulado, um nível cultural elevado. Mas o que definirá a sua qualidade de vida é o quanto desse conhecimento você efetivamente transforma em atividades concretas diante da vida". Entendeu?
— Claro que entendi.
— Então ele complementa assim: "Pode-se ter todos os recursos, sejam eles de que tipo forem e, por falta de atitude, não se empregar nenhum deles de modo adequado, ou mesmo de modo algum". Ele diz ainda: "Qualidade implica fundamentalmente em adequação ao uso, e adequação ao uso é algo muito mais ligado a atitudes do que a recursos".

Enquanto os dois conversavam, Vihumar batia papo com os amigos ao telefone e convidava-os para vir passar o dia com ele e comer a feijoada que a mãe e dona Primavera estavam preparando. Vihumar já tinha perguntado se haveria sobremesas e dona Primavera respondera-lhe:

— Você já viu algum dia aqui nesta casa faltar sobremesa, menino?
— Claro que não. Calma, dona Primavera, não está mais aqui quem falou. Fique fria.

Foi um domingo muito alegre e divertido no sítio, com a presença de alguns amigos dos pais de Vihumar, dos avós paternos e dos vizinhos mais próximos. O sr. Maurício e dona Laura sempre foram da seguinte opinião: "Temos que tratar bem nossos vizinhos, porque na hora de uma dificuldade, antes de os parentes chegarem, são as pessoas mais próximas da nossa casa que nos socorrem". Tinham ótimo relacionamento com seus vizinhos, que os admiravam muito. Sempre elogiaram bastante a união dos pais de Vihumar e a dedicação à educação que davam ao filho.

Aline e Zezinho também estavam lá, claro. Vihumar aproveitou e perguntou a Aline se ela queria aprender a jogar buraco; ele não gostava muito do jogo, mas era, de qualquer forma, uma maneira de ficar mais próximo dela.

— Pode ser — ela respondeu.
— Se você quiser, podemos começar hoje mesmo, pois eu já estou craque nesse jogo.

— Tudo bem!

Depois de passarem à manhã toda jogando vôlei, tomando banho de piscina e andando de bicicleta, almoçaram e, após descansarem da deliciosa feijoada, Vihumar chamou Aline e mais dois amigos para irem até o salão de jogos e iniciarem uma partida de "buraco", na qual ele seria o professor. Vihumar fez questão de que Aline fosse sua parceira, pois assim ele poderia sempre estar olhando para ela, passando dicas do jogo e fazendo elogios à garota por seu aprendizado rápido. Todos percebiam que Vihumar tinha um comportamento especial com Aline. Chegou até a passar a mão no assento da cadeira antes de Aline sentar.

Foi um dia maravilhoso para todos, num clima alegre e descontraído. Vihumar foi dormir contente, porque, embora não tivesse se declarado, tinha passado um dia muito feliz ao lado do seu amor. Antes de dormir, pensou: "você não perde por esperar, Aline. Qualquer dia destes, eu me declaro e lhe dou um grande beijo de amor. Estou demorando para começar a beijar, mas também, quando começar, não vou parar mais... E também porque só quero beijar você, meu amor. Comigo não quero essa história de "ficar", quero namoro de verdade. Porque se eu "ficar", você não terá compromisso comigo, poderá beijar outros e não terei autoridade para exigir nada, e se for minha namorada, vai ser diferente".

Vihumar dormiu pensando em seu amor e teve um sonho muito bonito com Aline.

Na casa ao lado, a avó de Vihumar não conseguia dormir, angustiada, pensando em seu drama. Tinha passado um dia alegre, mas quando colocou a cabeça no travesseiro os pensamentos vieram à tona; e o pior, tinha de disfarçar para que o esposo não percebesse sua aflição.

Dona Concinha chorava muito, sozinha, quando fazia as viagens de fim de mês para Salvador, praticamente todo o percurso. Costumava acordar de madrugada e ficava olhando para a lua, deitada em sua cama, porque dormia quase todas as noites com a janela do quarto aberta, e o céu estava sempre presente como paisagem. As lágrimas iam escorrendo pela sua face e ela, silenciosamente, as limpava com as mãos, pensando quando aquele pesadelo iria acabar. Quando ela chorava demais e corria o risco de o marido perceber, ela ia para longe, desabafar, e falava com a lua, como se essa fosse gente; olhava para as estrelas e soluçava como uma criança, desesperada. Ficava se lembrando da pessoa que a preocupava desagradavelmente, atormentando sua existência com tantas ameaças. Sentia sempre o coração oprimido durante o sono, resultante, na maioria das vezes, de sonhos desagradáveis ou aflitivos.

Capítulo 23

Os dias da semana passaram com tranquilidade na casa de Vihumar. Ele estava mais concentrado nos estudos, pois estava no período de provas e a dedicação precisava ser redobrada. Seus pais ficavam tranquilos, porque sabiam que, embora o filho fosse brincalhão e travesso, era muito responsável.

Dona Laura, em um dia daquela semana, procurou Vihumar por toda a casa e não o encontrou.

— Lôla, você viu Vihumar? Ele saiu sem avisar? Não é costume dele fazer isso.

— Calma, dona Laura. Ele deve estar em algum lugar da casa que a senhora ainda não procurou.

— Não! Eu procurei em todos os lugares, fui até o haras, onde o cavalo Espertinho está, e não o vi.

— Espere que eu vou procurar com cuidado, em cada cômodo. Também, numa casa grande como esta, não é difícil esquecer algum lugar.

— Vá rápido, então, porque eu estou aflita.

— Vihumar! Vihumar! — chamou dona Lôla.

— Estou lendo aqui na rede.

— Aqui onde, menino?

— Na varanda do quarto, dona Lôla. A senhora está tirando minha concentração.

— Ah, menino! E você está tirando o sossego da sua mãe.
— Por quê?
— Você deu um susto nela!
— Por quê?
— Sua mãe está lá embaixo toda preocupada. Também, com as janelas do quarto fechadas! Ela entrou no quarto, não viu você, nem imaginou que você estivesse na varanda.
— Mas eu estou vivo e salvo.
— Está bem. Deixe de brincadeira e vá falar com ela.
— Já vou! Já vou!

Embora ele já fosse um adolescente, ainda não perdera o costume de descer pelo corrimão bem brilhante da escada para chegar à parte de baixo da casa mais rapidamente.

— Olha eu aqui, mamãe!
— Você quer me matar de susto? Pelo amor de Deus, não faça mais isso!

Via-se nitidamente que dona Laura estava apavorada.

— Não precisa fazer uma tempestade em copo d'água, mamãe — disse Vihumar, lembrando-se do que suas avós falavam.
— Tempestade em copo d'água, é? Porque você não sabe o que é ser mãe.
— E não vou saber nunca!
— Claro, até porque você é homem, não tem útero. Mas, se Deus quiser, um dia você vai saber o que é ser pai. E aí você vai ver como os pais se preocupam com os filhos. Um filho é a coisa mais importante da vida de um ser humano.
— Mais importante que sua própria vida, mamãe?
— Relativamente sim. Porque por você sou capaz de entregar minha vida.
— É, mamãe, mas a pessoa mais importante da sua vida deve ser você mesma. Eu li outro dia isso num livro.
— Está bem, Vihumar, está bem. Só que na prática, os filhos são muito importantes mesmo para os pais. Uma mãe, por exemplo, nunca

pode sorrir quando o filho chora. Um dia, quando você tiver mais idade e for pai, vai entender tudo o que estou falando e vai me dar razão. Saiba que você, seu pai e seus avós são as razões do meu viver. Além de mim mesma, é claro. Se eu não cuidar bem de mim, não terei condições de cuidar de vocês, nem de ninguém.

— Que lindo, mamãe! Você é realmente uma poetisa!

— Sou mesmo. Venha ver a poesia que eu fiz pensando nas crianças de todo o planeta Terra.

Criança: verdade e esperança

I - Criança: ser tão puro,
Tão singelo,
Sincera nos sentimentos,
Mas danada nos pensamentos...
II - Sapeca para traquinar,
Bonita até no olhar,
Facilidade de decorar,
Aprende geralmente num piscar...
III - Candura é sempre o seu marco,
Os pais são sempre o espelho,
Vive sempre querendo imitar...
IV - Ainda que seja humilde,
Vivente da rua ou pedinte,
É sempre um ser de luz
Trazendo esperança pra quem
Se predispõe a lhe olhar
E sua linguagem interpretar.

— Parabéns, mamãe! Só que eu não sou mais criança, nem pré-adolescente. Sou um adolescente. Logo, esse poema não é para mim.

— Eu não disse que era para você. Disse que fiz pensando nas crianças de um modo geral. Portanto, a carapuça não pode cair em você. Até

Família: arquivo confidencial

porque na poesia não fiz críticas nem censura, só falei coisas boas. Embora, fique sabendo que filho, para os pais, nunca deixa de ser criança.

— Ah, sim! Tá legal. E o que é carapuça, que eu não sei direito o que quer dizer?

— Carapuça é uma espécie de gorro e, no sentido figurado, quer dizer alusão indireta, espécie de censura, crítica. Acho até que me expressei mal, dizendo que a carapuça não podia cair em você. Não tem nada a ver. Deixe isso pra lá. Vá continuar sua leitura.

— Mamãe, eu a enganei. Claro que com a idade que estou, já sei direitinho o significado das palavras, inclusive carapuça. Aquela criança que vivia perguntando o significado de tudo já era.

— Está bem. Realmente admirei quando você perguntou. Ah, meu filho, vocês jovens, às vezes, sabem coisas demais, em determinados momentos. E em outras ocasiões também surpreendem porque não sabem responder. Agora vá continuar sua leitura.

— Antes, quero lhe entregar uma correspondência que chegou do meu colégio, convocando os pais para uma reunião.

— Outra? Sempre tem reunião de pais e professores em seu colégio. Bom, mas faço questão de ir a todas, com seu pai. Qual é o tema?

— Vai ser sobre um montão de coisas e vai ter uma peça teatral também.

— Sim, menino. E essa peça vai falar do quê?

— Acho que vai falar que a maioria das pessoas vive escondida por trás de máscaras e a personagem principal fica assim até que se envolve numa trama cheia de incertezas, vendo-se inserida num mundo que jamais pensou que existisse. Não são palavras minhas, não. Está escrito tudo neste papel. Leia aqui.

— É, Vihumar. Está aqui escrito: "A humanidade vive um enorme conflito em silêncio". Não eu! — disse Dona Laura. Está dizendo também: "A busca da verdade ainda amedronta muita gente no mundo". Com isso eu concordo. Tá bem, meu filho. Você já deu seu recado, agora volte para a sua leitura, porque ler um livro, além do prazer de ler, abre os limites do conhecimento. E não se esqueça nunca: te amo muito! Tudo que faço e fiz por você é sempre pensando em seu bem. Está me ouvindo, Vihumar?

— Estou ouvindo e já entendi tudo.

Dona Laura, dentro do seu eu, sabia por que estava dizendo aquilo para o seu filho. Lembrou-se, com as palavras que tinha lido na correspondência do colégio, de uma verdade da sua vida da qual ela tentava fugir e se esconder.

Capítulo 24

Chegou mais um fim de semana em Caldas do Jorro, e dona Laura acordou o marido e o filho, que tinha dormido no quarto dos pais depois de assistir a um filme com eles.

— Acordem logo!

— Ah, Laura! Assim você assusta a gente! Não é, Vihumar?

— É, sim.

— Está bem, desculpem. É porque estou com medo de que vocês percam a aula de espanhol em Salvador.

— Já vamos! Já vamos! Venha, meu filho, faça suas orações depressa e levante.

— Está bem, papai.

— Laura, ontem eu fui para uma palestra que achei interessante — disse o sr. Maurício para a esposa, enquanto tomava banho, e enquanto o filho se arrumava para saírem.

— Interessante por quê?

— O palestrante disse assim: "Como tirar da cabeça (e do coração) essa tal ideia de "sobrevivência", apelido sem graça e cheio de amargura pelo qual a maioria tem chamado a vida nos últimos tempos." Devemos dizer "viver" e não "sobreviver", viu, Laura?

— É verdade.

— Ele disse também: "Onde arranjar energia para manter o projeto de crescimento pessoal permanentemente em andamento? Como parar de falar e começar a agir?" Ele acrescentou ainda... está ouvindo, Laura?

— Claro que estou. Ele acrescentou o quê?

— Disse: "Qualidade de vida é uma conquista de cada dia. As transformações visam ao desenvolvimento de quatro efeitos fundamentais para qualidade de vida que são: força, fôlego, flexibilidade e fé". Esse cara é realmente fantástico.

— E quem é ele?

— É o mesmo de que lhe falei no outro dia, Geraldo Eustáquio.

— Ah, sei. Na próxima palestra com ele, se for possível, você me leva, está bem?

— Combinado, minha querida. Com todo prazer. Ele conclui dizendo assim: "Para viver de verdade é necessário sair do comodismo e assumir os riscos necessários. Pois qualidade de vida depende essencialmente das coisas que estão dentro da gente, e sobre essas só a gente deveria ter a palavra final". Por exemplo, manter a saúde e a forma física é uma necessidade concreta. Resumiu dizendo: "A escolha é sua e o importante é que você sempre tem escolha. Pondere bastante ao se decidir, pois é você que vai carregar sozinho e sempre o peso das escolhas que fizer". Não são lindas, Laura, essas palavras?

— Muito lindas, e levam a gente a refletir sobre nossas vidas. Sei que o ser humano tem muitos defeitos, mas eu, por exemplo, você sabe disso, Maurício, a cada dia que passa procuro reciclar-me cada vez mais, tentando ser uma pessoa melhor. E tenho consciência do seguinte: "Valho pelo que sou, não pelo que tenho, e nunca julgo as pessoas pelas suas posses, mas pelas suas atitudes perante a vida".

— É isso mesmo, minha querida, eu penso do mesmo modo. Eu, por exemplo, confio em mim o tempo todo e faço tudo para jamais trair o excelente relacionamento que tenho comigo mesmo. Sempre mantenho minha autoestima elevada por pior que seja a situação em que me encontro.

— Ah! Você é assim mesmo, Maurício. Por isso me apaixonei por você.

— E ainda tem mais: compreendo e aceito as dificuldades e perdas como parte integrante de minha vida, sofro e fico triste, mas não me desespero quando elas ocorrem. Você sabe disso, Laura.

— E como sei. Eu também, Maurício, sempre agradeço a Deus a possibilidade de agradecer. Sinto-me feliz e grata por estar viva aqui e agora, independentemente de circunstância ou lugar. E outra coisa: permito-me errar e sei me perdoar pelos erros que cometo, buscando meu crescimento pessoal.

— E é por isso que eu amo tanto você, minha cara-metade — disse o sr. Maurício para a esposa.

— Cara-metade e almas gêmeas — respondeu toda orgulhosa dona Laura.

— Olha, Laura, "Qualidade de vida é ser capaz de relembrar sempre que viver é prioridade básica de qualquer pessoa". Agora vamos deixar de conversa porque tenho de tomar meu café e ir para Salvador com Vihumar.

— Está bem. Outra hora conversamos mais. Você sabe que eu adoro, ou melhor, "adoro", não, pois só se adora a Deus; gosto muito, vamos dizer assim, das nossas conversas.

No curso de espanhol, o Vihumar quis ler para a classe a tradução que tinha feito do poema que o professor colocou no quadro na aula anterior.

Celebrando a vida

I - Celebrar a vida é procurar ser feliz
Desde que não atrapalhe a vida das pessoas,
Pois a liberdade da gente acaba
Quando começa a do nosso próximo.

II - Celebrar a vida é não perder tempo com tolices,
É viver com amizade,
É agir mais e se queixar menos,
É viver a cada momento,
Vivendo o momento presente como se fosse o último.

III - Celebrar a vida é viver com coragem,
Entusiasmo e alegria,
Lutar sem bobagens

Amar dentro da sua realidade,
Ter fé em Deus acima de tudo
E agir sem maldades.

— Ficou boa a tradução? — perguntou Vihumar ao professor.

— Tudo certinho, Vihumar. Muito bem! Mas, fale a verdade, seu pai o ajudou, não foi?

— Eu não vou mentir para o senhor, realmente ele me ajudou. Eu fui dizendo umas palavras e meu pai outras. Não foi, papai?

— Foi sim, meu filho.

Mais uma vez, antes de Vihumar voltar para a sua cidade natal, passou na casa dos avós e tomou um banho de mar na praia de Itapuã. Era um ritual que tinha de cumprir todas as vezes que ia para Salvador. Do contrário, não voltava para Caldas do Jorro satisfeito. Fazia jus ao nome que tinha, pois amava o mar.

Enquanto sua avó materna, dona Anita, vivia tranquila com o esposo em Salvador, a avó paterna de Vihumar, dona Concinha, continuava com seu drama em Caldas do Jorro. Apesar da situação difícil, a qual não se deseja para ninguém, na presença da família, dos amigos e dos vizinhos ela procurava disfarçar ao máximo, para que ninguém percebesse sua aflição. Mas o marido, o filho e a nora já vinham percebendo há algum tempo que dona Concinha parecia sempre preocupada.

Dona Laura, por exemplo, no dia seguinte ao que a sogra havia chorado bastante durante a noite, perguntou ao marido, logo que pôde falar a sós com ele:

— Amor, o que sua mãe tem? Tenho notado certa impaciência nela... Algumas vezes falamos com ela e ela parece nem estar escutando.

— Ah! Não sei o que é, não. Minha mãe é verdadeiramente digna da nossa afeição e confiança. Tenho certeza de que ela própria sabe por que age de alguma maneira que aparentemente a gente não entende. Também me preocupo, às vezes, quando percebo que parece que ela chorou por algum motivo o qual não sabemos. Mas a vida é assim mesmo, todo mundo tem alguma coisa na vida que não fala para ninguém.

— Estou perguntando porque gosto muito dela, e quero vê-la sempre feliz.

— Tenho certeza disso. Se um dia ela quiser desabafar alguma coisa com a gente, ela vai nos procurar. Pode ser a menopausa, afinal, ela já passou dos 50 anos. Mas se você estiver muito preocupada com minha mãe ou curiosa em saber o que está havendo, pergunte a ela se há algum problema e se quer sua ajuda; achando conveniente, ela fala.

Saiu sorrindo para disfarçar o que ele também já tinha percebido, e porque lembrou a história do terreno, vendido sem motivo aparente.

— Eu sou juiz, mas lá no meu trabalho; aqui, eu sou apenas seu esposo e pai de Vihumar. Não quero nem julgar as atitudes de minha mãe, nem dar sentença alguma — disse o sr. Maurício, retornando para perto da esposa.

— Tudo bem, "senhor meu esposo" — disse dona Laura rindo e afastando-se.

A situação de Dona Concinha era realmente complicada, ela perdeu, ao longo desses anos, todos os bens materiais que possuía em seu nome, ou seja, que conservava desde quando era solteira. Bens de família que tinham valor sentimental, dos quais se desfez apenas para que não viesse à tona o seu erro, seu segredo. Perdeu bens móveis e imóveis. Joias, terrenos, enfim, tudo do que pôde se desfazer sem que o marido soubesse. Até o salário da sua aposentadoria como enfermeira ela entregava, praticamente todo, para a pessoa que fazia as chantagens, o que a deixava bastante triste, pois, embora Vihumar não precisasse de ajuda financeira para sua educação, ela sempre teve prazer em tirar um pouco do seu salário, para o garoto comprar o que quisesse, especialmente os livros que ele tanto gostava de ler. Nos últimos anos as finanças para ela ficaram tão escassas que nem sempre podia agradar o neto tão querido.

Dona Concinha era uma pessoa de bom coração, porém não era perfeita; como todo ser humano, possuía qualidades e defeitos. Suas qualidades, entretanto, eram superiores aos seus defeitos.

Capítulo 25

Uma semana depois, Vihumar voltou a Salvador para assistir às aulas de espanhol, porém, dessa vez, a mãe também foi, e ele levou Zezinho à tiracolo. Vihumar estava mais feliz do que nunca, porque estava levando seu melhor amigo para conhecer a capital baiana. No caminho, ia mostrando ao garoto as paisagens bonitas que embelezavam a estrada.

Dona Laura e Zezinho ficaram esperando Vihumar e o pai voltarem do curso na casa dos pais dela.

Logo que eles chegaram ao curso de espanhol, o professor cobrou o poema sobre legumes ou verduras, exercício que tinha passado na aula anterior. Vihumar disse logo:

— Eu trouxe, professor; posso ler?

— Pode. Já estou esperando. Desembucha, rapazinho. Estou ansioso para ouvir seu poema — disse o professor, que era muito brincalhão.

— Vou começar — respondeu Vihumar. Primeiro em espanhol, depois traduzo para o português.

La papa de la muchacha

I - La papa cuando nace
Es bonita y cabe en la mano

Família: arquivo confidencial

La muchacha cuando crece
Quiere papa hasta más no poder.

II - Quiere frita, asada o saltada
Puede engordar muchísimo
Pero no quiere perder
Ese placer de comer su alimento preferido
Pide a su madre para ella y su hermano.

— Muito bem, Vihumar! — exclamou o professor.
— Meu filho, agora leia a tradução para nós.
— É, vou ler a tradução porque sei que tem gente aqui que não entendeu foi nada e também quero que o senhor, professor, diga se está tudo certinho mesmo.
— Vamos, leia logo que eu tenho de ver o poema dos outros alunos.
— Vou começar. A tradução tem rima, vocês vão ver.
— Está bem, ande logo, leia.
— Está bem! Está bem! Vou começar:

A batata da garotinha

I - Batatinha quando nasce,
É bonita e cabe na mão,
A garotinha quando cresce,
Quer batata de montão.

II - Quer batata frita
Assada ou gratinada,
Pode engordar uma porção,
Mas não quer ficar na mão,
Sem comer seu alimento preferido,
Pede para sua mãe e até para o irmão.

Todos riram bastante, não apenas porque acharam o poema engraçado, mas também porque pensaram que era um texto muito infantil para a idade do autor e dos ouvintes.

— Parabéns, Vihumar — disse o professor. Para quem não tem nem um ano de curso você está indo muito bem. Continue assim, esforçado, interessado em aprender uma língua; vai ser muito bom para o seu desenvolvimento futuro. Hoje em dia, todos nós precisamos saber falar e escrever pelo menos um idioma, além do nosso. O ideal seria que soubéssemos o nosso e mais dois, porque, dependendo da profissão que você escolher, eles serão necessários, pela quantidade de livros que terá de estudar em idiomas diferentes e pela concorrência dos candidatos em qualquer seleção de emprego. Enfim, continue assim, empenhado.

— Obrigado, professor, pela dica, não só por mim, mas também pelos meus colegas que estão aqui e ouviram o que o senhor falou. Vou me dedicar bastante, pois quando ficar homem, quero viajar bastante de avião, visitar vários países do mundo.

— Ótimo. Porque viajar também é uma maneira de aprendermos as coisas; conhecemos os lugares e fixamos melhor o que vimos. Pelo menos comigo é assim. Se viajo, não esqueço o que aprendi naquela viagem nunca mais.

Enquanto isso, na casa dos avós de Vihumar, dona Laura, seus pais e Zezinho, preparavam-se para degustar um lanche, enquanto esperavam Vihumar e o sr. Maurício para irem à praia.

— Zezinho, diga o que quer para eu servi-lo — disse dona Anita ao menino.

— Hum... — hesitou o garoto por alguns instantes. Qualquer coisa serve.

— Como "qualquer coisa serve"? — interrompeu dona Laura. Assim não vale.

— É isso mesmo, menino — disse dona Anita. A mesa com tanta coisa gostosa preparada especialmente para vocês e você fala desse jeito?

— Está bem, eu estava com vergonha, mas agora...

— Agora perdeu a vergonha? — disse a avó de Vihumar.

— É, agora perdi a vergonha e quero comer de tudo. Tudo o que tenho direito.

— Ah! É assim que se fala! Venha para a mesa e sirva-se à vontade.

Zezinho não tinha a mesma condição social de Vihumar e passava algumas privações em casa com seus pais. O dinheiro em sua família era escasso. Assim como na casa de Aline, o dinheiro era minguado. Ela e seus pais passavam por algumas necessidades. Sempre que sr. Maurício e dona Laura podiam, mandavam alguns presentes para eles na semana da Páscoa, em festas de Natal, no São João, Carnaval e em outras datas festivas para disfarçar a ajuda. Ficava parecendo que os presentes recebidos eram dados apenas porque as datas eram especiais. Com relação a Zezinho, era mais fácil, porque sendo do mesmo sexo que Vihumar e praticamente da mesma idade, além dos presentes nas datas festivas, a maioria das roupas que não serviam mais em Vihumar passavam para Zezinho. Dona Laura, para não magoar o amigo do filho, perguntava assim:

— Zezinho, tem algumas roupas que não servem mais para Vihumar, ele usou pouquíssimo; por você, atualmente, estar mais magro que ele, as roupas podem lhe servir; eu fico com pena de deixar aí guardadas, você aceita?

Ela falava que as roupas iam ficar guardadas, mas não era verdade. Ela costumava dar para instituições de caridade todas as roupas do filho que não passava para Zezinho. Ela não gostava de mentiras, porém achava que em algum determinado momento da vida todas as pessoas mentem, às vezes até para proteger um ente querido. Acreditava também que só pelo fato de uma pessoa afirmar: "eu não minto", apenas com essa frase, já estava mentindo. Se ela estava certa em pensar que, em determinadas ocasiões, a mentira é necessária, prefiro no momento não julgá-la.

Ninguém imaginava que aquele seria um fim de semana diferente, que traria preocupações e surpresas desagradáveis para a família de Vihumar.

Depois que sr. Maurício e Vihumar chegaram do curso, lancharam, vestiram roupas adequadas para banho de mar e foram todos para a praia de Itapuã.

Vihumar e Zezinho se divertiram bastante, enquanto seus pais e avós beliscavam um peixe frito e tomavam umas cervejinhas geladas na barraca, com exceção de dona Laura, que de bebida alcoólica só tomava vinho, martine com cereja ou champanhe. Como essas bebidas não eram adequadas para se beber em uma praia, ela tomava água de coco ou refrigerante, e, além de degustar o peixe que os demais comiam, saboreava também o tira-gosto.

Vihumar e Zezinho, que estavam na areia jogando bola com amigos que tinham feito na praia, depois de poucos minutos que chegaram, largaram a partida de futebol e saíram andando na direção de um barco de pesca, que os deixara encantados.

Quando viram o pescador soltar o cabo que prendia a embarcação, aproximaram-se discretamente dela. Numa distração do pescador, que fora atender ao chamado de outro pescador que estava na praia, porém um pouco mais distante, os garotos entraram no barco para se divertirem, porém, não contavam com o que iria acontecer. O barco foi se afastando, se afastando, e eles conversando sem perceber direito, quando viram já estavam em alto mar, começaram a gritar desesperados, com receio de que o barco virasse e morressem afogados. Vihumar começou a chorar e Zezinho, em meio aos soluços, disse:

— Você que me chamou para eu vir para Salvador; se eu não tivesse vindo, nada disso estaria acontecendo comigo! Não estaria correndo o risco de morrer. Você é o culpado!

Vihumar estava desesperado, gritava por socorro, mas também não se deu por vencido e disse ao amigo:

— É, mas se tudo estivesse dando certo, você não ia passar isso na minha cara, que eu lhe chamei para conhecer Salvador. Chamei mesmo. Não sabia que isso ia acontecer... Socorro! Socorro! Socorro! Alguém ajude a gente, por favor! Pelo amor de Deus! Minha Virgem Maria! Salvem a gente, o que será de nossos pais se a gente morrer?!

— Vihumar, estamos muito novos para morrer... Ainda temos muita coisa para fazer nesta terra!

— Cale a boca, Zezinho, pra morrer não tem idade, não. Ajude a nos salvar. Grite comigo. Socorro! Socorro! Socorro!

Enquanto isso, na praia, os pais e avós de Vihumar, desesperados, procuravam pelos dois.

Família: arquivo confidencial

— Oh, minha Nossa Senhora, crianças e adolescentes cegam a gente! Esses dois meninos estavam aqui perto de nós, jogando futebol, como é que sumiram? Minha Nossa Senhora da Conceição e meu Senhor do Bonfim, tragam meu filho e o amigo dele de volta, que antes de eu voltar para Caldas do Jorro eu vou agradecer a vocês de pé! Ando da Praça Castro Alves até as duas igrejas onde vocês ficam. Daqui de Itapuã eu não prometo porque é muito longe. Meu Deus, logo o dia que estou com o filho dos outros! O que Maurício e eu vamos dizer aos pais de Zezinho se ele ficar desaparecido? — disse dona Laura, desesperada. — Oh, meu Jesus! A gente só sabe que é feliz quando fica infeliz!

Cansados de tanto gritar, Zezinho e Vihumar veem o barco se afastando cada vez mais e eles não conseguem fazer nada, afinal, são dois adolescentes. As ondas ficavam cada vez mais altas. Mas, para a sorte deles e de seus familiares, e também devido à força das orações que estavam fazendo, Deus, o Senhor do Bonfim e a Virgem Maria foram misericordiosos com eles, ouviram suas preces e colocaram em seus caminhos um pescador, que com um barco de maior porte, resgatou os dois e os levou de volta. O pescador entrou em contato com a capitania dos portos e entregou os meninos ao juizado de menores, até que seus pais chegassem.

Foi mais um grande susto que o travesso Vihumar fez sua família passar. Porém, reconheceu o erro que cometera juntamente com seu amigo, e os dois se comprometeram a nunca mais sair de perto dos mais velhos sem avisar para onde iriam. Embora já fossem adolescentes, não tinham ainda a real noção do perigo das coisas da vida.

Eles disseram que, quando perceberam que a maré estava subindo cada vez mais, entraram em pânico, pensaram até que só poderiam ser retirados do mar por um helicóptero, ou então que morreriam sem serem salvos. Os pais de Vihumar disseram que eles não falassem aquilo nem de brincadeira. Além do mais, com que cara ficariam perante os pais de Zezinho?

"Quando tudo dá certo, os pais nos agradecem por termos levado seus filhos para passear. Mas se as coisas não acontecem como planejadas, quem levou os filhos dos outros que aguente as acusações e as consequências." — pensou dona Laura.

Depois disso, ela e o sr. Maurício ponderavam muito para levar os filhos dos outros para passear, principalmente se o lugar tivesse praia ou piscina; essa atitude fazia com que eles e Vihumar sofressem um pouco, pois gostavam de dividir com as pessoas as coisas boas que tinham na vida. Eles possuíam piscina em casa, mas contavam com dona Lôla, dona Primavera e o jardineiro para vigiarem Vihumar e os colegas quando esses estivessem juntos tomando banho de piscina.

Depois do susto, resolveram ficar de sábado para domingo em Salvador, e as promessas que dona Laura fez na hora do desespero foram cumpridas, não apenas por ela, mas pelos demais integrantes da família, que fizeram questão de acompanhá-la.

Capítulo 26

Os dias se seguiram e, aos poucos, dona Laura e o sr. Maurício iam superando o grande susto que tinham passado com Vihumar e seu amigo Zezinho.

Às vezes, eles ficavam lembrando quanto empenho tinham quando compravam os presentes de Natal para o filho, quando ele era criança. Era tanta dedicação que, em alguns anos, o sr. Maurício vestia-se de Papai Noel para colocar os brinquedos no sapatinho de Vihumar. Houve um ano em que o garoto disse aos pais ter visto as botas de Papai Noel quando ele saiu do seu quarto e o viu subindo pela chaminé que existia no sítio. Tudo isso tinha sido apenas fantasia da cabeça dele quando era pequeno.

Dona Laura lembrava também que os presentes que davam para Vihumar, tanto no dia do aniversário como no dia das crianças, sempre eram os que ele escolhia, embora, às vezes, colocassem, antes de presenteá-lo, dificuldades, dizendo assim:

— Vamos ver se podemos lhe dar, se vamos ter recursos, deixe chegar mais perto.

Quando o presente era para o Natal, eles diziam:

— Pode pedir, agora vamos ver se Papai Noel vai poder trazer.

Dona Laura também lembrava que nunca se esqueceu em Natal e Dia das Crianças algum de presentear crianças carentes, tanto de Caldas do Jorro, como de Salvador, de favelas, de creches, enfim, as crianças de rua, e também as que ficavam em casas de caridade. Com Zezinho e Aline, que tinham condições financeiras precárias, ela sempre fazia questão de comprar um presente para cada um, e Vihumar entregava aos pais deles, sem que os amigos soubessem, e no dia recebiam o presente desejado, porque o amigo fazia a sondagem no colégio. Zezinho tinha vezes que dizia:

— Você é curioso, Vihumar, toda vez no Dia das Crianças e no Natal você quer saber o que eu e Aline queremos. Incrível é que sempre que você pergunta, parece que nossos pais descobrem e compram. Por que será, hein? Não é impressionante?

— É, mas não sou eu que conto, não — respondia Vihumar, todo sem graça, franzindo a testa. E todos desconfiavam daquela resposta.

O bom é que dona Laura e sr. Maurício não apenas presenteavam o filho, mas sempre que podiam, participavam das brincadeiras com os brinquedos que haviam dado a ele, o que fazia com que Vihumar ficasse muito feliz. No dia em que os pais brincavam com ele e com os jogos que lhe davam de presente, os olhos do filho brilhavam como duas pedras de esmeralda, já que tinha os olhos verdes, e a alegria estampada no seu rosto era evidente.

Alguns anos se passaram, Vihumar já estava com 16 anos e ainda não havia se declarado para Aline, mas como tudo tem um dia, chegou para ele o tão esperado momento de revelar a sua paixão ou, quem sabe, seu amor por ela. Dizem que paixão só dura de dois meses até dois anos e este sentimento já era muito antigo dentro do coração dele.

Estava chegando o final do ano e Vihumar estava ansioso e desesperado, porque outro colega da sala de aula havia expressado interesse pela garota, o que o deixava furioso. Na festa de *Réveillon* na casa de seus pais, Zezinho e Aline foram acompanhados de seus pais. Os pais de Vihumar acharam por bem convidar também os pais dos amigos do filho, para que houvesse um maior entrosamento entre as famílias, já que se tratava de uma noite especial. Dona Laura era atenciosa com todas as pessoas, e cuidadosa com os detalhes que a noite requeria. Ela distribuiu abraços e apertos de mão.

Quando os fogos começaram a pipocar no céu, parecendo um arco-íris de estrelas e cores intensas, Vihumar chamou Aline e, segurando-a pela mão, disse:

— Eu quero namorar você, Aline. Pronto, falei.

O menino estava com o coração saltando do peito e as mãos trêmulas e suadas. A cor da vergonha tingiu-lhe a face logo que ela o olhou com espanto. Ao sentir o braço e a mão de Vihumar, Aline estremeceu.

— Como? Acho que não estou ouvindo direito — disse Aline, com ar de orgulho, olhando fixamente para ele.

Vihumar e Aline estavam em um lugar escuro, em tempos de racionamento de energia; estavam a sós e havia somente o brilho das estrelas e da lua cheia. Vihumar conseguia enxergar os olhos grandes de Aline e os lábios da garota que estavam ali se oferecendo com um batom bem brilhante de cor vermelha. Ele cada vez se aproximava mais. Foi então que Vihumar fez que ia amarrar o cadarço do sapato, Aline se abaixou para tornar a lhe perguntar:

— O que você falou comigo? Repete que eu não ouvi direito.

Vihumar olhou firmemente para ela e lhe deu um grande beijo de amor. O primeiro beijo, com sentimento de paixão, da vida dos dois. Naquele momento, as estrelas estavam mais brilhantes, mais fogos de artifício estouraram no céu, o mundo rodou e o sangue deles latejava nas têmporas. Caminharam um bom tempo de mãos dadas. Vihumar percorreu as mãos em seu rosto e seus ombros para ter certeza de que tudo não passava de um sonho. Depois, Aline não se conteve de alegria e saiu correndo para contar à sua mãe. Havia muito tempo que ela gostava de Vihumar. Desde o início da festa, eles tinham ficado dançando grudadinhos, de rosto colado.

Vihumar já havia feito uma tentativa antes de beijar Aline; foi quando ele a chamou para sentarem juntos num banquinho debaixo de uma árvore, num lugar bem escuro perto da piscina do sítio, mas Zezinho o chamou e interrompeu.

— Zezinho, por favor, não me interrompa mais hoje. Porque de hoje não passa. Já estou a ponto de explodir, não aguento mais nem ficar olhando para ela, na sala de aula, nos lugares sem poder beijá-la — pediu Vihumar ao amigo.

— Está bem! Não vou mais desviar sua atenção dela, amigo, desculpe.

Enquanto isso Zezinho, que não era nem um pouco bobo, paquerava outras garotas do colégio que estavam na festa. Porque, ao contrário do amigo, ele só queria "ficar" com as meninas, nada de compromisso sério.

Quando Aline chega perto de seus pais, ela é recebida com frieza por eles. E sua mãe vai logo dizendo:

— Vamos embora, Aline, estou me sentindo muito mal, aqui não é ambiente para a gente.

— Por quê? — perguntou a menina, que não cabia de felicidade por tudo que acabara de lhe acontecer.

— É isso mesmo — respondeu o pai da menina. Sua mãe está certa, estou me sentindo um peixe fora d'água nessa festa. Vamos embora.

— Mãe, deixa eu lhe contar uma coisa — disse Aline com ansiedade, porque apesar da natureza difícil de sua mãe, ela a considerava sua melhor amiga e confidente.

A mãe com muita rispidez falou:

— O que é, Aline?

— Minha mãe, eu havia lhe dito que o primeiro beijo de amor da minha vida eu ia lhe contar, não foi?

— Foi, e por que você está falando isso agora?

— Porque foi hoje que aconteceu.

— Aconteceu onde e com quem?

— Acabou de acontecer, minha mãe, estou muito feliz, foi com quem eu queria.

— E quem foi? Deixe de me enrolar.

— Foi com Zezinho — gaguejou Aline, trocando o nome de quem havia beijado, pois estava muito nervosa.

— Ah! Foi Zezinho que você beijou. Tudo bem, ele é do nosso nível social. — respirou aliviada por alguns segundos sua mãe.

— Não, minha mãe. O beijo não foi com Zezinho. Eu é que me atrapalhei e falei o nome do garoto errado.

A mãe já desconfiada perguntou:

— E foi com quem, Aline? Com quem?

— Foi com Vihumar, o amor da minha vida.

— Amor da sua vida o quê, menina! Na sua idade não dá para ter certeza de quem é o amor da nossa vida. Existe muita ilusão. Eu e seu pai não queremos saber desse namoro.

— Por quê? Vocês não gostam dele? E por que deixaram eu ser amiga dele durante esses anos todos? — perguntou Aline com aflição.

— Porque amiga, eu ainda permitia, mas namorada não queremos.

— Por quê? Por quê? Responda, minha mãe!

— Por várias razões, e a principal delas é porque somos pobres, pobres, entendeu? E a família dele é classe média alta. Quase ricos, para serem ricos só precisam ter mais patrimônios. Porque, embora não sejam ricos, têm e gozam de todos os privilégios de quem o é. Só precisam, mesmo, possuir todos os bens dos ricos. Mas ainda assim têm alguns. Entendeu, menina? E agora vamos embora desse sítio. Nós já queríamos ir, agora aumentou a vontade.

— Eu vou, mas antes vou me despedir de Vihumar.

— Não vai se despedir de ninguém — respondeu o pai de Aline. Vamos antes que nos vejam saindo.

Os pais seguraram a garota fortemente pelo braço, e ela fez uma expressão de dor. Aline foi embora triste, com os olhos cheios d'água, e Vihumar ficou procurando por ela, sem entender o que havia acontecido.

Capítulo 27

O dia seguinte amanheceu chuvoso. Vihumar dormiu pensando na sua amada e sonhou que a beijava.

Em seu quarto, Aline também acordou pensando em Vihumar.

A rejeição dos pais dela ao namoro era um grande obstáculo. Preocupada com a atitude preconceituosa de seus pais, mas feliz pelo primeiro beijo apaixonado que recebeu de seu amor, pensou: "acho que valeu a pena esperar, porque foi maravilhoso e com certeza ficará uma lembrança inesquecível deste *Réveillon*, onde tudo começou de verdade entre nós dois".

A mãe de Aline entrou em seu quarto, a filha cumprimentou-a sorridente e disse:

— Minha mãe, o dia de hoje não está tão bonito quanto o de ontem. Infelizmente, o ano começou com chuva.

— É. Mas a chuva não demora a passar. Dizem que chover no início do ano é bom, porque o ano será próspero. Ruim seria se chovesse sempre — respondeu a mãe de Aline de maneira fria, com o olhar distante.

— Minha mãe, precisamos conversar sobre o que aconteceu ontem à noite na casa de Vihumar.

— Conversar o quê? Pra mim e para seu pai este assunto está encerrado!

— Não pode estar encerrado, porque se trata do meu futuro, da minha felicidade com a pessoa que eu amo.

— Ama hoje. Amanhã com certeza você já mudou de ideia. Trata-se de seu futuro? Que futuro?

— Por que a senhora não gosta de Vihumar e da família dele? E se não gostava deles, por que aceitou o convite para passar o Réveillon com pessoas por quem não tinha simpatia? Responda, já que estamos só nós duas aqui. Poxa, minha mãe, sempre fomos tão amigas! Você não quer minha felicidade?

— Claro que quero. E por isso mesmo não quero esse namoro, ou melhor, nós não queremos, seu pai e eu. Com relação a esse assunto, nós dois temos a mesma opinião.

— Mas se eu gosto dele e ele de mim, o que importa o que as pessoas possam pensar?

— Não basta gostar. Outros fatores também importam num relacionamento a dois.

— Oh, minha mãe! Não leve tão a sério assim... Deixe eu curtir esse momento de felicidade, esperei tanto tempo por isso... Até mudei de opinião com relação ao que eu lhe disse no início da nossa conversa. Não quero mais falar no que está por vir. Estou feliz demais para ficar pensando no futuro. Um momento incerto que eu nem sei se vai chegar. Não quero sofrer por antecipação ou, então, sofrer em vão. Quero é ser feliz hoje! Hoje! Entende?

— Escute aqui, menina! — naquele instante, a mãe lançou-lhe um olhar furioso. Vamos parar com essa conversa boba. Tenho assuntos mais sérios em que pensar. Não estou interessada, no momento, em seu namoro com Vihumar. Deixe eu organizar minhas ideias. A surpresa foi grande para mim, ainda estou em estado de choque.

— Justamente por isso que eu não quero deixar para depois. Eu preciso resolver agora. Não tenho tempo para esperar a senhora pensar com calma, argumentou Aline, triste e desnorteada.

— É isso mesmo que lhe falei. Você não tem tempo para esperar? E daí? Todos os dias lhe digo que as coisas da vida não podem ser resolvidas nas pressas para que a gente não se arrependa mais tarde por um ato impensado.

— É, mas também não precisam ser resolvidas em câmera lenta. Por favor, por que você não quer o nosso namoro? O desnível social entre as nossas famílias é um deles... Por acaso existe outra razão?! Eu preciso entender, pois você vivia elogiando Vihumar, queria até que eu fosse estudiosa, inteligente como ele.

— Aline, não entendo por que não procura alguém do seu nível social para namorar, em vez de ficar atormentando a minha cabeça.

— Bem que gostaria. Só que aqui por perto não tem nenhum menino da minha faixa de idade e nível social que eu me interesse. Além do mais, a gente não escolhe de quem vai gostar. Seria muito fácil se eu pudesse mandar em meu coração.

Aline falava com a voz engasgada, soluçando, enquanto as lágrimas já escorriam pela sua face. A situação tornava-se por demais aflitiva.

— Responda-me, por que não Vihumar? Se não responder, vou enlouquecer!

— Eu lhe respondo com outra pergunta: por que justo ele?

— Porque ele se apaixonou por mim; foi me conquistando aos poucos, e foi por ele que o meu coração bateu mais forte.

— Como nasceu em seu coração esse sentimento?

— Ah, minha mãe, quando essas coisas acontecem, a gente não tem muitas explicações para dar. Garanto que quando a senhora foi adolescente, é provável que tenha tido também um amor que seus pais não aprovaram muito. E se não teve, é porque deu muita sorte.

— Não vou nem perder tempo falando do meu passado, pois quem vive de passado é museu. Estamos falando de você. O assunto em pauta diz respeito a você. Sabe o que eu acho de Vihumar, Aline?

— Acha o quê?

— Eu vou lhe dizer e não me importa se gosta ou não de você. Além de ser de nível social diferente do nosso, ele é um mulatinho, de olhos verdes, cabelos cacheados, mas é um mulato. Os olhos e os cabelos não mudam a cor da pele. Continua sendo a mesma: escura. Negra. Ou seja, ele nada mais é do que "um pretinho básico".

— Ah! Então o problema não é só questão de dinheiro, é porque a senhora é preconceituosa! Só porque Vihumar é moreno cravo e canela, como as pessoas dizem, e tem os cabelos encaracolados, e eu sou uma loura, de cabelos ondulados e tenho olhos azuis, só por isso a senhora acha que não podemos namorar! Até parece que tenho sangue azul. Nascida aqui no Brasil e, além do mais, na Bahia. Há preconceito de todas as partes; estou decepcionada com a senhora, minha mãe, e com meu pai também! Sabia que tem um negro lá no colégio que me chamou de branquela, e disse que jamais namoraria comigo porque não sente atração por moças de pele clara? Como a senhora e meu pai iam se sentir se os rapazes começassem a me discriminar me chamando de desbotada? E se a discriminação fosse comigo? Queria ver como vocês iam se sentir — retrucou Aline.

— Não quero saber, não queira inverter os papéis, esse rapaz que você está dizendo que discrimina brancas deve estar com raiva porque ele é discriminado e provavelmente está querendo dar o troco.

— A senhora fique sabendo que não é nada disso; tem pessoas que realmente não se sentem atraídas por pessoas de pele branca.

— Olha, menina, eu sei que tudo que começa errado termina errado. Não está vendo que não combina você, branca, com um negro? Que na verdade é isso que Vihumar é. Essa história de moreno, mulato, "cabo verde" porque o cabelo não é duro, os lábios não são grossos e o nariz não é achatado, aí as pessoas chamam assim ou então de escurinho, pardo, cor de formiga, marrom, afrodescendente, nada mais é do que negro! Negro, ouviu bem? Talvez essas pessoas que denominam o negro dessas maneiras sejam mais preconceituosas do que eu, que sou sincera. Na verdade, não acho nada demais dizer que uma pessoa é negra, porque quando é branca e alguém nos pergunta como ela é, a gente fala "é branca", e pronto. Então, por que não chamar de "negra" uma pessoa, quando ela é negra mesmo? Além do mais, quando querem discriminar alguém, tanto faz ser negra ou branca, porque eu mesma já ouvi me chamarem de "aquela branca azeda". Para não criar confusão, deixei para lá. A questão é que me exponho sendo muito sincera com relação ao que penso, e muitas pessoas são hipócritas, não dizem o que realmente pensam, dizem o que é conveniente de acordo com cada situação. Eu acho que Vihumar é da raça negra, que a cor da pele dele é negra e ponto final. Ninguém no mundo vai me convencer do contrário.

— Fique sabendo a senhora que somos todos iguais na essência de nossa criação. Viemos ao mundo sem rótulos.

— Olha, Aline, tudo é muito bonito na boca do poeta. Eu quero ver as pessoas com uma situação dessa dentro de casa. É muito fácil falar que gosta de negro, quando é apenas para ser amigo; é muito fácil falar da AIDS quando o aidético é da família dos outros; é muito fácil entender o trabalho de uma prostituta quando ela não é a sua irmã; muito fácil falar de uma mulher namorando um rapaz bem mais jovem quando é na casa do vizinho e não é seu filho que está namorando uma coroa; também é muito fácil entender o amor dos gays quando é na novela.

— Ah, então com relação ao amor de um homem e uma mulher, quer dizer que se for um homem bem mais velho com uma moça jovem, pode. Porque com essa explicação a senhora mostrou outro preconceito seu: amor de mulher mais velha com homem mais jovem. Para a senhora isso não pode.

— Eu não disse isso, apenas citei o exemplo com as mulheres mais velhas e rapazes mais modernos.

— Ah, como a senhora é cruel quando quer ser!

— Cruel não, realista. Uma amiga minha me contou que o filho dela paquerou de longe uma garota que achou bonita, mas não sabia que ela era deficiente visual, porque os olhos eram aparentemente normais, e quando se aproximou dela e fez o convite para dançar, a moça disse para ele que não enxergava e que por isso, quando o rapaz estava de longe, ela não correspondeu aos seus olhares. Ele disfarçou, dançou apenas uma música com ela, e embora tivesse gostado da moça e do papo dela, por ser deficiente visual ele não quis namorá-la e foi paquerar outras garotas que estavam na festa. Teve coragem de contar a verdade apenas para a mãe dele, que me contou, porque para os amigos ele disse que a garota não era interessante, não sabia nem dançar e tinha mau hálito. Fique sabendo você que preconceito existe mesmo; em todo lugar sobre tantos assuntos, que eu nem citei aqui, apenas estou tendo a coragem de assumir que sou preconceituosa, e as outras pessoas na maioria das vezes escondem o preconceito que existe dentro delas, até que sejam obrigadas a colocar para fora. As pessoas que nascem em uma cidade do interior, que são da roça, por exemplo, sofrem preconceitos. Sobretudo pela maneira de falar.

— Estou perplexa com tudo que a senhora falou. Como eu pude sair de dentro de uma pessoa tão preconceituosa e ser tão diferente!

— Pense o que você quiser. Não vou mudar de ideia com relação às coisas que eu acho. Uma vez eu perguntei para uma amiga: "Você já se sentiu excluída?" Sabe o que ela respondeu? "Claro. A exclusão não é só de pobre. A minha era ter pais separados numa sociedade católica, que não aceitava isso. Estudava em colégio de meninas ricas, pois minha mãe era funcionária pública e eu ganhava bolsa de estudo. Mas não tinha aquele nível de riqueza. Mãe que trabalhava, naquela época, era outra causa de exclusão". Depois de tudo que contei, Aline, você ainda me vem com filosofias baratas... Você está muito filósofa para meu gosto. Isso é conversa pra boi dormir.

— Ora, somos irmãos, cada um com um coração, uma mente, um corpo. Somos iguais ao universo. Todo tipo de preconceito deve ser combatido, principalmente o da desigualdade e do racismo. Concordo com o que disse Yvonne Bezerra de Mello, que trabalha com meninos de rua do Rio de Janeiro, alfabetizando-os e ensinando-lhes algo a céu aberto.

— O que foi que ela falou?

— Ela disse o seguinte: "Acho que é possível educar crianças em países como o Brasil para eliminar a diferença entre as classes. O que não pode é a criança achar que, porque nasceu pobre, vai ser pobre a vida toda. A pobreza é uma circunstância que pode ser eliminada, se você tiver as ferramentas intelectuais. Todas as crianças são especiais". Então, ela completa dizendo: "Éramos de classe média, não havia dinheiro sobrando em casa". E disse que a mãe dela falava: "Não temos dinheiro, mas temos cérebro. Use o cérebro". Então, minha mãe, com relação a eu ser uma pessoa humilde e Vihumar ser de classe média-alta, isso não significa que minha vida toda eu serei pobre, porque sou estudiosa e posso com o tempo ter uma condição social bem melhor da que tenho hoje.

— Está bem, Aline, a condição social pode realmente ser transformada com o seu esforço, estudando, mas a cor da pele dele não. Não quero correr o risco de ter netos de cabelos crespos, com essa mistura da minha filha branca com o negro Vihumar.

— Fique sabendo a senhora que a população negra aprendeu a tornar visível o seu inconformismo. A situação ainda é difícil, o preconceito persiste e não dá para fazer muita festa, mas a luta travada pelos negros brasileiros em busca de igualdade e por mais direitos já registra seus efeitos. Principalmente por meio da educação, surge no Brasil uma classe média negra que já ocupa espaços e interfere, mesmo timidamente, nas estatísticas. Descobriu-se excluída e já não aceita essa condição, como provam suas lutas e, como consequências, conquistas.

— Você aprendeu essas coisas onde? Responda.

— Aprendi esta semana no colégio. Mas independentemente da aula, eu leio muito e também sei das coisas. Não vou mais me desgastar com a senhora sobre esse assunto. Até porque, tenho certeza de que Vihumar e os pais dele não estão nem aí se acham que ele é negro ou não. Ele quer é ter muita saúde e ser feliz.

— Ah! Deixe-me em paz, menina.

— Como é que eu posso deixá-la em paz? Como é que pude viver com pessoas assim como vocês dois em casa e nunca ter percebido? Estou chocada! Quer dizer que tudo que a senhora me ensinou, que somos todos iguais perante a Deus, que todos somos filhos do Senhor, logo, somos todos irmãos, não é o que a senhora pensa?

— Não é bem assim. Para considerar como irmão e amigos eu não me importo, mas para misturar o sangue com o nosso eu não quero!

Mais uma vez, os olhos de Aline se encheram d'água.

— Minha mãe, com licença, eu preciso ficar um pouco sozinha, para "digerir" melhor tudo que a senhora me falou. Não estou nem acreditando que ouvi tudo isso da boca de minha mãe, minha melhor amiga.

— É, Aline, fique sabendo que nunca conhecemos alguém completamente. As pessoas mais próximas da gente reservam sempre surpresas dentro de si.

— Ah, disso eu não tenho a menor dúvida! — respondeu Aline, franzindo a testa e arregalando os olhos.

A mãe de Aline saiu do quarto batendo a porta; bateu com tanta força, que a filha se assustou. Aline ficou chorando deitada na cama. Dez minutos depois, limpou os olhos e leu uma poesia que havia feito antes de dormir, quando chegou da casa de Vihumar, no dia anterior:

Família: arquivo confidencial

Um beijo nunca é demais

I - Quando as forças do mundo
Penetram nos nossos cinco sentidos
E se transformam na energia que toma conta da gente...

Amamos sem medo e sem culpa,
Os pensamentos se perdem no universo
E as mãos se perdem pelos corpos.

II - Os lábios se encontram,
As bocas se comunicam por meio das línguas
Que transmitem todo o carinho
E emoção em um beijo cheio de paixão.

III - Fazemos gestos e carícias
Que nós mesmos pensamos
Não sermos capazes de fazer
E assim...
As duas partes se transformam na criação
Ficando tudo imerso
Numa vibração de profunda paz.

IV - A visão do mundo torna-se mais bela,
As pessoas ficam mais bonitas
E a alegria reina de uma maneira simples e
Singela nos nossos corações.

Enquanto isso, Vihumar se arrumou e chamou Zezinho para passear de bicicleta e passar pela porta de Aline.

Os dois amigos passearam pelas ruas de praças de Caldas do Jorro de bicicleta e acabaram parando na porta de Aline. O pai da menina estava na porta e, franzindo a boca e passando uma mão na testa, perguntou:

— O que você quer, rapaz?
— Quero entregar uma coisa para Aline, o senhor pode chamá-la?
— Não deveria, mas vou chamá-la. Espere um instante.
O pai de Aline severamente bateu na porta do quarto da filha.
— Aline!
— O que é, papai?
— "O que é", não! Senhor!
— Está bem, "senhor meu pai"! — ela disse ironicamente. — Diga o que quer comigo.
— Vihumar e aquele outro colega seu estão aí na porta.
— Obrigada por ter me chamado. Avise, por favor, que já vou. Já estou indo.

Aline enxugou as lágrimas, lavou o rosto depressa, arrumou os cabelos longos, passou um batom brilho nos lábios e foi ao encontro de Vihumar, com o coração saltando pela boca de tanta emoção.
— Oi! Tudo bem, Vihumar?
— Tudo bem agora, que estou vendo você.

Eles se abraçaram. Os pais de Aline ficaram olhando por detrás da porta e comentaram entre si:
— Sabe de uma coisa, é melhor não proibir; porque senão vai ser pior. Se a gente proíbe o namoro fica mais excitante. Tudo que é proibido é mais desejado. Eles podem querer continuar o namoro mesmo que um dia cheguem à feliz conclusão de que não querem mais ficar juntos; podem decidir continuar só com a intenção de pirraçar a gente.
— É verdade, eu esfriei minha cabeça — disse o pai da garota. Concordo com você. Mas não vamos falar nada para ela. Vamos ficar em silêncio fazendo de conta que nada está acontecendo.
— Tudo bem. Vamos ver até onde o entusiasmo deles vai.

Vihumar entregou uma poesia, que havia feito há algum tempo atrás para Aline, quando estava na casa dos avós em Itapuã. A essa altura do campeonato ele não precisava mais pegar as poesias de seus pais escondido; já sabia fazer suas próprias. Filho de peixe, peixinho é.

Aline começou a ler emocionada:

Família: arquivo confidencial

No Abaeté ao luar

I - Ao luar eu sinto a brisa do Abaeté,
Clara como uma noite de lua cheia
De um brilho incomparável
Num céu estrelado
Em uma noite com tantas estrelas.

II - Lá estou eu pensando em você
Sempre em você...
Onde quer que eu esteja,
Você aparece sobre aquele mar
De uma beleza infinita,
Que só Itapuã com tantas
Pedras, areias e coqueirais
Nos deixa flutuar e parar.

III - Parar para sonhar e desejar
Você e eu juntos, sempre juntos
A contemplar aquela
Constelação ao luar.

— Que lindo! Você escreveu pensando em mim?

— Claro que sim. Só penso em você e mais ninguém.

Zezinho fala brincando e rindo:

— O amor é lindo! Lindo! Lindo mesmo!

— Também acho. Tudo fica mais bonito quando a gente está amando. E se pudéssemos, passaríamos a nossa felicidade para o mundo inteiro, não é, Vihumar?

— É sim, meu amor.

— Mas como tudo não pode ser perfeito, temos um problema — disse Aline.

— Que problema? — perguntou Vihumar ansioso.

— Meus pais não querem nosso namoro.

— Por quê? Você não falava sempre que seus pais admiravam minha inteligência, minha vivacidade, e também falavam bem de mim porque eu, embora travesso, sempre tirei notas boas no colégio?

— Pois é, as aparências enganam. Falaram que para amigo tudo bem. Mas como namorado não querem e ponto final.

— E agora, o que vamos fazer?

— Vamos ser apenas bons amigos.

— Ah, não! Não tem graça nenhuma, eu não aceito. Esperei por tanto tempo para começar a namorar você... Desde ontem que eu me considero seu namorado. Nós vamos é namorar escondido mesmo. Amor proibido é mais emocionante.

— Você desde ontem considerava que era namorado dela? Desconsidere-se, então — disse Zezinho, brincando com eles.

— Cale a boca, seu segura velas! — respondeu Vihumar.

— Eu, hein? Sobrou pra mim.

— É isso mesmo, não se meta, Zezinho — disse Aline.

— Está bem! Está bem! Não está mais aqui quem falou.

— Sabe de uma coisa, tive uma ideia — disse Vihumar. Vamos dar umas voltinhas de bicicleta para espairecer as nossas cabeças.

— Boa ideia — respondeu Zezinho. — Vamos, Aline.

— Vamos! Vamos antes que meus pais me vejam.

Disse isso, mas logo se arrependeu, pois não gostava de sair sem avisar os pais.

— Meu pai! Minha mãe! Estou saindo um pouco, vou dar umas voltinhas de bicicleta com Vihumar e Zezinho.

— Aline, menina. Volte aqui!

—Ah, papai, ah, mamãe, eu não demoro. Fui!

Os pais de Aline comentaram:

— Ah! Essa nossa filha quer nos deixar de cabelos brancos.

Enquanto passeavam de bicicleta pelas ruas de Caldas do Jorro, Vihumar aproveitava para contar as travessuras que aprontava quando ia para casa dos avós em Salvador.

— Eu chego em Salvador, visto logo meu calção de banho azul da cor do mar, melhor dizendo, minha sunga, vou para a praia, me sento na areia, fico igual a bife à milanesa, todo lambuzado de areia, mas logo dou um pulo e dou muitas cambalhotas. Apesar de não ser mais uma criança.

— Quer dizer, Vihumar, que você sai nadando mar afora? — perguntou Zezinho.

— Você vai para bem longe? — perguntou Aline.

— Não, agora sou um adolescente mais consciente, já passei por poucas e boas na praia. Vocês bem sabem. Uma vez, mesmo, Zezinho estava comigo e foi um susto danado. Não foi, Zezinho?

– Foi, sim.

— Então você aprendeu? — perguntou Aline.

— Claro que sim. Com os erros a gente aprende e amadurece. Sou um garoto esperto e inteligente.

— Convencido! — disse Aline.

— Não é questão de ser convencido. Com o passar dos anos eu aprendi que com a vida não se brinca. Ela é preciosa.

— Isso é verdade — responderam os amigos.

A noite estava chegando, e eles foram acompanhar o pôr do sol.

— Zezinho, você não disse que tinha de estudar matemática?

Zezinho entendeu o motivo da pergunta que Vihumar lhe fez e respondeu:

— É verdade. Já estou indo para casa.

— Vamos tomar um sorvete antes de você ir embora? — perguntou Aline.

— Vamos, sim — respondeu Zezinho. E depois do sorvete eu vou embora para deixar os pombinhos um pouco a sós. Vihumar dessa vez não vai me lambuzar de sorvete como fez um tempo atrás.

— Está bem, Zezinho, não se preocupe que eu não deixo Vihumar emporcalhar você. Sabemos que é um grande amigo e depois do sorvete nos deixará a sós.

Após o sorvete, Zezinho cumpriu a promessa, foi para casa e deixou Vihumar e Aline na pracinha, numa parte bem escura, afinal, estavam em era do apagão. Aline perguntou para Vihumar:

— Você me ama?

— Claro que sim! E você?

Aline deu um beijo em Vihumar, bem apaixonado, com as mãos bem juntinhas e a felicidade tomou conta, naquele instante, dos seus corações. Parecia que ali só existiam eles dois. Seguiram uma série de beijos longos, úmidos, mordidos e ternos...

Passou um pipoqueiro, e eles compraram sacos de pipoca. Começaram a comer e Vihumar, todo carinhoso, dava pipoca na boca de Aline, e ela toda feliz. Quando acabaram de comer os sacos de pipoca, trocaram mais beijos apaixonados, muitos, muitos e cada vez mais. Já estavam com os lábios ardendo e inchados de tantos beijos. Estavam descontando o tempo todo que esperaram para isso acontecer.

— Se um dia você me deixar, eu morro! — disse Vihumar subitamente.

— Então, você não vai morrer nunca, porque nunca pretendo lhe deixar.

— Ah, que alívio! Ainda bem!

— Vihumar, preciso ir embora, demoramos demais neste passeio.

— Está bem! Vou levá-la para casa.

Foram empurrando as bicicletas, procurando cantinhos escuros pelo caminho até a casa de Aline para trocarem mais beijos. Coincidentemente, um pneu de cada bicicleta furou durante o passeio.

Quando chegaram à casa de Aline, Vihumar lhe disse:

— Aline, não esqueça nunca o que eu vou lhe dizer agora: aconteça o que acontecer, eu a amo muito, está bem?

— Está bem. Não importa o mundo, o que os outros pensem ou digam. Só importa nós dois, meu amor; só nós dois e mais ninguém.

Aline entrou em casa toda feliz, soltou um beijo para ele com as mãos, cantarolando, chegou a esbarrar no batente da porta.

Vihumar chegou em casa também cantarolando, foi para o seu quarto tomar banho, pois estava todo excitado com tantos beijos que trocaram.

Família: arquivo confidencial

Porém, antes, escreveu uma poesia pensando nela. Aline também foi fazer a mesma coisa, em sua casa, pensando na sua situação com Vihumar; ela pensava que seus pais iam querer proibir o namoro.

A magia do proibido

I - Era tudo tão proibido,
Era tudo tão corrido,
Era tudo tão escondido,
Mas era tudo tão bonito!
O sentimento que crescia
E que florescia em nossos corações.

II - Corações cheios de sonhos,
De paixões e confusões,
Com tantas emoções e indecisões
Que nem por isso perdiam a beleza.

III - A magia do proibido
Fazia com que o que era escondido
Parecesse mais bonito
No meio de tantos conflitos,
De tantas paixões, proibições e ilusões.

IV - Onde tudo que era escondido
Tinha um sabor mais gostoso
Ainda que fosse com um colega amigo
De tantas confissões e inibições.

Capítulo 28

Algumas semanas depois da festa de final de ano, Vihumar viajou para passar uns dias de suas férias em Salvador com seus avós, o que foi muito bom para distrair principalmente o seu avô, que estava com suspeita de câncer de próstata. Há alguns anos ele não realizava os exames para detecção da doença, como a palpação digital da próstata e o PSA. Como é um câncer traiçoeiro, que não apresenta sintomas no início, o paciente não deve se descuidar, devendo fazer exames periódicos, anualmente, principalmente após completar 40 anos de idade. Dr. Alexandre, avô paterno de Vihumar, costumava orientar o amigo para que procurasse comer, por exemplo, uma castanha-do-pará por dia, que é um alimento bom para evitar o câncer de próstata, e também consumir muito tomate. Um dia, conversando com o sr. Davi, chegou a dizer assim:

— Amigo, venha aqui para eu lhe falar sobre cinco medidas de prevenção do câncer de próstata.

— Fala, Xande — respondeu o sr. Davi, sorrindo.

— Segundo Miguel Srougi, a prevenção ao câncer de próstata é feita de forma um pouco precária, porque não existem soluções para impedi-lo.

— Então você quer que eu faça o quê?

— Preste atenção. Há o licopeno, que é o pigmento que dá cor ao tomate, à melancia e à goiaba vermelha. "Talvez diminua em 30% a chance, mas esse dado é controvertido, por causa disso a gente incentiva os homens a comerem muito tomate, só que deve ser ingerido pós-fervura, ou seja, precisa ser molho de tomate. Não pode ser seco ou cru."

— Ah, é assim que funciona?

— Tem mais. A vitamina E também reduz teoricamente os riscos em 30 a 40%. Mas, se for ingerida em grandes quantidades, pode gerar problemas cardiovasculares. Na verdade, se o homem quiser se proteger, deve tomar uma cápsula de vitamina E por dia. Acima disso, não é recomendável.

— Sim, e qual é a terceira medida preventiva?

— O terceiro elemento é o selênio, um mineral que existe na natureza e é importante para manter a estabilidade das células, impedindo que elas se degenerem. O selênio é encontrado em grande quantidade na castanha-do-pará.

— Explique melhor, Xande.

— Bem, o especialista diz o seguinte: "Qualquer homem pode ingerir em cápsulas, mas se ele comer duas castanhas por dia, recebe uma certa proteção".

— Compreendi. Fala logo a quarta e a quinta medida preventiva, conforme diz o especialista.

— Uma quarta medida é comer peixe, três porções por semana, rico em ômega 3 e com ação anticancerígena comprovada. E, uma quinta, é tomar sol. "O homem que toma muito sol sintetiza na pele vitamina D, que tem forte ação anticancerígena. É por isso que os homens da Califórnia desenvolvem muito menos a doença do que os de Boston", afirma Srougi. É claro que o sol, vale a ressalva, precisa ser "apreciado com moderação", né?

— Ah, sim. Você me deu uma verdadeira aula sobre o assunto, amigo Xande!

— É sempre bom repartir com as pessoas os nossos conhecimentos. Mesmo que sirvam apenas para alertá-las sobre alguma doença.

Embora tenha tido, como ele mesmo disse, uma aula sobre o assunto, o sr. Davi era muito displicente nesse sentido e teimoso; aí não deu outra, estava bastante preocupado e com medo do resultado dos exames que tinha feito, apesar de saber que este tipo de câncer é curável, desde que a pessoa faça o diagnóstico precoce.

Realmente, só a presença do neto querido, na casa dele, conseguiu arrancar um pouco de sorriso dos lábios do avô, pois o sr. Davi ria muito com as brincadeiras dele, que vivia perguntando:

— Vovô, o senhor está ficando careca?

— Não, meu neto. Estou apenas com "deficiência capilar".

Vihumar sempre sorria e dizia:

— Está bem, vovô, me engana que eu gosto.

Então, durante o período que lá esteve, Vihumar aproveitou para fazer novos passeios, principalmente com o avô, naquela cidade em que a grande força e beleza da terra é o seu povo, sempre alegre, com imensa doçura no coração, onde as pessoas geralmente são hospitaleiras; ele também se reunia sempre com os amigos. Não deixava de passar no Salvador Shopping para comer pizzas e assistir a filmes, e depois da inauguração do Shopping Paralela, de vez em quando também ia lá com os avós para comer um lanchinho.

Sempre que Vihumar chegava à capital baiana, logo ia para o telefone aprontar os esquemas com os colegas do curso de espanhol e amigos daquela cidade. Viajou com o coração partido por causa de sua amada, Aline, mas também tinha consciência de que era jovem e que precisava "curtir", como eles mesmos dizem, e aproveitar, com responsabilidade, ao máximo a adolescência, porque é uma fase da vida que passa muito rapidamente. Claro que sempre que chegava à casa dos avós nunca deixava o seu passeio favorito, ir à praia e tomar belos banhos de mar com sua turminha ou com os avós. A sua paixão pelo mar sempre foi muito grande.

Para Vihumar, o ano que iniciava era de grande importância, pois ele ia se preparar para o vestibular. Tanto que, além das aulas de espanhol, estava se programando para tomar cursinho das matérias nas quais mais sentisse dificuldades, que não eram muitas.

Durante as férias em Salvador, Vihumar aproveitou para visitar o Centro Histórico.

— Poxa, em cada casarão do Centro Histórico de Salvador a gente encontra surpresas impressionantes, não é vovô? — disse ele animado.

— É, sim, meu neto — respondeu dona Anita.

Vihumar voltou para casa dos avós entusiasmado com tudo que viu no Centro Histórico.

— Vovô, vovó, quem sabe um dia não criam um museu no Pelourinho?

— Ah, com certeza, meu neto — responderam os avós ao mesmo tempo.

No quarto em que dormia na casa dos avós, Vihumar pensava em Aline e conversava com seus pensamentos. "Ah! Aline é a baiana mais "quente" e exuberante que eu conheço. É muito sensual."

Lembrava-se dos dois passeando em Caldas do Jorro com suas bicicletas, e o detalhe: de mãos dadas. Lembrou ainda que, naquele dia, disse para ela: "Aline, quando estou perto de você fico tão feliz, tudo parece tão bom!". Então ele a abraçou e a beijou. Aline ficou vermelha. Estava com o coração aos pulos. Vihumar pegou sua mão com muita suavidade e beijou-a levemente.

Em Caldas do Jorro, dona Laura, dona Lôla e dona Primavera arrumavam a casa com capricho e preparavam um delicioso bolo, para esperar o retorno de Vihumar. E o sr. Maurício cuidava com carinho do cavalo branco do filho, "Espertinho", que já estava bem crescido.

Enquanto cuidava do cavalo de Vihumar, ele recordava algumas dificuldades pelas quais ele e a esposa haviam passado antes da chegada do filho. "Laura é muito persistente. Entra de cabeça em tudo que faz", pensava.

Dona Laura chegou devagarzinho perto dele, tapou seus olhos e, com voz disfarçada, perguntou:

— Sabe de quem são essas mãos?

— Claro que sei, suas mãos são inconfundíveis, meu amor.

— E quem é seu amor?

— Lógico que é você, Laura.

Ele segurou as mãos dela, virou-se e deu-lhe um beijo com muito amor e carinho. Naquele momento, eles começaram a lembrar um pouco do passado. Dona Laura lembrou-se com bastante saudade do batizado de Vihumar.

— Amor, "estes momentos nos aproximam do que é essencial", você concorda?

— Ah! Com certeza.

— Em que você está pensando?

— Você nem vai acreditar, coincidentemente, nesse exato momento, eu estava pensando justamente na festa que fizemos no batizado de Vihumar. Antes pensava em algumas dificuldades que passamos antes da vinda do nosso querido filho.

— Ah! Como foi linda a festa do batizado dele, vestimos Vihumar com uma roupinha branca bem bonita, sapatos, meias, tudo bem alvo; sinto saudades daquele dia.

Eles formavam uma família feliz, tinham Deus e a Virgem Maria em seus corações e sempre aos domingos gostavam de assistir à missa na igreja matriz da cidade onde moravam. Vihumar, inclusive, fazia parte do grupo de jovens da igreja. Era uma família que sabia acatar pessoas de todas as religiões, sempre acreditando que a Bíblia é única e que todas as religiões falam de um só Deus, portanto, o importante é a fé que cada ser humano tem dentro de si. Diziam sempre para Vihumar: "não force suas crenças sobre os outros. Respeite outras crenças religiosas". Acrescentavam nas suas conversas em família e entre os amigos que as pessoas podem ter um bom relacionamento uns com os outros sendo de religiões diferentes, desde que haja o entendimento que cada um defende seu ponto de vista com relação a esta ou aquela religião, porque falam do que acreditam. Havendo respeito entre as pessoas, o relacionamento tem grandes chances de dar certo. Completavam dizendo que religião, política e futebol não se perde tempo discutindo com ninguém. Cada pessoa tem o direito de escolher a sua religião, o partido que quer apoiar e o time para qual deseja torcer. Devemos expor nossas ideias, sem impor nossas opiniões. Dona Laura era uma pessoa que sempre fazia esse questionamento com relação à postura de muita gente que queria impor suas vontades. Dizia:

— Coloque-se no lugar do outro.

Sr. Maurício lembrou-se de algumas passagens da infância de Vihumar, que desde cedo nutria uma imensa vontade de se formar em engenheiro civil quando ficasse adulto. No entanto, quando alguém lhe perguntava o que seria quando crescesse, ele sempre dizia: "serei gente grande", o que causava risos.

— Laura, você se lembra que uma coisa que intrigava o nosso filho quando criança era o fato dos prédios não desabarem contendo tantas coisas dentro deles?

— Ah! Lembro. Ele vivia nos perguntando como os prédios conseguiam ficar em pé com tanta gente dentro, morando ou trabalhando, tantos móveis, às vezes, tantos brinquedos e tantas coisas pesadas. Ele comentava ainda: "É, tem de tudo mesmo dentro dos prédios e eles não caem. Por isso eu quero ser engenheiro civil, para aprender essa mágica de deixar o prédio em pé sem despencar".

Como Vihumar era um menino curioso e muito inteligente, vivia brincando de mágica quando criança e, na cabecinha dele, deixar um prédio em pé era algo inexplicável. Seus pais lhe esclareciam:

— Quando você crescer, se for seguir realmente essa carreira, vai entender tudo sobre essa bonita profissão.

O sr. Maurício lembrou também que um dia estava caminhando pelas ruas de Salvador com Vihumar e um senhor, que se dizia do interior baiano, perguntou para um guarda:

— Seu guarda, o que é isso? — apontando, com o dedo indicador, para um prédio bem alto.

— É um edifício — respondeu o guarda.

— É difícil, mas foi feito — retrucou o homem do interior, querendo argumentar que, se era complicado fazer um prédio, como estava pronto ali, na frente dele?

O guarda nem deu importância, franziu o canto da boca e balançou a cabeça de um lado para o outro; seguiu seu caminho, deixando o homem falando sozinho. O sr. Maurício lembrava que na época comentara com Vihumar:

"Meu filho, ele está fazendo isso só porque o homem é humilde. Garanto que se estivesse todo engravatado ele daria mais atenção. Porque no mundo, apesar do ditado que a "roupa não faz o monge", infelizmente, as pessoas dão muita importância às aparências. E não sabem ou não se dão conta de que muitas vezes as aparências enganam. Por isso que quanto mais humilde uma pessoa for, ela chegando ao fórum para falar comigo, mais eu dou atenção e mais eu trato com compaixão. Meu pai, que é um médico, diz que age da mesma maneira que eu, tanto trabalhando no hospital como no consultório."

Enquanto contava a história para dona Laura, o sr. Maurício lembrou que o pai havia comentado com ele sobre uma paciente que vinha acompanhando.

— Laura, meu pai está com uma paciente que completou 26 anos e adquiriu um câncer de mama.

— Seu pai? Ele não é médico hebeatra?

— É, mas em cidade pequena você sabe que médico atende quem chegar ao consultório, independentemente da sua especialidade.

— Você tem razão. Mas, diga-me; câncer de mama aos 26 anos? Coitada!

— Laura, não chame a moça de coitada. Não devemos ficar chamando ninguém de coitado, nem de coitadinho.

— Ah, você quer que eu fale como? Uma pessoa está com câncer de mama aos 26 anos e você acha pouco? Diga, como ela descobriu a doença?

— Veja bem, de acordo com o que meu pai me contou, ela tinha feito mamografia em Salvador, ultrassonografia da mama, e a princípio nada havia sido constatado pelos mastologistas; na verdade, ela descobriu com o autoexame. O nódulo estava mais ou menos escondido e pequeno. Fez esses exames por insistência dela mesma, porque os médicos geralmente só recomendam mamografia a partir dos 35 anos de idade. Porém, outro dia, li em uma reportagem de uma revista, que dizia que os médicos estão repensando essa conduta, pois o índice dessa doença em jovens abaixo dos 35 anos está crescendo a cada dia que passa.

— É mesmo? Que horror!

— Sim, e a mamografia não é o exame que mais detecta essa doença?

— É, mas aí é que vem a importância do autoexame: ela mesma descobriu e voltou ao mastologista; ele solicitou outra mamografia, outra ultrassonografia das mamas e, ao observar com mais cuidado, comparando os exames anteriores com os recentes, o médico descobriu "uma pontinha" da doença, pois observou melhor dessa última vez.

— Ah! E como ela está agora?

— Está bem. Logo que detectou a doença, ela e os médicos não perderam tempo; foi operada e logo em seguida começou o tratamento adequado. Após um acompanhamento de cinco anos é que os especialistas poderão falar em "cura", ou não. Embora eu tenha lido outro dia, em uma revista sobre saúde, que essa história de que com cinco anos o médico sabe se o paciente está curado ou não do câncer atualmente não é tão absoluta, mas, enfim, não sou médico, prefiro não aprofundar a conversa com relação a esse assunto. Essa pessoa vai ficar fazendo exames periódicos de três em três meses.

— Ainda bem que ela descobriu em tempo, não foi?

— Claro! Por isso é importante o diagnóstico precoce. Você sabe que meu pai sempre fala isso, Laura. Cada pessoa é o maior responsável por si mesmo. Além do mais, não sei se é o caso dessa paciente do meu pai, mas muitos indivíduos se comportam como seres eternos, como se não fossem desaparecer nunca, lançando na lata do lixo da sua história de vida oportunidades únicas de se tornarem pessoas harmoniosas e bem estruturadas. Não são palavras minhas, não, viu, Laura? Eu ouvi tudo isso em uma palestra que assisti, na qual o palestrante era Geraldo Eustáquio, mas concordo com tudo que ele disse.

— Ah, você sempre falando desse homem.

— Ele ainda disse mais. Falou que "a proximidade da morte é também um ótimo estimulador da vida". A gente devia de vez em quando fazer um teste com a gente mesmo: imaginar-se com apenas 24 horas de vida, para perceber que se tivéssemos apenas esse pequeno espaço de tempo, não daria para fazer quase nada e quanta coisa a gente deixa de fazer ou dizer por pura bobagem.

— Ah, isso é verdade!

— Ele conclui dizendo assim: "Começamos, então, depois do susto inicial, a curtir e a saborear o prazer de estarmos acordados e podermos ter acesso a tantos pequenos prazeres que estavam perdidos pelos cantos em nosso ser, em completo abandono e desuso por causa do nosso inadequado sono nos braços da existência".

Sr. Maurício e dona Laura, com essa conversa tão descontraída, não imaginavam o que estava por vir com a chegada de Vihumar.

Dona Laura chamou o marido para entrar e se prepararem para a chegada do filho querido. Vale ressaltar que sr. Maurício sempre foi considerado por muitas pessoas como um homem bom e honrado, apesar de orgulhoso, pois dificilmente admitia um erro e quase nunca pedia perdão pelas coisas que fazia de errado. A esposa, na maioria das vezes, comportava-se com simplicidade e tinha generosidade. Era vaidosa; de certa forma também orgulhosa, entretanto, em geral, sabia pedir desculpa quando achava que havia cometido um erro. Ela gostava de tratar as pessoas sem distinção, independentemente de classe social, raça ou posses. Para ela, essas coisas não faziam a menor diferença. Muitas vezes ela, em seu trabalho, dava até mais atenção às pessoas mais simples que aos mais ricos, que chegavam com alguma arrogância.

"Um bom casamento é construído com conquistas diárias realizadas a dois." E assim era a união de sr. Maurício e dona Laura.

Depois de tomarem banho, ainda no quarto, dona Laura comentou com o marido:

— Amor, nunca mais Vihumar me perguntou como ele nasceu.

— Eu já lhe disse que esqueça esse assunto.

— Como posso esquecer? Esse fato faz parte da minha vida; é uma ferida que não cicatrizou.

— Deixe de drama.

— Você é imprescindível na compreensão desse problema — disse dona Laura ao marido.

— Ora, Laura! Já falei para não ficar tocando nesse assunto. Eu não gosto; isso está além do meu alcance.

— Você não gosta porque quer fugir da realidade. Mas se um dia ele voltar a me perguntar, o que eu falo?

— Ah, fale qualquer coisa!

— Não vou mentir para o meu filho.

— Você já mentiu a partir do momento que não falou a verdade desde o início.

— Não menti, omiti. Além do mais, não falei porque você, na época, concordou que seria dessa maneira.

— Não queira me culpar agora.

— Não quero culpá-lo, mas somos cúmplices, parceiros nesta história.

— Pare de me encher o saco com isso, já falei que esse assunto está encerrado. Não quero mais falar sobre isso. Você está me aborrecendo e me deixando irritado — disse o sr. Maurício com a testa franzida e num tom muito áspero. Aquilo o enraiveceu.

— Então, se Vihumar tornar a me perguntar se nasceu de parto normal ou de parto cesariano, eu vou falar a verdade.

— Ah, vai falar a verdade! Que verdade?

— Que ele não é nosso filho biológico; nós não conseguimos ter filhos e, como presente de Natal, alguma dessas pessoas, chamadas de "cegonhas da noite", colocou ele num cesto bem na nossa porta no dia 24 de dezembro, ainda todo sujo do parto.

— Cale essa boca, Laura! — gritou, irritado, o marido. — Não diga tolices.

— Ah! Estou nervosa. Que foi isso, Maurício? Ouvi um barulho.

Mas já era tarde demais; ouviram a porta do quarto bater forte. Era o garoto Vihumar, que havia chegado de viagem com dr. Alexandre e dona Concinha. Os avós deixaram o neto na porta de casa e, como estavam muito cansados, foram direto para a casa dormir.

Vihumar pensou em chegar vagarosamente para fazer uma surpresa aos pais, mas, quando percebeu a discussão, ficou ouvindo atrás da porta.

— Quem bateu essa porta? — dona Laura não conseguia disfarçar seu semblante preocupado e triste.

— Sei lá, deve ter sido o vento. Essa preocupação toda é puro nervosismo.

Um instante depois um vulto desceu ligeiramente as escadas.

Dona Primavera entrou no quarto e disse:

— Não foi o vento. Foi Vihumar que chegou de Salvador e disse que ia subir devagar para fazer uma surpresa a vocês. Agora eu não estou entendendo nada, porque acabou de esbarrar comigo na escada, passou por mim parecendo um foguete, quase me derrubou, saiu correndo e chorando.

Sr. Maurício tomou um susto e, assim que viu dona Primavera pronunciar aquelas palavras, levantou-se da cadeira em que estava sentado, sem graça, e disse para dona Laura:

— Está vendo aí? Agora está satisfeita com o que você fez? Está satisfeita com o que essa conversa idiota nos causou?

Eles desceram para procurar o filho adotivo. O adolescente havia corrido para junto do seu cavalo branco.

— Espertinho, estou profundamente triste, meu confidente querido, neste momento eu acho que só você poderá me entender.

Seus pensamentos se reviravam atrapalhados. Ele ficou bastante confuso. Seria aquilo tudo verdade?

A vinculação afetiva de Vihumar estava travada por um ressentimento profundo, principalmente por seus pais terem, em muitos sentidos, omitido informações a seu respeito. Isso tudo estava representando dentro dele um grande buraco emocional. Vihumar sentia-se lesado, até mesmo roubado, na sua carência de atenção familiar e impotente para reivindicar alguma coisa, até mesmo mais reconhecimento afetivo, pois compreendia e se afligia com sua situação, ao mesmo tempo em que se lembrava que, se ele não tivesse ouvido aquela conversa dos seus pais, jamais desconfiaria que não era filho legítimo do casal. A sua reação emocional foi a de ter sido traído. Por isso esbravejou quando seus pais se aproximaram e disseram:

— Meu filho, precisamos conversar.

— Não quero conversa com vocês dois, seus traidores! — respondeu Vihumar, chorando.

— Vihumar, tenha paciência — disse dona Laura. Meu filho, estamos todos nervosos.

— Não me chame de "meu filho"! Não sou seu filho!

— É, sim! Não somos seus pais biológicos, mas você é nosso filho do coração, do espírito, da alma. Trocamos suas fraldas, lhe demos banhos, mamadeiras, ensinamos você a caminhar. Com você, brincamos, cantamos várias vezes para que dormisse, contamos muitos contos e histórias, lhe ensinamos muitas coisas...! Levamos você para tomar todas as vacinas, inclusive as que não eram obrigatórias, e éramos sempre muito elogiados por isso. Essas coisas, meu filho, não vão nunca se apagar de nossas vidas.

— Ah, agora está me cobrando tudo que fez ou fizeram por mim?! Não pedi nada! Nada, ouviram bem? Nada! Estou farto! Foi uma dívida involuntária. Se soubesse que um dia iam me cobrar, teria pedido a quem me deu para adoção que me deixasse onde eu estava. Não tive escolha.

Vihumar estava irredutível. Ao entrar em contato direto com seus pais, ele sentia como se um véu tivesse caído em seus olhos, deixando aparecer uma história surpreendente, com detalhes e intensidade impossíveis de se descrever. Ele estava totalmente confuso. Ao mesmo tempo que pensava em tudo isso, sabia que era correspondido em seu amor pelos pais. Vihumar revoltou-se, desesperou-se amargamente. Completamente impotente perante aquela situação, canalizou sua dor em odiosa e alucinada revolta contra tudo e contra todos. Correu em direção à casa do seu amigo Zezinho, que era, naquele momento, seu ponto de apoio no desespero. Antes de sair, seu pai gritou:

— Vihumar, volte aqui, meu filho!

— Já disse que não sou seu filho! Me deixe em paz. Depois dessa bomba que estourou em minha cabeça, espero que eu consiga ter um minuto de paz. Vocês viviam falando para eu sempre falar a verdade, diziam: "procure não mentir, Vihumar, pois mentira tem perna curta". Que absurdo, hipocrisia pura! Passaram a vida toda mentindo para mim.

Foi apenas um grito de dor, Vihumar enxugou os olhos que estavam inchados e vermelhos, pois havia chorado tanto que o rosto estava todo molhado de lágrimas. Saiu pedindo que eles não fossem atrás dele, e seus pais ficaram chorando. A tristeza naquela noite foi geral na casa do garoto Vihumar. Ele chegou aos prantos na casa de Zezinho e relatou tudo sobre o seu drama, desabafando, com o amigo, toda a sua mágoa, fúria, revolta, contando a história com todos os impressionantes detalhes. Perguntava para o amigo:

— Quem sou eu? Vihumar, o filho de pais biológicos desconhecidos?

Não podia saber; o seu espírito perdia-se num caos de dúvidas e incertezas.

Enquanto isso, na casa de seus pais, dona Primavera levava um chá de camomila até o quarto do casal para acalmá-los um pouco. Dona Laura estava confusa e, trêmula, quase derrubou a xícara. Sr. Maurício agradeceu a gentileza de dona Primavera dizendo:

— Deixe-nos agora a sós alguns instantes e, por enquanto, não faça ninguém da vizinhança suspeitar do que se passa nesta casa.

A cozinheira obedeceu. Logo que ela saiu, o sr. Maurício fechou a porta do quarto. Dona Laura sentou-se na cama, disposta a ouvir a opinião do esposo sobre que atitude deviam tomar diante da situação. Ele deu alguns passos entre a porta do banheiro do casal e uma das janelas da varanda, voltou, sentou-se ao lado dela, sem nada falar, nem sequer dirigir um olhar para ela. Refletia; a fronte pesada traduzia a agitação interior. Após cinco minutos de profundo silêncio entre ambos, o sr. Maurício falou:

— Laura, minha querida, o que está sentindo? Vi que apertou os olhos.

— É uma enxaqueca que veio de repente. Vou me deitar, acho que passa logo.

— Vamos deitar, realmente, é melhor dormir um pouco. Acho que, de cabeça quente, não dá para resolver nada. Confiamos em Deus, não é mesmo? Tudo se resolverá.

Ela aceitou, mas achava que dormir seria impossível. Pouco tempo depois, porém, dona Laura adormeceu, depois de muito chorar, de bastante cansaço e exaustão. Sr. Maurício, esgotado, levantou-se da cama, chegando à janela do seu quarto, parou, viu a lua no céu, virou-se de volta para o quarto e olhou para a sua mulher com uma admiração ardente. Retornou para o leito; o dia estava quase amanhecendo; abraçou a esposa, que tornou a acordar. Ele tentou convencê-la a dormir mais um pouco. Ambos sentiam que tinham cometido uma imprudência ao não contar a verdade a Vihumar. Antes de ele sair revoltado, haviam lido em seus olhos um ódio profundo, que esperavam que passasse. Àquela altura não podiam voltar atrás. Tinham a certeza de que erraram, mas quem não erra nesta vida, que atire a primeira pedra. Se falassem a verdade desde o início, tudo poderia ter sido diferente, e tão mais simples e natural de encarar. Também, a essa altura, não adiantava nada ficar se martirizando.

Vihumar ficou naqueles primeiros dias com a família de Zezinho; no fundo tinha muita saudade e um grande amor pelos seus "pais do coração", embora ainda não quisesse admitir a falta que sentia deles.

Capítulo 29

No dia seguinte, ao raiar da manhã, Vihumar abriu a portinha do quarto e aproximou-se da janela. Na verdade, praticamente não dormira a noite inteira, coisa que era muito difícil de acontecer com ele. Tinha sempre o sono pesado e, geralmente, nos finais de semana costumava acordar por volta do meio dia. Durante a semana não acordava tarde porque estudava pela manhã e tinha de levantar cedo.

O sol já havia despontado, mas aquele dia parecia triste para o garoto Vihumar; havia uma cólera abafada, embora pela janela do quarto em que dormia com Zezinho, via o azul nevoento da manhã, que prenunciava que seria um belo dia. Mas não para ele, que estava se sentindo a pessoa mais infeliz, traída e arrasada do mundo. O garoto procurava a solidão para refletir a respeito do que havia lhe ocorrido. Dona Primavera apareceu de surpresa em frente à casa de Zezinho e conversou com Vihumar, que estava na janela, tentando convencê-lo a ir para a casa dos seus avós, pois achava que seria melhor para ele.

— Vem comigo, Vihumar — ela disse baixinho. Prometo que não conto aos seus pais pra onde você foi.

Vihumar pediu que ela fosse embora e o deixasse em paz. E completou:

— Não é ódio que me inspira, é desprezo.

Vihumar tinha se aproximado da pequena janela do quarto. Seu amigo ainda estava dormindo, e ele conversava com os pássaros, que cantavam felizes e faziam do pequeno jardim da casa de Zezinho um viveiro. Lembrando-se do que devia a dona Primavera pelos anos de dedicação na casa de seus pais adotivos e da maneira que a tratara após o ocorrido, achou-se mau, egoísta e cruel. Até porque chegou à conclusão de que ela só queria ajudar. Porém, ela já havia ido embora; não teve como se desculpar. Ela, por sua vez, antes de sair, sentiu-se ofendida por se ver obrigada a corar de vergonha diante dele, como se tivesse cometido uma falta. Revestiu-se de coragem e tomou uma resolução:

— Vihumar, faça o que quiser da sua vida, porque eu é que não venho mais atrás de você.

Naquele dia, Vihumar não tinha vontade de fazer nada, não tinha ânimo para coisa nenhuma. Debilitado, nervoso, impaciente, não podia vencer-se nem suportar-se. Levantou com passos lentos, forrou o colchonete onde havia dormido, próximo à cama de Zezinho, rezou pedindo a Deus e à Virgem Maria para que iluminassem a sua mente; tinha a impressão de que o mundo havia desabado sobre sua cabeça.

Quando saiu do colchão, vestiu-se rapidamente e foi à procura do banheiro para lavar o rosto e escovar os dentes, pois Zezinho, ao contrário da sua realidade, morava numa casa humilde, muito simples mesmo, com seus pais e mais duas irmãs, Lolita e Lorena, mais velhas que Zezinho. Elas dormiam num quartinho bem apertado, no qual mal cabia uma cama beliche e um minúsculo guarda-roupa de apenas duas portas, sem espelho, e nada mais havia no quarto. O quarto de Zezinho não era melhor que o das irmãs. Tinha apenas sua cama bem estreitinha e um pequeno guarda-roupa de apenas duas portas também. O mais simples que seus pais acharam para comprar. Havia poucas roupas no armário. Sobrava muito espaço, apesar de ser tão pequeno.

Ao acordar, Zezinho procurou o amigo e o encontrou sozinho na porta da rua sem saber o que fazer, que rumo tomar. Quando Zezinho se aproximou, disse-lhe algumas palavras de conforto:

— Vihumar! Bom dia! Sorria mesmo que seu sorriso seja triste, porque mais triste que um sorriso triste é a tristeza de não saber sorrir.

— Como posso sorrir e ter um bom dia com tantos problemas, Zezinho?

— Problemas, não. Dificuldades.

— Que seja, dificuldades. Estou totalmente perdido. Não tenho mais identidade. Na verdade, não sei quem sou. De onde vim. Pra onde vou. Quem sou eu? Diga-me!

— Quem é você? Vihumar, o filho do sr. Maurício e da dona Laura. Ânimo, amigo!

Vihumar sorriu sem graça e não disse nada.

— Veja o poema que encontrei em meu quarto, que você escreveu há algum tempo atrás e esqueceu aqui em casa. Pegue e leia.

— Ah, Zezinho, me poupe, me economize, isso é momento pra ler poesia, eu tenho lá cabeça pra isso?

— Vai ler sim, para distrair as ideias.

Internet poderosa

És um instrumento virtual de trabalho e distração,
Chega a abalar um coração. Virou mania da nação,
Durante a Guerra Fria, que já faz um tempão,
Os militares americanos, preocupados com um bombardeio nuclear
Que podia interromper todo o sistema de comunicação, criaram a Arpanet,
Que não chegou aos teus pés.

Com o fim da Guerra Fria,
A rede foi melhorada com a inclusão de universidades e de empresas,
Tornou-se internacional,
Foi aberta ao público,
Podemos dizer que houve uma globalização,
Ficaste famosa com o nome de Internet,
E atendes a uma multidão.

Por seres tão inventiva e espalhar benefícios de montão,
Vou te fazer um pedido:

Nunca me deixe na mão.
Em troca eu te cubro de elogios enquanto eu viver,
E será de coração.

Sei que és ligada a muitas empresas,
Os chamados provedores de acesso,
Cada um com seu estilo,
Tens a Intranet, Serv-Net, E-Net, Uol, Bol, Terra, iG,
E quem sabe outros Net's.

Sei que até um solteirão,
Através desse incrível meio de comunicação,
Porque és um fenômeno de interação,
Com linguagem popular e poética,
Ele por intermédio das mãos,
Tem a oportunidade de se sentir mais vivo e menos solitário,
com as centenas de "conhecidos" que ele coleciona em sua página
de uma rede virtual de relacionamentos,
embora tenha convicção que amigos são pessoas especiais
que pouco têm em comum com essa multidão,
ele dificilmente poderá contar de fato com esses conhecidos
quando estiver inseguro, sozinho, triste ou sem rumo, apesar disso:
Seus olhos ganham um brilho mais intenso,
Pois guarda em sigilo, as rimas do seu estilo,
Divide apenas contigo, os sonhos com uma musa de verão,
E agradece a ti, Internet, de coração,
Tanta cumplicidade, tanta dedicação pela sua confissão.

Mas não pense que a Internet,
Só traz vantagens e satisfação,
Facilitou a prática de crimes financeiros,
Através deste meio de comunicação

Família: arquivo confidencial

leva as pessoas também ao mundo da corrupção,
Muitas vezes submete crianças e adolescentes a imagens ofensivas,
Muitas pessoas ficam egoístas e introspectivas,
Doenças aparecem no indivíduo,
Que pode entrar em depressão e total solidão.

Vihumar leu e fechou lentamente o papel. Relembrou o tempo em que se sentia feliz com seus pais adotivos e que, como eles, sempre gostou de fazer poesias. Mesmo assim, não conseguiu tirar um minuto sequer da sua mente as decepções pelas quais estava passando. Ou seja, infelizmente seu amigo Zezinho não atingiu o seu objetivo, que era distrai-lo.

Na tarde seguinte, alguns colegas do colégio resolveram passar na casa de Zezinho para fazer uma surpresa ao garoto. Eles lhe fizeram uma visita, tocaram algumas músicas no violão para ajudá-lo a se descontrair, assistiram a um filme, porque um dos rapazes levou um aparelho de DVD e instalou na televisão velha da casa de Zezinho; depois fizeram um lanche, comeram pipoca com refrigerante e foram embora antes das nove horas da noite, cientes de que Vihumar iria para a cama descansar. Antes de sair, desejaram-lhe boa sorte e prometeram torcer por ele, esperavam e acreditavam que logo que esfriasse a cabeça o garoto faria as pazes com o sr. Maurício e com a dona Laura. Todos que tinham amizade por Vihumar e pelos seus pais queriam ver a felicidade da família.

Algum tempo depois...
Eram dez horas da noite. O silêncio reinava na casa e nos arredores da casa de dona Concinha e dr. Alexandre. Tudo estava tranquilo e sereno. Algumas estrelas brilhavam no céu. A campainha tocou, era dona Laura que desejava, apesar do adiantado da hora, desabafar com a sogra, que àquela altura já sabia de tudo que havia acontecido.

— Ah, dona Concinha, todo mundo está me condenando e o Maurício porque não falamos a verdade para Vihumar; estou cansada de tanta hipocrisia das pessoas.

— Calma, Laura.

— Calma, nada. Todos dizem que não mentem, que são honestos. E o que eu vejo na maioria das pessoas é que elas mentem, sim, e mentem muito até por coisas bobas.

— Não fique assim tão revoltada, todo mundo erra, todo ser humano.

Dona Laura não deu muita importância ao que a sogra dizia e continuou falando:

— Tudo bem, eu mesma procuro não mentir, e acredito que devemos, sempre que possível, falar a verdade... Mas falhei com relação a meu filho, por amor. Pensei que não seria bom dizer a verdade para ele; porém, muito pior é viver na mentira. Agora a verdade veio à tona e nossas vidas tornaram-se um caos.

— Fique calma, tudo isso vai passar.

— Daí ficar todo mundo nos condenando é demais pra minha cabeça!

— Você está se preocupando demais com o que os outros estão pensando.

— Tenho certeza de que a senhora também se preocuparia.

Ela ficou pensativa e nada disse. E dona Laura continuou o seu desabafo:

— Já peguei tanta gente na mentira! Eu devia, quando isso acontecesse, desmascarar a pessoa na hora. E os que se dizem muito honestos! Fico só olhando para a cara de pau quando estão em uma roda de amigos, inclusive com Maurício presente, e citam várias coisas que eu considero como erradas; quer saber alguns exemplos do que falam?

— Fale, minha querida, desabafe.

— As pessoas dizem que sonegam o imposto de renda colocando na declaração dependentes que não têm, só pra não pagar nada, e ainda acham que estão certos, falam que colocam a cabeça no travesseiro e dormem tranquilos. Alguns usam a mentira para tornar a vida mais fácil, para se sentir mais importante do que são; outros mentem para agradar as pessoas. Muitos começam a mentir para si mesmos no início de uma relação amorosa, isso é inevitável para certas pessoas, segundo uma terapeuta explicou. Vejo no dia a dia que outros usam a carteira de estudante dos filhos para pagar meia-entrada no teatro, cinema, show etc. Usam o cartão do filho no ônibus, para pagar tarifa reduzida, quando ganham vale-transporte no trabalho. Se eu fizesse essas coisas, dona Concinha, teria vergonha de dizer. No entanto, as pessoas falam com o maior orgulho.

— Eu sei que essas coisas acontecem e as pessoas ainda contam com a maior naturalidade.

— Pois é, outros inventam que já têm 65 anos para ter vantagens em lugares que, se realmente tivessem essa idade, poderiam entrar sem pagar, ou pagariam meio ingresso, além de que entrariam pela frente dos ônibus de graça. Inventam que ganham pouco para conseguir passagem para outras localidades gratuitamente. Também existem aquelas pessoas que dizem que o filho ainda não completou tal idade, porque o circo coloca que até determinada idade a entrada é gratuita. Falam pro filho: "Olha, você vai dizer que ainda não completou tal idade". E o filho é obrigado a mentir. Tradicionalmente pais mentem para os filhos e vice-versa. Primeiro, os pais mentem para os filhos. Depois, os filhos crescem e começam a mentir, já que viram todas essas situações em que os adultos mentiam durante a infância deles. Vou dar um exemplo comum: a mãe vira para o filho na hora que ele sofreu um corte e vai ter de fazer um curativo e diz: "deixe passar o remédio que não vai doer" e quando a criança deixa, dói muito e ela grita, chora. Outra vez fala: "filho, mamãe não vai sair" e depois sai, ou seja, engana a criança. O ser humano tem essas atitudes todas que falei e ainda tem a cara de pau de argumentar assim: "é, todo mundo faz, por que eu não vou fazer?". Eu não aguento tanta gente com fingimento, um bando de hipócritas!

— É, minha querida, você tem razão. Eu só acho que, por exemplo, se uma pessoa vira pra você e pergunta: "Meu cabelo está feio"? e você diz: "Está horrível", nesse momento, eu acredito que você não está sendo sincera, mas sim cruel. Então, em uma situação como essa eu não mentiria, dizendo que está bonito se não achei o cabelo bacana, mas também não falaria o que realmente achei, porém responderia: eu não usaria meu cabelo assim, mas se você gostou... Porque eu acho que sinceridade demais, dependendo do momento, é uma falta de educação.

— Há, nesse caso que a senhora citou, sim. No nosso dia a dia a mentira pode ser uma violência, mas acredito que em determinado momento não. Eu sei que a senhora entendeu do que estava falando. Disse tudo aquilo porque todo mundo se acha no direito de julgar os outros, achando que são superiores, e o que só fazem é condenar e muitas vezes não olham para seus próprios erros. Desculpe eu tomar tanto o tempo da senhora, mas precisava conversar um pouco com alguém de confiança. Agora vou para casa, obrigada por me ouvir. Boa noite.

Ela chegou em casa, tomou um banho morno, bebeu um chá e se deitou para tentar dormir.

Capítulo 30

Todas as janelas da casa de Zezinho estavam abertas para receber o ar puro da manhã. No pequeno jardim da casa, um belo rapaz, que todos nós sabemos que era o grande amigo de Zezinho, se balançava apático numa rede de tecido rústico presa aos ramos de uma acácia agreste, que deixava cair várias de suas flores miúdas e perfumadas.

Remexer o passado bem no fundo, debaixo de tanto mistério, deixou Vihumar decepcionado demais. Vinham à sua memória lembranças da meninice: o gosto que sempre teve de fazer mil e uma travessuras; a mania de descer sempre pelo corrimão da escada; as brincadeiras no sítio, sempre com toques de perigo, como pendurar cordas nas árvores para fazer balanços – quando ele tinha balanços comprados por sr. Maurício e dona Laura para que ele brincasse –, dar cambalhotas para entrar na piscina, subir nas árvores para arrancar frutos – até mesmo naquelas em que os galhos eram frágeis, e ele poderia tomar uma queda feia. Lembrou que roubava os chocolates que seus pais compravam para ele para dar aos amigos fiéis, Zezinho e Aline, e tinha, um dia, sido surpreendido por seu pai. Embora o pai tenha reclamado, dizendo que ele não devia fazer aquilo, pois era muito feio, não o castigou. Disse que lhe daria uma chance de não ter mais aquele comportamento, porque os empregados da casa podiam ser penalizados, pois ele e dona Laura iam pensar que os empregados haviam roubado os chocolates, quando, na verdade, quem pegava era o filho. Então, no dia em que isso aconteceu, o sr. Maurício disse:

— Meu filho, nós, os pais, erramos por excesso de tolerância ou indiferença. Erramos por confiar demais. E eu e sua mãe queremos poder continuar confiando em você. Não pegue mais nada escondido; se quer alguma coisa, solicite, ainda que receba um "não".

A partir daquele dia Vihumar nunca mais pegou nada escondido.

Trouxe à memória também as várias latas que amarrou, com arame, no carro dos avós no dia em que a viagem para Salvador foi cancelada, visto que seus avós foram passear em Calda do Cipó. Recordou-se das baratas de plástico que jogava perto dos móveis, das comidas e das roupas sujas, para assustar a governanta, a cozinheira e a lavadeira. Lembrou-se também de quantas e quantas vezes escalou o muro do sítio para olhar as pessoas que passavam pela rua; ele dava "psiu" e se escondia, para que ficassem procurando de onde vinha o chamado e, às vezes, jogava bolinhas de papel também em quem passava. Lembrou-se dos palitos que usou, um dia, para enfeitar a cabeça de suas avós, quando seus pais pensaram que elas estavam caducando, embora não tivessem ainda idade para isso. Recordou-se ainda das várias experiências e mágicas que fazia, e que de vez em quando queria brincar com fogo, mas seus pais, principalmente sua mãe, não deixavam, dizendo que era perigoso. Algumas vezes ela o ajudava a fazer as mágicas ou experiências só para satisfazê-lo.

Na hora do almoço, Vihumar sentou-se num banco da cozinha, e a muito custo, conseguiu tomar um copo de suco de laranja e nada mais. Estava sem fome.

— Estou muito zangado com aqueles que dizem que são meus pais: sr. Maurício e dona Laura — disse ao amigo Zezinho.

— Não se refira dessa maneira a eles.

Zezinho recomendava ao amigo que estivesse quieto e sossegado; é verdade que ele sabia que essa recomendação era sempre inútil, por tudo que Vihumar vinha passando. O garoto suplicante erguia os olhos tão magoados, pareciam tão cheios de resignação, ficava triste e ia chorar. A mãe de Zezinho vinha enxugar-lhe as lágrimas, e ele sentia-se consolado, e sorria de novo; mas conservava sempre uma sombra de melancolia em seu rosto.

Caía a tarde.

Vihumar refletia profundamente. Perguntava para si próprio o porquê de aquilo tudo estar acontecendo, achava que não merecia passar por essa situação. É engraçado: nunca achamos que merecemos passar por coisas ruins em nossa vida. Então, o que dizer de uma criança inocente que já nasce sofrendo? O que ela fez para passar por tantas dificuldades? Não é por aí. Ele continuava pensativo: "Minha vida era boa demais para ser verdade. Sempre, na medida do possível, tive tudo que quis. Nunca percebi nenhuma indiferença daqueles que se dizem meus pais, nem nenhum tipo de discriminação...". Sentiu saudades da sua vida antiga e livre. Refletia: "Eles sempre diziam para eu lhes tomar a bênção, porque assim teriam sempre a oportunidade de me dizer: "Deus lhe abençoe, meu filho", ou então: "Deus, faça meu filho muito feliz". Como posso ser feliz, se eles me apunhalaram pelas costas? — pensou e falou em voz alta.

— Deixe de dizer bobagens, Vihumar. Eles fizeram isso tudo porque o amam muito e pensavam que, escondendo a verdade, você não sofreria, já que não descobriria nunca. Só que foi muito pior. Você descobriu ouvindo uma conversa entre eles e está sofrendo muito mais do que se soubesse desde quando começou a se entender como gente. Nesse tempo todo que lhe conheço, nunca os vi lhe maltratar ou agirem com grosseria com você. E olhe que às vezes você merecia umas boas palmadas! Você sempre foi muito curioso e traquino.

— Normal!

— Normal, mas às vezes você passava dos limites, e o máximo que eles faziam era lhe dar alguns castigos leves, como não deixar você ver televisão, não permitir que jogasse videogame etc. Tudo coisa boba. De vez em quando, até sua mãe, dependendo da situação, lhe desculpava ou pedia para o seu pai lhe perdoar.

— É verdade. Mas, por favor, se você é mesmo meu amigo, não fale mais deles comigo. Ouviu bem? Ouviu bem, Zezinho?!

— Ouvi! Mas eu vou completar só com uma coisinha. Eu sempre vi você com muita mordomia: aulas de espanhol, para aprender outra língua além do português, quando você completou 15 anos pediu uma guitarra e eles lhe deram, porque você disse que a maioria dos seus amigos sabia tocar violão, então você, ainda que aprendesse violão, queria ganhar de presente uma guitarra, e eles não mediram esforços e lhe deram. Queria conhecer a qualquer custo a praia de Salvador, outra não servia, eles lhe levaram. Levaram você para conhecer os Estados Unidos quando completou 15 anos. Você disse que foi uma viagem maravilhosa. Enfim, sempre vi você ter mais até do que filhos legítimos.

— Por que você está dizendo isso, Zezinho?

— Porque muitos pais de filhos biológicos, mesmo podendo, não fazem o que os seus já fizeram até hoje por você.

— Não fazem por quê?

— Porque são egoístas, Vihumar, têm, podem fazer e dar tudo de bom e de melhor para os filhos, mas não dão e pronto. Ou então enchem os filhos de brinquedos caros, e carinho de pai e mãe que é bom, nada! — completou a mãe de Zezinho, que vinha chegando e ouviu um pedaço da conversa. Olha, Vihumar, adotar o filho do outro como se fosse nosso é o maior ato de amor. Você bateu na porta deles, do sr. Maurício e da dona Laura, e foi acolhido. Os filhos legítimos a gente aceita porque Deus nos deu, ou porque foram planejados por nós. Menino, pense no sofrimento de seus pais!

— Não quero mais falar sobre eles, já disse. Zezinho, vai pentear macaco! Por favor, deixem-me em paz. Quanto à senhora, também pare de defendê-los. Que eu saiba, meus pais, quero dizer: o sr. Maurício e a dona Laura, não passaram procuração para a senhora defendê-los.

— Está bem. Quando a raiva passar e a ferida for cicatrizando, você conversará com eles com calma e tudo se ajeitará.

— Não quero saber de conversa nenhuma — disse Vihumar — Eles não conversaram comigo quando eu comecei a me entender como gente, agora quem não quer diálogo sou eu.

— Está bem, falemos então de outras coisas — interrompeu a mãe de Zezinho. Vamos dar tempo ao tempo, por enquanto você vai ficando por aqui. A casa é muito diferente da sua, não tem luxo, mas se você não se importar, faça de conta que está em casa, pelo menos aqui procuramos fazer o bem e tratamos os nossos hóspedes, se é que posso falar assim, com afeto. Sei que seus pais são iguais nesse ponto, mas enquanto a ferida está aberta, fique conosco, será uma honra, um grande prazer, até porque, apesar da diferença de classe social, você é um menino de ouro, é simples, generoso e consegue ser o melhor amigo do meu filho, ao longo de tantos anos. Certamente, se tudo isso não estivesse acontecendo em sua vida, jamais teríamos a oportunidade de hospedá-lo na nossa casa. Está vendo? Mesmo em situações mais difíceis das nossas vidas tiramos algo de bom. Você e Zezinho estão mais próximos e mais amigos do que nunca.

— Sou amigo de seu filho porque acho que para sermos amigos de alguém não importa a classe social, temos de ver apenas a conduta e o caráter das pessoas, gostar do outro e pronto.

Enquanto isso, na casa de Vihumar, seus pais estavam arrasados.

— Laura, como você está?

— Como posso estar, Maurício?

— Desde o sol alto que você dorme.

— Não, não dormi nem um instante — respondeu dona Laura, com um sorriso amargo.

— Eu também. Não preguei o olho um minuto durante a noite.

— Nesta casa atualmente, Maurício, só você me ama, os demais me desprezam — disse dona Laura, cabisbaixa, suspirando, fechando e abrindo os olhos como se sentisse muitíssimo cansada, exausta daquele sofrimento.

— Não é verdade! Estamos todos chocados com tudo que nos aconteceu. Como lhe disse, Laura, eu que dificilmente tenho insônia, não consegui dormir direito — respondeu o marido, beijando-a na face.

— É, parece até que errei sozinha.

— Não quero ver você triste, ouviu? Senão fico zangado. Como marido e mais velho, você me deve obediência — falou o marido em tom de brincadeira, para descontrair o clima tão sério.

— É, Maurício, agora eu venho refletindo bastante e tenho certeza de uma coisa: a gente consegue enganar as pessoas por algum tempo, mas não por todo o tempo. E a gente também não consegue enganar nem Deus nem nós mesmos. Antes nós tivéssemos contado tudo para ele desde que era criança. Teria crescido sabendo que era adotivo, estaria acostumado com sua condição de filho ilegítimo, e agora não passaríamos por essa decepção. Só neste momento descobri que falar a verdade é sempre o melhor caminho a seguir. Por mais difícil que seja, é sempre melhor viver na verdade. Mentir, enganar as pessoas, nunca deu certo.

— É, só que eu não acho que nós enganamos Vihumar, apenas ocultamos a realidade dos fatos, para protegê-lo. A nossa intenção foi boa, pensamos que estávamos fazendo o melhor para ele.

— Pois é, meu amor, mas viu no que deu? Ele não quer nem nos ouvir, nem saber da gente. Você vive falando frases de Geraldo Eustáquio, pois eu agora vou lhe dizer algo muito bonito que li no livro do médico psiquiatra Roberto Shinyashiki. A frase é a seguinte : "A consciência de que podemos melhorar com nossos erros nos faz crescer. Errar é uma forma de aprender sobre o mundo e as pessoas. Somente quem não toma decisões está livre de cometer erros".

— Ele tem razão.

— Ele diz também assim: "As pessoas que não erram são medrosas. As pessoas que não assumem seus erros são irresponsáveis e as que insistem neles são cegas. Na vida, você vai acertar algumas vezes e errar outras".

— É verdade. Com os erros, aprenderemos lições que servirão para toda a vida.

— Tem outro trecho desse livro que lembra muito o nosso relacionamento; não está relacionado com o que estamos falando agora, mas eu vou falar para não esquecer; ele fala dos casais que admira: "...percebo como eles se estimulam mutuamente a crescer como casal e em seus projetos pessoais. Todos eles brigam de vez em quando, como qualquer casal que se ama, mas é muito bonito ver sua cumplicidade. Um sempre apoia o outro. Quando um está passando por um problema, o outro sempre dá uma força. Os relacionamentos saudáveis se baseiam no respeito e no amor". Lembro logo de nós dois quando leio essas coisas. Porque se eu não tivesse você do meu lado, acho que eu não aguentaria passar por muitas coisas. Ia desabar.

Sr. Maurício tomou-lhe as mãos e beijou-a.

— Mudando de assunto, Laura, outro dia eu li numa reportagem que, segundo dados do Ministério da Justiça, duas mil crianças e adolescentes com até 18 anos estão à espera de adoção no Brasil, e esse número pode chegar a 1 milhão.

— É verdade, Maurício?

— É, e eu li mais: a reportagem dizia que o brasileiro prefere meninas brancas, recém-nascidas e saudáveis.

Família: arquivo confidencial

— Isso é uma piada, Maurício. Um país de mulatos, negros, de afrodescendentes! Eu não aguento com uma postura dessa. Nosso país é cheio de falsos brancos, até o chamado "sarará", só porque alisa os cabelos, quer dizer que é branco. Me poupe, me economize!

Enquanto eles conversavam, dona Laura lembrou-se de um comentário preconceituoso que tinha ouvido da mãe de Aline no colégio onde os filhos estudam: "Aquela moça está adotando uma garota torradinha que já tem 10 anos e que tem a carapinha envernizada...". Dona Laura ficou perplexa com tal comentário. A partir daquele dia, passou a sentir uma antipatia pela mãe de Aline. Tratava-a bem em consideração ao seu filho e à filha dela, porque namoravam, mas quando a cumprimentava, existia em seu semblante certa frieza.

— É verdade, os "sararás" têm a pele clara, mas dizer que são da "raça branca", isso não são mesmo. Você tem toda razão, Laura. Voltando ao assunto, li também que as chances de crianças negras e maiores de cinco anos, inclusive algumas com o vírus HIV, serem adotadas pelos brasileiros são mínimas.

— É realmente um absurdo. Por isso nós adotamos o nosso moreno "cravo e canela", lindinho, que todos dizem que é o nosso "mulatinho", não é?

— É, sim, minha querida. Mulatinho com todo o prazer. Saudável, bonito, bondoso, que agora, em virtude das circunstâncias, não está se sentindo feliz. Mas essa fase vai passar. Ele sempre nos transmitiu muita alegria e vontade de viver. E se Deus quiser, tudo vai continuar bem entre nós. A questão é que na vida todos têm momentos bons e ruins. E com a gente não seria diferente.

— Isso é verdade, Maurício. Sempre soube que quem tem mais deve ajudar, estender a mão aos que têm menos. Isso nós sempre procuramos fazer. É por isso que não é pelas coisas físicas, as coisas materiais deste mundo, que você deve lutar, porque um dia vai ter de deixá-las para trás. O que realmente conta são as coisas do espírito: amor, bondade, misericórdia, compreensão, generosidade. Essas são as coisas que nos tornam ricos, ricos em espírito. Essas são as coisas que nos tornam fortes, fortes espiritualmente. Quando chegar o dia de deixar para trás o corpo, a única coisa que vai contar é a força do espírito. Então, por isso que eu sempre digo: faça o bem. Demonstre amor. Dê amor. Ame sua família, seus amigos, seus vizinhos.

Ame as pessoas que encontra. Tenha misericórdia, compaixão e seja gentil. E é no momento de dificuldade, seja de que espécie for, que conhecemos os verdadeiros amigos.

— É, mas quero fazer uma observação sobre algumas coisas que você comentou comigo agora: olha, Laura, enquanto estamos aqui nesta Terra, temos de lutar também pelas coisas materiais, sim. Porque se você é de opinião que "dinheiro não traz felicidade", me dê o seu e seja feliz. Lá no fórum, por exemplo, eu observo as pessoas que ali trabalham, e acho que "não há eficiência que não se beneficie de uma boa aparência".

— Ah, meu amor, não estou com forças, nem coragem, para discutir sobre esse assunto hoje.

— Bom, independente de qualquer coisa, Vihumar foi um grande presente para nós, que já estávamos desesperados por não podermos ter filho. Ou pelo menos nas vezes em que surgia uma gravidez, não vingava, não era assim, Laura?

— Ah! Com certeza.

— E o que fez com que ninguém desconfiasse de que ele não era nosso filho, foi sua última gestação.

Alguns esclarecimentos são necessários neste momento da trama: dr. Alexandre foi o médico que fez o parto do bebê de dona Laura, que nasceu morto, em sua última gestação. Era noite de Natal e quando dona Laura chegou, mais ou menos às cinco horas da manhã, em casa com sr. Maurício e o sogro, viram o bebê em um cesto, acolheram-no e no mesmo dia deram-lhe o nome de Vihumar. Assim, ele "ficou no lugar" do que havia sido expulso do ventre de dona Laura morto. Como o outro foi enterrado de uma maneira discreta, apenas com o pai e o avô presentes, visto que dona Laura estava se recuperando do parto, ninguém desconfiou.

— É, mas alguém descobriu essa história, Maurício, porque senão qual seria a explicação para Vihumar ter aparecido na manhã de 24 de dezembro em nosso portão? As "cegonhas da noite" nos deram este presente. E olha, se o encontramos às cinco horas da manhã, é porque ele foi colocado de madrugada, ainda no escuro.

— É verdade. Alguém além de nós dois e meu pai, o qual prometeu que não contaria nem para minha mãe, sabe dessa história. Até porque a única pessoa que o ajudou a fazer o parto já faleceu. E, considerando que foi de madrugada, o parto foi normal, tudo estava deserto e tranquilo no hospital. Pensei que essa história não ia vazar nunca.

— Ora, você é muito ingênuo. Segredo, já diz a minha sogra, é só de uma pessoa, se mais gente sabe deixa de ser segredo.

— E o pior foi que agora tudo veio à tona.

— Não sei se foi pior, não. No fundo, me sinto aliviada. Não vale a pena ficar escondendo os fatos das pessoas. Agora que estou tendo certeza disso. Se tivéssemos contado com naturalidade, quando Vihumar era pequeno, que era filho adotivo, não estaríamos passando por essa situação constrangedora agora, correndo o risco de nosso filho nos odiar para o resto de sua vida, ou seja, para sempre! — ao dizer isso, dona Laura hesitou por um momento.

"Adotar é pedir à religião e à lei aquilo que da natureza não se obtém". É com essa frase de Cícero, grande orador romano, que Salomão Resedá, juiz da 1ª Vara da Infância e Juventude da cidade de Salvador (BA), define o conceito de adoção. Com relatos de ocorrência há cerca de 2000 a.C., a prática se consolidou em documento, pela primeira vez, no Código de Hamurabi, um dos mais antigos conjuntos de leis já encontrados.

Anos se passaram e o processo de adoção evoluiu, ganhou um novo contorno e trouxe mais facilidades aos adotantes. "No Brasil, na década de 1970, apenas pessoas acima de 30 anos e casadas há cinco anos podiam adotar", explica Resedá. Mas a legislação mudou e as condições também. "Hoje, maiores de 18 anos e em qualquer estado civil podem adotar, contanto que não sejam avôs ou avós, irmãos ou irmãs, e que se mantenha a diferença de 16 anos entre o adotante e o adotado", complementa. E, embora ainda desperte discussões na sociedade, o mesmo vale para os homossexuais afetivos. "Não há interpretação legal que proíba essa prática e não deve haver discriminação", é o que Salomão afirma ao justificar o sucesso de alguns casos de adoção por homossexuais no Brasil e em outros países.

Além dos critérios objetivos já citados, o juiz ainda reforça o subjetivo, que, antes de tudo, diz respeito à vontade da pessoa de querer ter um filho. "A adoção é um ato irrevogável. Uma vez realizada, não se pode voltar atrás", afirma. Com certeza da decisão, todo o processo deve ser encaminhado pelo juizado.

Após dar entrada no pedido de adoção, os interessados passam por entrevistas com psicólogos e assistentes sociais, recebem a visita domiciliar e, ao final, aguardam o parecer do Ministério Público e, por conseguinte, a decisão do magistrado do juizado. "Ao contrário do que muitas pessoas acham, esse é um processo, na teoria e na prática, simples e rápido", desmistifica Resedá. Por que adotar? As razões são as mais variadas e vão desde a impossibilidade de ter filhos biológicos – pela idade avançada, esterilidade ou incapacidade de gestar um bebê – até a vontade de ajudar uma criança ou jovem carente, por exemplo. Mas, dentre um leque de alternativas, uma coisa é certa: adotar um filho é muito mais que um ato jurídico. Antes de tudo, é um ato de amor, também capaz de mudar o destino de uma vida."

Tudo isso o sr. Maurício sabia quando adotou Vihumar, porque ele é um juiz de direito, e a situação do garoto é totalmente regular. O juizado instrui que os pais adotivos devem contar à criança desde cedo que ele é um filho escolhido pelo coração, mas nada disso o sr. Maurício fez quando Vihumar era pequeno. Como diz o ditado: "Casa de ferreiro, espeto de pau". "Privar a criança de sua origem é o mesmo que afastá-la de sua história. Sobretudo, pais que optam pelo sigilo infringem uma das condições básicas estabelecidas pelo juizado, que reza pelo direito de todo indivíduo saber sua origem". No caso específico de Vihumar, os seus pais e avós biológicos faleceram em um acidente de automóvel, e não foi encontrado na época nenhum parente próximo. Depois desses anos que se passaram, ninguém procurou saber do paradeiro daquele bebê, que havia sido retirado da barriga da mãe, com vida, após o acidente. Não são laços consanguíneos que reforçam a relação entre pais e filhos, mas sim a convivência. "Como diz o padre Antonio Vieira, 'o filho por natureza ama-se porque é filho: o filho por adoção é filho porque se ama'. A adoção é uma ponte para unir corações afeitos e de locais diferentes", conclui Resedá.

Voltemos agora à casa de sr. Maurício e de dona Laura, onde os dois já conversavam há algum tempo.

Dona Primavera, que estava trazendo umas compras do supermercado, entrou e disse:

— Não fiquem preocupados. Nada como um dia após o outro. Tudo vai se resolver. Quando existe amor entre as pessoas, tudo tem solução. Todas as pessoas cometem erros, têm defeitos e todos os erros podem ser perdoados. Uns cometem mais deslizes na vida e outros menos. Não vai ser esse fato que vai fazer com que vocês três fiquem desunidos. Vocês vão ver que, pelo contrário, vocês vão se amar com mais garra, mais força. De todo erro, tiramos uma lição.

— Obrigada... — disse dona Laura à "fiel" cozinheira. Você é uma das pessoas mais iluminadas que eu conheço, até porque está sempre com um sorriso nos lábios.

— É verdade — disse o sr. Maurício. Convive com a gente desde que Vihumar nasceu e geralmente está de bom humor.

— Graças a Deus — respondeu a cozinheira.

— Responda-me uma coisa — disse dona Laura — a senhora alguma vez viu a gente tratar Vihumar como se ele não fosse nosso filho de verdade? Seja sincera.

— De jeito nenhum. Pelo contrário, desculpem a minha sinceridade, mas acho que vocês sempre o trataram bem demais, mimaram muito Vihumar. Praticamente, nunca levou palmada, nem ficou de castigo. E olhe, mais uma vez desculpe a sinceridade, bem que às vezes ele merecia umas boas palmadas.

— É porque ele é nosso filho querido... Já disse e repito: afinidade, querer bem, independe de laços sanguíneos. Acredito até que duas pessoas, às vezes, têm um amor espiritual. Tanta gente fala assim: "Parece que o conheço de algum lugar". E nunca viu aquela pessoa antes. Ou, então: "A gente se conhece há pouco tempo, mas parece que o conheço há anos, porque gosto muito de você". E por aí vai.

— O que eu sei, Laura — disse o sr. Maurício — é que nós, por amarmos demais Vihumar, cometemos vários erros. E, na verdade, hoje queríamos o reconhecimento pelo nosso amor, carinho e dedicação, e não que ele ficasse zangado conosco.

— Ah, não é bem assim, não, Maurício.

— Olha, só sei dizer que exemplo de "amor incondicional" é aquele que não espera nada em troca. Aqui na Bahia, eu só consigo me lembrar de uma pessoa.

— Quem foi? — perguntou dona Laura.

— Irmã Dulce. Uma das suas características mais luminosas e impressionantes era a sua generosidade sem limite.

— É verdade. A generosidade dela atingia alturas de gesto de heroísmo. Ela fazia coisas incríveis para salvar vidas. Eu mesma sei de algumas de suas histórias.

— E tem mais: ajudava os pobres, atingindo um nível de coragem, escutava e respondia aos apelos dos que sofriam com muita sensibilidade, doação, com sacrifício próprio.

— E devido a essas atitudes estão lutando para canonizá-la.

— Pois é, Laura, vamos mudar de assunto porque quero lhe contar sobre um paciente de meu pai que sofreu um acidente de motocicleta meses atrás. Nesse dia, ele estava sem capacete, sofreu traumatismo craniano e teve que amputar uma perna depois do acontecido. Hoje, ele esteve no consultório do meu pai, para revisão. Eu estava lá na hora que o rapaz foi consultado. Ele é filho de um fazendeiro de Ilhéus e os pais dele, na época, ficaram na dúvida se deixavam amputar a perna ou não. Mas não tiveram escolha.

— Amputou! Mas como ficou esse rapaz?

— Olhe, amputou e, semanas depois da cirurgia, fez uma prova preliminar das próteses e logo começou a se perguntar se as mulheres ainda o achariam atraente.

— Quantos anos ele tem hoje?

— Tem 21 anos. Ele é bem jovem. Então, completando o que eu estava dizendo, ele, contrariando os conselhos médicos e o bom-senso, encheu as pernas da calça com espuma, afixou os membros artificiais sobre os pontos recentes e saiu para dançar.

— Ele é maluco. E aí, o que aconteceu?

— Aconteceu que os pontos se romperam e ele perdeu uma quantidade considerável de sangue, passando vários meses seguintes em uma cadeira de rodas.

— Meu Deus, e como ele se sente?

— Ele disse que pagou caro por aqueles momentos de diversão.

— E como ficou a cabeça dele?

— À medida que a doença se agravava, sua determinação aumentava. O incidente, porém, refletiu uma força interior que chegou aos limites da imprudência. Meu pai me contou que ele disse que sempre lembra da frase que a mãe ensinou: "não deixe que a vida passe em branco, e que pequenas adversidades sejam a causa de grandes tempestades..."

Algumas pessoas, apesar do sofrimento, sabem tirar proveito de tudo e conseguem sempre manter o bom humor. Confesso que diante de uma doença eu esmoreço. Em minha opinião, esse acidente que ele sofreu não pode ser considerado como pequena adversidade. Mas, enfim... Não sei se você lembra, quando Vihumar era pequeno, sempre que ele tinha febre alta eu ficava em pânico, com medo de que ele tivesse convulsão.

— Claro que me lembro. Você perdia, e perde, a concentração para qualquer coisa diante de uma doença de ente querido.

— Não tenho dúvida de que a saúde e a paz são as coisas mais importantes da vida do ser humano.

— Você tem razão, podemos ter tudo, mas sem essas duas coisas não temos nada.

— Guardemos a certeza de que a existência é como uma roda gigante, ora estamos por cima, ora estamos por baixo.

— Chega de conversa e vamos cuidar da vida, porque o tempo passa rápido e a gente nem percebe. Contei essa história apenas para lembrar que não queremos que Vihumar ande de motocicletas, e também, para falar da importância do uso do capacete pelo motorista e pelo carona.

— O capacete, por ser uma peça de copa oval, de metal ou material plástico, protege a cabeça. Embora esse paciente do seu pai, pelo que você contou, atingiu mais a perna, não foi?

— Foi, mas ele teve também hematomas na cabeça, traumatismos, só que não foi o que de mais grave aconteceu com ele. Mas poderia ser fatal. Agora vamos trabalhar, assim o tempo passa mais rápido, a gente se distrai. Eu, com meus processos no fórum, você com seus alunos, e assim o trabalho acaba sendo um santo remédio para as dificuldades da vida. Uma verdadeira terapia.

— Realmente, às vezes, reclamamos dos nossos trabalhos, é assim com a maioria das pessoas, por mais que goste do que faz, mas quando as preocupações aparecem, é nele muitas vezes que encontramos o conforto procurado. Enquanto trabalhamos, estamos nos distraindo e esquecendo dos "problemas", digo, das dificuldades.

Quando acabaram de conversar, dona Laura deu um forte grito e colocou a mão no peito. O sr. Maurício chamou a governanta, dona Lôla, para ajudá-lo a prestar socorro à esposa.

— Ande rápido, não podemos perder tempo! — disse nervoso o dr. Alexandre, que acabara de chegar à casa do filho.

— Já vai, doutor. Já estou indo!

— Ligue para o hospital e peça para vir uma ambulância, urgente! Urgente, ouviu bem?

Ao que tudo indicava, dona Laura estava sofrendo um infarto. Todo ano, cerca de trezentos mil brasileiros sofrem infarto agudo do miocárdio.

— Sim, doutor!

— Atendimento rápido é o que mais salva a vida de infartados. Se tiver mais de 45 anos, os cuidados têm de ser redobrados.

Eles correram e prestaram atendimento rápido a dona Laura. Mas tudo não passou de um grande susto; alguns dias depois de ter ficado em observação, os exames realizados confirmaram que não houve realmente nada de grave e que ela estava bem. Voltou para casa, e, a partir daquele dia, prometeu ao sogro que começaria uma dieta balanceada, faria exercícios físicos, inclusive caminhadas. Vihumar nem ficou sabendo do acontecido, pois o pai pediu que as pessoas não contassem para ele, a fim de poupá-lo.

Capítulo 31

Na manhã seguinte, dona Laura acordou muito alegre. Parecia até que havia esquecido o drama que estava vivendo com a ausência do filho querido. Chovera de noite, o que fez com que ela demorasse a pegar no sono. Ficou durante muito tempo deitada, ouvindo o barulho da chuva. Levantou-se da cama, vestiu o roupão, foi até a janela e começou a pensar: "Que linda manhã"! Ao nascer do sol, arrumou-se com muito cuidado, e às seis e meia, já saía do seu quarto, disposta a procurar Vihumar para terem uma conversa franca e definitiva. Sr. Maurício já havia tomado o café da manhã quando a esposa acordou, e ela o convenceu a irem juntos falar com Vihumar. O marido achava que talvez ainda não fosse o momento de terem uma conversa com o filho, já que estava tão recente o susto que passaram com a saúde dela. Mas, enfim, ela o convenceu. O sr. Maurício vestiu-se sem vontade. Ao saírem de casa, deram de cara com dr. Alexandre.

— Meu sogro, o senhor, hein, cada vez mais elegante!

— Obrigado, minha querida, e você está com excelente aspecto.

— É, passei por um susto, mas agora estou bem.

— Estava indo até a casa de vocês, quero conversar algumas coisas com os dois antes de irem falar com Vihumar.

— Já que estamos próximos da sua casa, dr. Xande — era assim que os íntimos o chamavam – pode ser na sua, em vez de ser na nossa?

— Claro que sim; com todo prazer.

Foram andando devagar e o sr. Maurício pensava: "O que será que ele quer conversar com a gente?". Continuaram caminhando e, mal o dr. Alexandre abriu o portão, dona Concinha avisou ao marido que dona Primavera estava na sala, fazia bastante tempo, esperando por ele. Naquele dia, desde cedo, o sr. Maurício achara dona Primavera com um ar esquisito e misterioso. Ele não disse nada. Tinha medo de falar o que se passava em sua cabeça. Afinal, respeitava muito a cozinheira da sua casa, pois ela convivia com eles há muitos anos. O dr. Alexandre cumprimentou a visitante e disse:

— Dona Primavera, o que a senhora quer falar comigo? É alguma coisa relacionada à sua saúde? Ou seja, quero saber se a senhora quer uma consulta médica.

— Não, doutor. É um assunto particular, não é sobre a minha saúde. Graças a Deus estou vendendo saúde.

— Bem, então pode esperar, por favor, volte mais tarde, depois que Maurício e Laura forem embora! — falou de um jeito estranho, tomado por um ódio aparentemente inexplicável. Ele estava muito enigmático naquele instante. Dona Primavera estremeceu e foi saindo de fininho; já na porta da rua voltou e disse:

— Mas, doutor, eu preferia falar agora, depois vai ficar tarde para eu retornar para casa pra fazer o almoço dos patrões.

— Não tem problema, dá tempo — falou rispidamente. Meu filho e minha nora não se importarão se a senhora hoje fizer uma comida mais simples porque precisa conversar comigo.

— Claro que não, dona Primavera, fique tranquila — falou dona Laura, e o sr. Maurício balançou a cabeça afirmativamente.

— Então, obrigada aos dois. Vou aproveitar, passar na feira para comprar alguns ingredientes que vou precisar para fazer o almoço, depois eu volto.

— Está bem, vá, depois a senhora volta — respondeu dr. Alexandre já meio impaciente.

— Estou indo, doutor! – ela disse e saiu.

— Bem, vamos começar nossa conversa; antes que outra pessoa nos interrompa. Desde que Vihumar saiu de casa, que eu queria ter essa conversa com vocês dois.

Família: arquivo confidencial

— Está bem, meu sogro, pode começar a falar.
— Eu vou pedir a vocês que não me interrompam enquanto eu falo. Primeiro eu vou dizer que, em relação a alguns assuntos, eu penso da mesma forma que o médico psiquiatra Roberto Shinyashiki, que escreveu assim em um livro dele: "Eu não acredito em 'passes de mágica', mas acredito em milagres. Um milagre acontece no momento em que a pessoa adquire consciência de que merece uma vida melhor. No momento em que você decidir tomar a frente de sua vida, não vai aparecer uma fada que, com um toque de varinha mágica, transformará a sua vida instantaneamente. Mas pode acontecer um milagre: em uma fração de segundo, você pode despertar para a sua vida e sentir prazer em realizar, todos os dias, algo que a faça ter sentido. O importante é ter consciência de que, após a decisão de mudar o que deve ser mudado, é preciso manter-se firme para conseguir transformar a sua vida. Toda mudança é um desafio. Toda mudança envolve alguma dor". Comecei falando de mudança para vocês, para que entendam que algumas coisas, no comportamento de vocês com relação à educação que aplicam a Vihumar, terão de ser modificadas.
— Como assim? — perguntou dona Laura.
— Vejam bem...

Dr. Alexandre, imediatamente, recomeçou a falar de Vihumar. Dona Laura escutava atentamente; porém o sr. Maurício ouvia sem prestar atenção. Dentro do peito sentia um desejo aumentando de perguntar ao pai por que foi tão ríspido com dona Primavera. Mas por um instante hesitou e resolveu se conter. Manteve-se discreto, ou talvez tenha pensado que não seria o momento adequado para começar outro assunto diferente do que estavam ali para tratar. Naquela hora, todos ouviram um barulho que vinha da cozinha e dr. Alexandre perguntou:

— Que houve, Concinha?
— Não foi nada demais, Xande; estava passando um café para vocês e quebrei a xícara. Vão-se os anéis, ficam-se os dedos.
— Ah, ainda bem que você não se acidentou.

Ela pensou: "ah, se todo problema fosse este: quebrar uma louça chinesa!".

Com a descoberta de que Vihumar era filho adotivo, dona Concinha, tão preocupada com a relação estremecida do filho e da nora com seu neto, até esqueceu por alguns dias o drama que vivia há tantos anos, e apesar de a pessoa que a chantageava não lhe dar trégua, estava considerando seu problema menor que o do seu filho, pois nenhuma mãe pode sorrir, ainda que esteja bem consigo mesma, o que não era o caso dela, quando um filho chora.

Dona Concinha trouxe o café para todos e sentou ao lado do marido para ouvir a conversa.

— Maurício, Laura — disse dr. Alexandre — entendam que compreender as atitudes dos jovens de hoje também é fundamental; eles não estão acostumados a serem "mandados", querem entender o que deve ser feito e não simplesmente fazer porque alguém determina. Os jovens dessa nova geração querem ser participativos, se sentir úteis e responsáveis. É preciso aprender a canalizar a agressividade para o bem.

— Meu pai, aonde o senhor quer chegar com essa conversa?

— É, meu sogro, não estou entendendo direito que ponto o senhor quer atingir.

— Vocês sabem, lógico, que sou antes de tudo um médico hebeatra, especialista em adolescentes, então estou tendo esse bate-papo informal com vocês para que cheguem mais bem preparados para conversar com Vihumar; e também porque acho que, embora sejam ótimos pais, precisam mudar alguns comportamentos e atitudes com ele. Vocês o mimaram demais. Talvez tudo isso que está acontecendo na vida dele, de estar inclusive morando de favor na casa do amigo, que é de família humilde, seja bom para o amadurecimento dele.

— Está bem, dr. Xande, nos ajude a ter novamente o amor do nosso filho — pediu dona Laura.

— Uma das principais razões por que a maioria dos pais não sabe como transmitir seu amor é porque os adolescentes são orientados pelo comportamento, ao passo que os adultos são orientados pelas palavras. Por exemplo: o pai viaja e telefona para casa, fala com a esposa: "Querida, eu te amo", ela fica nas nuvens. Depois fala com o filho adolescente: "Queria dizer, filho, que eu amo muito você", sabem qual seria sua provável reação?

— Qual seria? — perguntou dona Laura.

— "Está bem, pai, mas por que você telefonou?" É essa a maneira mais provável de o adolescente responder — disse o dr. Alexandre.

— Estou gostando, meu pai, fale mais sobre o assunto; vou sair daqui craque com relação ao assunto "adolescente".

— Ter um sentimento caloroso de amor em seu coração por seu filho adolescente é ótimo, mas não basta. Dizer "eu te amo" é muito bom e deve ser dito, porém, não é o suficiente. Para que seu adolescente saiba e sinta que você o ama, é necessário que o ame por meio de suas atitudes, porque ele é orientado primeiramente pelo comportamento. Seu adolescente vê o seu amor por ele por meio daquilo que você diz e faz. Mas o que você faz tem mais peso. Seu filho é muito mais afetado pelas suas ações do que por suas palavras.

— Que aula maravilhosa, meu sogro; precisou Vihumar sair de casa para a gente ter tempo para conversar sobre os adolescentes.

— Ainda não acabei de falar o que queria. Há quem acredite que os adolescentes têm algumas necessidades básicas bem definidas. A primeira delas seria o "amor incondicional", apesar da aparência do adolescente, dos seus pontos positivos, negativos, defeitos etc.; apesar de sua maneira de agir.

— Ah, meu, pai, essa história de "amor incondicional", de que tanto as pessoas falam, é um assunto um tanto quanto polêmico, porque eu aprendi que amor incondicional é aquele que não quer nada em troca, e isso quase nunca acontece.

— Está bem, meu filho, outro dia aprofundaremos mais sobre esse tema "amor incondicional"; mas continuando o que eu dizia, outra necessidade básica do adolescente é atenção concentrada: sem atenção concentrada o adolescente experimenta crescente ansiedade por sentir que tudo tem mais importância do que ele. Torna-se menos seguro e fica prejudicado em seu crescimento emocional e psicológico. Ele é menos maduro ou seguro de si mesmo do que aqueles cujos pais tomaram tempo para preencher sua necessidade de atenção. Tem menos capacidade para enfrentar as situações e quase sempre reage mal a um conflito. Depende demais dos outros, inclusive dos amigos, sendo mais sujeito à pressão do grupo.

— O senhor, meu sogro, acha que Vihumar é assim?

— Eu não acho nada. Estou falando de adolescente de um modo geral.

— Tudo bem, não quer se expor, então pode continuar com sua aula em família.

— Para completar, quero dizer outra necessidade básica do adolescente: contato visual e físico. O contato visual e físico deve ser incorporado em todos os seus tratos diários com seus filhos. Isso deve ser natural, confortável e não excessivo. O adolescente se sentirá à vontade consigo mesmo e com outras pessoas e manterá elevado seu sentimento de autoestima. O adolescente poucas vezes reagirá negativamente a um toque leve e rápido. Normalmente, nem percebe, mas o fato fica registrado em sua mente.

— Somos agradecidos ao senhor por nos esclarecer tantas coisas importantes — disse dona Laura.

— Ah, antes de vocês irem embora, vou dizer só mais algumas coisas que vão ajudar na reconciliação com Vihumar.

— Pode falar, meu pai.

— Como diz o psiquiatra Augusto Cury, "seu filho não precisa de gigante, precisa de seres humanos. Não precisa de executivos, médicos, empresários, administradores de empresa, mas de você, do jeito que você é. Adquira o hábito de abrir seu coração para o seu filho e deixá-lo registrar uma imagem excelente de sua personalidade. Sabe o que acontecerá? Ele se apaixonará por você. Terá prazer em procurá-lo, em estar perto de você. Quer coisa mais gostosa do que isso? Abra-se, chore e abrace-o. Chorar e abraçar são mais importantes do que dar-lhe fortunas ou fazer-lhe montanhas de críticas. Declare a seu filho que ele não está no rodapé da sua vida, mas nas páginas centrais da sua história".

— Que palavras lindas... — disse dona Laura, com os olhos cheios de lágrimas.

— Falei tudo isso para vocês, para que reflitam antes de conversarem com Vihumar. Tenho certeza de que, quando vocês se depararem com ele, será um encontro de sucesso, não tenho dúvidas de que farão as pazes.

— Deus lhe ouça — disseram o sr. Maurício e dona Laura ao mesmo tempo.

— Agora acho melhor vocês irem para casa; você, Laura, está se recuperando do susto que passou, acho melhor descansar mais um pouco antes de ficar se esforçando. Deixem pra ver Vihumar amanhã, ou depois de amanhã, e aproveitem para dizer a dona Primavera que se não for algo urgente, que venha amanhã porque agora vou para o hospital trabalhar.

Despediram-se de dona Concinha com um beijo e um abraço, deram um beijo na testa do pai, sogro e amigo e, em seguida, fizeram o que ele aconselhou: voltaram para casa.

Capítulo 32

Era setembro, um domingo, o dia era claro, o sol estava muito bonito, fazia muito calor. Durante as primeiras horas tudo estava normal nas duas casas da família de Vihumar. Tanto na casa de sr. Maurício e dona Laura, como também na casa de dr. Alexandre e dona Concinha. Sempre aos sábados, à noite, o sr. Maurício e a esposa reuniam um pequeno grupo de amigos em casa para atualizarem os assuntos, as conversas. Na manhã de domingo, o sr. Maurício continuava na mesma hesitação: iria ou não visitar Vihumar? Pensava que, embora dona Laura tivesse conversado com ele e o convencido no dia anterior, por não ter dado certo em função de terem passado grande parte do tempo conversando com seu pai, acreditava que talvez devessem esperar mais um pouco ou até mesmo esperar que Vihumar tivesse a iniciativa de procurá-los.

Embora estivessem cansados naquele domingo, pela "farra" da noite anterior, e sentindo falta cada vez mais do filho, não abriram mão de reunir a família para uma feijoada, até sr. Davi, que nos últimos tempos andava muito atarefado com o seu trabalho – ele era um ótimo arquiteto em Salvador, decorava os apartamentos dos clientes com projetos fantásticos, conseguia transformar muitas vezes ambientes pequenos em lugares superaconchegados, com um bom gosto extraordinário – e sua esposa, dona Anita, que também andava muito ocupada – ela dava aulas de culinária e trabalhava também numa rede de televisão, em que aproveitava a oportunidade para divulgar os seus livros de receitas maravilhosas, tanto de doces e salgados como também de comidas, principalmente as típicas da Bahia – não perderam a oportunidade de estar presentes na reunião da família naquele dia. Claro que todos estavam muito entristecidos pelo fato de Vihumar não ter se entendido ainda com os pais, mas todos rezavam para que tudo voltasse ao normal naquela família, que tinha problemas como todas as famílias do mundo, mas que existia muito amor entre eles. O que eles não podiam adivinhar era que aquele dia seria marcado no calendário da família para sempre com letras pretas. Dissolvida a reunião, dona Laura recolheu-se às pressas com o pretexto de que estava a cair de sono pela noite que quase perdeu, no dia anterior, com os convidados que havia recebido. Dr. Alexandre disse:

— Vá, minha nora, descansar; nós também já estamos indo para nossa casa fazer o mesmo.

— Não, vocês podem ficar; eu é que preciso descansar um pouco.

Dona Anita, toda animada, falou:

— Não vá, Concinha, precisamos colocar nossas conversas em dia.

— Está bem, eu fico. Vá, Xande, para casa; você que é bom de cama: deita e dorme.

Todos riram.

Dr. Alexandre sorriu e disse:

— Fique dizendo essas coisas, você que sabe de sua vida, afinal, não estou tão velho assim, tenho 63 anos e estou muito enxuto, em forma, fiz uma série de exames por esses dias e minha saúde está ótima, estou ainda de tirar o fôlego da mulherada, pelo menos é o que dizem as minhas pacientes.

— Convencido!

Dr. Alexandre foi para casa sozinho. Dona Laura foi para o quarto descansar, e ficou na cama lembrando o que vivia dizendo para Vihumar, quando ele ainda não sabia que era adotivo e eles tinham uma vida tão normal e feliz: "meu filho, ler estimula a imaginação e é importante para adquirir habilidades como a fluência na fala e a facilidade de compreender textos e ideias. Ler é prazeroso e educativo. É importante estimular as crianças a ler em casa desde pequenas. Por essa razão nós sempre o estimulamos".

Limpou as lágrimas que escorriam dos seus olhos enquanto lembrava do filho querido, fechou os olhos e tentou dormir um pouco. Dona Concinha perguntou para dona Anita:

— Vocês vão embora amanhã cedo, e voltam quando aqui em Caldas do Jorro?

— Daqui a mais ou menos quinze dias, vai depender também dos trabalhos de Davi.

— Ah, vai dar tudo certo, daqui a quinze dias vocês estão de volta, se Deus quiser, e ele há de querer. Diga-me uma coisa, como está a saúde de Davi, que estava com suspeita de câncer de próstata?

— Graças a Deus, depois de alguns exames que fez, constatou que foi "rebate falso". Ele está ótimo.

— Ah, que bom.

— É, tudo isso serviu de alerta para ele procurar se cuidar mais e fazer o exame da próstata todos os anos, enfim, fazer, anualmente, um *check-up*, que é um exame médico que compreende uma série de investigações clínicas e laboratoriais para avaliar o estado geral de um indivíduo.

O relógio tocou três e meia da tarde. Enquanto elas atualizavam os assuntos, dona Lôla e dona Primavera conversavam na cozinha, pois estavam arrumando e limpando tudo que ficou sujo depois do almoço, da sobremesa e do cafezinho.

— Lôla, estou cansada dessa vida de cozinheira das casas dos outros.

Ela sentia-se uma pessoa sem sorte e achava que ficava mais triste quando a noite ia chegando, talvez pela escuridão.

— O que é isso, somos tratadas tão bem aqui, por todos da família, como é que você fala assim? E a essa altura do campeonato, com 59 anos de idade, você quer trabalhar de quê?

— Você esqueceu que tenho curso técnico de auxiliar de enfermagem? Que quando trabalhava em hospital minha função era dar medicação prescrita pelos médicos aos pacientes, verificar os dados vitais deles, fazer seus asseios, encaminhar os recém-nascidos para as mães, entre outras coisas?

— Sim, você esquece que eu que arrumei este emprego para você porque estava desempregada e não sabia o que fazer da vida? Não tinha como se sustentar e já estava, se não me engano, naquela época, com 40 anos?

— Ah, e o que eu estava pretendendo naquela época era fazer, quando pudesse, uma faculdade, para ser enfermeira de verdade, porque o trabalho delas é que é bom: orientam as auxiliares de enfermagem, fazem as escalas, supervisionam as tarefas delas, realizam procedimentos que as auxiliares não podem fazer. A verdade é que eu sempre achei o trabalho delas moleza pura! — disse dona Primavera, despeitada. E murmurou com amargura: e nunca consegui ser uma delas...

— Deixe de bobagem, cada pessoa na vida tem uma sorte, sei lá, um destino. E Deus disse: "faz por ti que Eu te ajudarei". Se você queria tudo isso, por que não pediu ajuda para dona Concinha, que é enfermeira, e para o dr. Alexandre, que é médico?

— Vamos parar com essa conversa, para eu não me aborrecer com você. Só sei que estou farta de dormir em quartos dos fundos e desconfortáveis, comer restos das comidas e vestir roupas que a patroa não quer mais, ou então comprar roupas de balaio. Queria ser patroa.

— Que horror, ouvir tudo isso de você. Estou decepcionada. Pensei que você fosse uma pessoa mais simples e generosa.

Nesse momento dona Primavera começou a jogar com força na gaveta os talheres que estava enxugando, e as panelas com mais força ainda em outra gaveta.

— No máximo no inverno seguinte, você vai ver, Lôla, dou um jeito de ir morar com minha mãe em Salvador.

— Você que sabe da sua vida.

Dona Anita, da sala, havia pedido um copo d'água e dona Primavera foi levar. Logo que ela saiu, dona Concinha desabafou:

— Não suporto mais essa criatura.

— Por quê? Ela está na família há tantos anos.

— Não gosto do seu jeito, do seu olhar irônico, do seu sorriso forçado. Falsa. Ela me deixa nervosa só de vê-la.

— Não estou entendendo nada, depois quero saber dessa antipatia gratuita que você tem por dona Primavera.

Dona Concinha calou-se muito magoada com a amiga, que, na verdade, falou que ela estava sendo injusta com dona Primavera, pois não entendeu porque ela falou daquele jeito da cozinheira.

— "Gratuita", está bem. Quem sabe um dia a gente possa sentar para conversar melhor sobre o que comentei com você. Sentia falta da sua presença, das nossas conversas frequentes depois que eu vim morar aqui em Caldas do Jorro. No início, fiquei triste por muitos meses. Depois, passaram-se dois anos até que conheci a professora de Vihumar, Fatinha, e fizemos amizade. Tenho Laura também, mas com você era diferente, tinha mais intimidade.

Despediram-se e dona Concinha disse:

— Até a volta, minha amiga! Estou indo para casa, e como amanhã vocês vão embora pra Salvador muito cedo, não sei se ainda vou vê-la.

Após a despedida da amiga, dona Concinha passou pela cozinha para beber uma água e depois foi embora; esbarrou em dona Primavera, que saiu da cozinha e foi para o quarto em que dormia nos fundos da casa, muito nervosa. Dona Anita foi arrumar as bagagens para ir embora no dia seguinte, pensativa e intrigada com tudo que ouvira de dona Concinha, com relação a dona Primavera; não conseguia entender nada e por um instante ficou preocupada com a filha e com o genro. Se tudo que dona Concinha desabafou fosse realmente verdade, não fosse apenas uma cisma, uma implicância, na verdade todos da casa estariam correndo perigo de conviver com uma pessoa daquela. Estava decidida, antes de ir embora, a comentar com dona Laura o desabafo de dona Concinha.

Capítulo 33

A família de Vihumar, pais e avós, não podia imaginar que depois de um almoço feliz de domingo, mesmo sem a presença do filho e neto querido, tantas coisas estavam para acontecer na casa de dr. Alexandre e dona Concinha, e que aquela data ficaria marcada nas suas lembranças para sempre, inclusive na de Vihumar, que apesar de não ter presenciado os acontecimentos, seria afetado por eles. Aquele longo domingo com fatos tão marcantes seria decisivo para a vida de todos daquela família.

Quando dona Primavera chegou em seu quarto, derrubou tudo que estava em cima de uma pequena cômoda onde ela deixava água para beber à noite e outros objetos seus. Estava com muita raiva. Deu meia volta e saiu bastante apressada pela porta dos fundos para chegar à casa de dona Concinha, antes mesmo que ela chegasse. Até porque sabia que dona Concinha andava bem devagar, observando cuidadosamente árvores, flores, casas bonitas e outras coisas mais, que via pelo caminho. E como havia outra rua para cortar caminho para chegar à casa de dr. Alexandre e dona Concinha, ela utilizou esse caminho para chegar mais rápido, e também tinha ouvido a avó paterna de Vihumar comentar que antes de ir para casa ia passar rapidinho na casa de uma conhecida, para pegar uma encomenda para seu esposo. Então, a cozinheira da casa de dona Laura, sabendo que dona Concinha gostava muito de conversar, apostou que a mãe do sr. Maurício demoraria para chegar em casa, e que, provavelmente, teria tempo de ela falar tudo o que ela queria com o ex-patrão.

Logo no início, quando os avós de Vihumar foram morar em Caldas do Jorro, residiram em uma casa ao lado do sítio do sr. Maurício e da dona Laura; havia pouco tempo, porém, que os avós do garoto haviam vendido a casa onde moravam, junto ao sítio do filho e nora, e ido morar em outra rua, um pouco mais distante, em uma casa menor, porque afinal de contas achavam que viviam em uma casa muito grande só para os dois e que não havia necessidade daquilo. Dr. Alexandre brincava às vezes com sua esposa dizendo: "não adianta ser rico, usar roupas caras e de marca, se o melhor da vida a gente faz pelado". O que ele queria dizer é que não vale a pena acumular tantos bens materiais se para ser feliz precisamos muitas vezes de tão pouco.

Dona Primavera conseguiu seu objetivo, chegou à casa de dr. Alexandre antes que a esposa dele chegasse. Bateu na porta e aguardou impaciente. Estava inquieta, nervosa, balançava bastante as pernas. Tanto tocava a campanhia como batia com uma das mãos fortemente na porta.

— Já vai! Como é que uma pessoa bate assim tão forte na casa dos outros? Isso é falta de educação, além de assustar o dono da casa!

Quando abriu a porta, deu de cara com dona Primavera; olharam-se um momento, detestando-se.

— Sai da minha frente que eu quero entrar; havia dito, no outro dia, que queria lhe falar e você não deu a menor importância.

Dona Primavera entrou com violência na casa do dr. Alexandre e ele encostou a porta. Iniciaram uma discussão terrível na sala.

— Só me faltava esta cena agora! O que você quer, afinal? E dobre sua língua, sua velha safada; para você eu sou doutor Alexandre. Está ficando maluca. É isso que dá, a gente na vida paga caro pelos nossos erros; eu fui dar ousadia para quem não devia.

— Safada é a vovozinha. Estou farta de ser empregadinha dos outros, servir de capacho. O senhor, doutor Alexandre, me usou e abusou, depois me jogou fora, igual a lixo.

Naquele momento, a máscara de dona Primavera caiu.

— Que audácia, vir a minha casa me insultar, sua atrevida.

Nesse instante dona Concinha chegou, percebeu a discussão e resolveu ouvir atrás da porta, mas não conseguiu entender as palavras

Família: arquivo confidencial

ditas por dona Primavera e tampouco por que dr. Alexandre a tratava daquela maneira. Por isso mesmo resolveu continuar ouvindo a discussão dos dois.

Chegou o momento de relembrar alguns fatos: dona Primavera era empregada de um hospital antes de ir trabalhar na casa do dr. Alexandre e da dona Concinha. Quando perdeu o emprego, ficou difícil arrumar outro igual, e como não tinha condições para fazer um curso superior para ser enfermeira, que era o seu maior sonho, embora por orgulho não comentasse isso nem mesmo com as pessoas mais próximas. Por não conseguir trabalho em sua profissão, aceitou, por indicação de sua prima, mesmo se sentindo humilhada, trabalhar em casa de família. Por ironia do destino, dona Concinha, a dona da casa, era formada pela Universidade Federal da Bahia em enfermagem. Então, naquele dia de Natal em que Vihumar nasceu, que deveria ter sido uma festa só de momentos alegres e de muita união, começou toda a revolta de dona Primavera contra a esposa de dr. Alexandre; por pura inveja. Ela na verdade vivia falando sozinha: "só porque ela é enfermeira, com especialização, pós-graduação, sei lá em que, parece que quer ser chamada de doutora, como o marido. Ela não é médica. Quem acha que enfermeiro é a mesma coisa que médico e pode ser chamado de doutor, então, que leve seu ente querido ao enfermeiro quando ele precisar fazer um exame, e não ao médico. Eu sempre vi as pessoas dizerem que até ele, dr. Alexandre, que é médico, de verdade, nunca fez questão de ser chamado de doutor, ficava até mais feliz quando era chamado de professor na época que ensinava Biologia. Fica ela querendo botar banca, essa merda andante! Girafa ambulante! As pessoas chamam o marido dela de doutor, porque todo mundo formado em medicina é tratado como doutor".

Além de sentir esse despeito, dona Primavera sentiu uma atração física pelo patrão, logo que foi morar com eles na época em que residiam em Salvador. Ele a tratava com muita gentileza, pois, por ser um homem educado, procurava não fazer distinção entre as pessoas; elogiava suas comidas, seus dotes não apenas culinários, como o bom gosto pela música, porque vivia cantarolando várias canções que ele gostava de ouvir no aparelho de som, enfim, ela começou a confundir amizade que o patrão tinha com ela com intimidade. Dona Primavera achou por um momento que o patrão podia se separar da esposa para ficar com ela se começassem um romance. Como ela trabalhava na casa dele, antes de ser cozinheira da casa dos pais de Vihumar, acreditou que tinha todas as chances, já que convivia diariamente com dr. Alexandre. A princípio tomou o trabalho de cozinheira como provisório, porém foi ficando, pois realmente trabalhava com boa disposição, e as pessoas da casa gostavam dela, principalmente porque cozinhava muito bem. Os meses passaram, ela se tornou uma pessoa de confiança na casa de dr. Alexandre e dona Concinha, e depois que sr. Maurício casou com dona Laura, foi ficar com eles, já que todos acreditavam na fidelidade e lealdade dela para com aquela família, todos diziam que ela sabia os costumes e gostos dos donos da casa; que às vezes até parecia que adivinhava os pensamentos deles. No dia que ela descobriu uma fraqueza que dona Concinha escondia do marido e das pessoas de que gostava, e até mesmo das que não gostava, resolveu chantageá-la, por pura inveja de absolutamente tudo que dona Concinha possuía. Por inveja, por despeito, porque o sucesso incomoda muito as pessoas. "Uma chantagem é uma chantagem, é um crime em nome do ódio ou em nome do amor". O calvário de dona Concinha começou naquela noite de Natal, em que todos estavam reunidos na sala da casa do sr. Maurício e dona Laura, quando eles chamaram toda a família para a entrega dos presentes. Todos os empregados haviam viajado para ver seus familiares, ficando apenas a cozinheira. Dona Primavera permaneceu em seu quarto. Cumprindo o desejo do seu esposo, dona Concinha foi chamá-la, no quarto dos fundos da casa do seu filho, para participar da entrega dos presentes. Quando ela apareceu, dr. Alexandre disse:

— Aproxime-se, dona Primavera, para nós a senhora não é apenas uma empregada, a senhora é como um membro de nossa família.

Dona Primavera se aproximou toda sem graça e recebeu, após a distribuição dos presentes entre as pessoas da família, uma linda toalha de banho com os dizeres: "Feliz Natal, Sucesso no Ano Novo". Ninguém imaginava que aquele momento tão simples e de gestos tão espontâneos despertaria na cozinheira sentimentos de ódio e repulsa em relação às pessoas que a acolheram num momento difícil de sua vida. Dona Primavera viu todos os outros presentes, porque foram abertos em sua frente. O mais simples realmente foi o dela. Dr. Alexandre, por exemplo, presenteou a esposa com uma linda joia.

Família: arquivo confidencial

Um lindo anel de ouro 18k com pedras de brilhantes e esmeraldas. Foi a partir daquela noite que dona Primavera estava preparada para se vingar, principalmente de dona Concinha, que tinha sido a sua primeira patroa. Até porque, punindo a avó paterna de Vihumar, de alguma forma abalaria toda a família do garoto, que sempre fora unida e feliz. Ela pensou na época: "Sou como membro da família? Durmo em quartos dos fundos, como restos que sobram nas panelas dos almoços e jantares que eu faço para os patrões, ganho salário mínimo; por acaso vou fazer parte do testamento do dr. Alexandre ou o do filho dele, por exemplo? Recebo uma simples toalha de banho e a sogra da dona da casa e a dona da casa recebem joias, e os demais membros da família, que só ganham coisas maravilhosas. Vocês vão ver o que sou capaz de fazer. Daquele dia em diante, viveu para descobrir um ponto fraco de dona Concinha, para infernizá-la e tentar destrui-la. Queria, se possível, acabar com sua vida. Pensava: "só não jogo veneno na comida dela porque teria de fazer separada para que outra pessoa não comesse. E também porque fico com medo de descobrirem e mandarem me prender. Afinal, não quero virar uma assassina. Aquela vara de tirar caju, 'metida a besta', um bom pau de bosta; bruxa da vassoura com o rabo pra baixo! Daquele tamanho parece mais um pau de sebo envernizado". Falava assim porque dona Concinha era uma mulher esbelta, elegante, simpática, vaidosa, sempre elogiada pelas pessoas por ter a pele parecendo um pêssego. Então, dona Primavera nutria por ela um sentimento de pesar diante da felicidade de dona Concinha. A cozinheira tinha um desejo intenso de possuir tudo que era da esposa de dr. Alexandre, inclusive ele.

Voltemos àquele longo domingo, que parecia ter mais horas que os outros dias, parecia interminável...

— Agora vai me ouvir, estou com muita coisa entalada em minha garganta durante todos esses anos, não sei como não morri ainda sufocada; agora queira ou não, você irá me ouvir, seu medicozinho de meia tigela, de hospital público, porque aquele seu consultoriozinho de merda não conta — dona Primavera dizia essas coisas balançando as pernas e com as mãos na cintura. Sou pequena, gordinha, mas sou atrevida e não tenho medo de ninguém. Cara feia pra mim é fome!

— Olha, dona Primavera, uma pessoa forte de verdade não precisa humilhar o outro para se sentir superior, mas a senhora está passando dos limites. Diga logo o que quer e suma da minha frente! Não lhe devo nada e, se algumas vezes em que fiquei com raiva da minha esposa e a trai com a senhora, foi só por raiva e, também, por ter sentido uma atração física. Não vou negar que a senhora me atraiu, coisa de homem, mas tudo isso já passou e há muito tempo dei esse caso como encerrado.

— E eu, digníssimo doutor, sou desta filosofia: "Se você ainda não encontrou a pessoa certa, divirta-se com a errada". Foi isso que fiz quando tive um caso com o senhor.

A cozinheira falou essas palavras com um sorriso irônico no canto dos lábios. Dona Concinha não aguentou o que ouviu, abriu a porta com certa violência e disse:

— O que é que está acontecendo aqui na sala de minha casa?

— Calma, Concinha, você está pegando a conversa pela metade, não tire conclusões precipitadas.

— Conclusões precipitadas não, senhor, eu ouvi muito bem você dizer que me traiu com essa vagabunda chantagista. Traiu ou não traiu? Se você é realmente homem, fale a verdade. Não teve a coragem para me trair? Agora tenha para falar, nem que seja por uma vez, a verdade. Traiu?

— Você a chamou de chantagista, por quê?

— Responda primeiro a minha pergunta.

— Tadeu, aquele médico que é meu colega, viu você saindo de um motel em Salvador com uma mulher.

— Ah, tenha paciência! Você, Alexandre, quer me dizer que você começou a me trair, e logo com quem, porque seu colega médico lhe disse que me viu saindo de um motel em Salvador com uma amiga minha?

— Sim. Foi isso mesmo. Até aquele dia nunca havia sido infiel com a mãe do meu filho, a mulher com quem me casei por amor. Jamais seria desleal com você, tive essa reação por tudo que ele me contou. O que você queria que eu pensasse diante de uma revelação daquela?

— Que eu era homossexual?

— Óbvio que sim. O que estaria uma mulher casada fazendo com outra mulher que todo mundo sabia que, a princípio, era sua amiga, em um motel durante o dia?

— Primeiro, esse homem deveria confiar mais em sua esposa, já que viviam bem, e perguntar o que havia acontecido.

— É, mas eu não perguntei, tirei minhas conclusões, fui pelo óbvio. Achei inclusive que não deveria colocar um detetive para lhe seguir porque, já que eu achava que você estava me traindo, imaginei que pagaria um detetive para ele descobrir o óbvio, ou seja, sua traição e, o que era pior, com uma mulher, o que me deixaria mais humilhado.

— Deixe de ser idiota e ter a mente suja. Não queira justificar seus erros com essa vagabunda, chantagista, sem princípios, e outras coisas mais. Tirou conclusões precipitadas. Se confiasse mais em mim, eu ia falar a minha verdade, que não necessariamente era a verdade do seu colega, dr. Tadeu, que foi fazer fofoca contando para você o que achou que viu. Sim, porque eu saí realmente de um motel com uma mulher, mas não fui lá para fazer o que ele imaginou.

— Olha, Concinha, achei que tinha coerência o que ele me disse... Até porque, naquela época, você andava muito fria comigo, pouco carinhosa, com a cabeça no mundo da lua. Eu não entendia o que estava acontecendo com você.

— Então a culpada da sua traição fui eu! Engraçado é que uma escritora americana disse que "as mulheres precisam de um motivo para trair, e os homens precisam apenas de uma mulher". Pelo que você está me dizendo, no nosso caso foi diferente: você me traiu porque achou que eu estava fria em nosso relacionamento e que o estava traindo, então quis me dar o troco. Você, Alexandre, é mais imbecil do que eu imaginava.

— Não me ofenda! Até agora você não respondeu a minha pergunta: o que estava fazendo em um motel mais ou menos às 14 horas com sua amiga?! E foi vista saindo, diga-se de passagem. Isso significa que já havia feito algo.

— Você não merece que eu lhe explique, mas vou dizer o que houve, e ela, graças a Deus, está viva e poderá confirmar tudo, se você tiver interesse em saber se estou mentindo ou falando a verdade. Não, é melhor ir ao motel, ele ainda existe e alguns funcionários daquela época podem ainda trabalhar lá, com certeza vão lembrar o episódio e poderão confirmar tudo. Embora a essa altura do campeonato nada mais me interessa com relação a você, Alexandre.

— Está bem; fale. Estou esperando a justificativa para o fato.

— Naquele dia, que eu entrei em um motel com minha amiga foi porque uma amiga dela havia colocado um detetive para seguir o marido e ficou sabendo que naquela hora provavelmente ele estaria com a amante ali. No momento que a moça ligou para minha amiga dizendo que estava nervosa com a notícia que recebeu do detetive e que estava indo para o tal motel com um revólver para pegar os dois em flagrante e que mataria o esposo, minha amiga, desesperada ao desligar o telefone, ligou para mim e pediu a minha ajuda para juntas tentarmos impedir uma tragédia. Porém, quando chegamos ao motel, fomos avisadas que o casal tinha acabado de deixar o quarto. Apesar de ter sido uma luta na portaria para a recepcionista dar a informação que queríamos, foi preciso dizer que era um caso de vida ou morte, e que chamasse o gerente, pois precisávamos saber se aquele senhor com tais características e com tal nome estava lá. Como haviam acabado de sair, demos a volta no carro por dentro do motel e fomos embora, e nessa hora realmente vi dr. Tadeu, seu colega, médico, casado, saindo de lá com uma mulher que não era a esposa dele. Achei que ele poderia ter me visto, mas não dei importância ao fato. Estava com minha consciência limpa. Não lhe contei nada com relação ao que fui fazer lá, pois o segredo não era meu. Achei que não deveria espalhar a vida dos outros. E também, com relação ao que seu colega viu, eu saindo com uma mulher do motel, pensei: estou com minha consciência tranquila. Se vai ficar pensando que sou lésbica, problema dele; a consciência dele é que vai dizer se ele deve espalhar uma coisa que ele nem tem certeza a meu respeito, julgue o que quiser julgar. Eu é que não vou sair por aí contando a vida dos outros. No entanto, eu o vi saindo do motel com uma mulher que não era a esposa dele e não comentei com ninguém, nem mesmo com você. Está satisfeito, agora, com a explicação?

— Explica, mas não justifica.

— O que não justifica é você me dizer que começou a me trair a partir do dia que você achou que eu era lésbica, sapatão, homossexual, ou o nome que queira dar, enfim, que pensou que eu gostasse de mulher.

— Ah, não. A história não foi bem essa. Eu achei que você estava sendo falsa comigo. Que dormia comigo durante a noite e que de dia se divertia com uma mulher, enquanto eu dava um duro danado trabalhando para sustentar uma casa. Pensei: está me traindo, e com uma mulher! Se ainda fosse com outro homem! Bem, nenhuma situação é boa, mas com alguém do mesmo sexo que o dela? Resolvi me vingar, sim, e não falar nada com você. Fiz de conta durante esses anos todos que não sabia de nada.

— Rapaz: "evite machucar os corações das pessoas! O veneno da dor causada a outros retornará a você". Por tirar conclusões precipitadas, por não confiar na mulher com quem você se casou, sofreu e ainda por cima fez papel de idiota! Primeiro, você está sendo injusto em dizer "eu trabalho para sustentar uma casa", porque eu também sempre trabalhei e divido algumas despesas com você. Segundo, eu nunca lhe traí com mulher nenhuma; sou heterossexual e não homossexual. Agora que já sei da sua safadeza posso contar que vivi martirizada grande parte de minha vida, com uma culpa imensa na cabeça e no coração, sentindo remorsos, por causa de uma vez que lhe traí, por fraqueza; estava sentindo seu desafeto por mim, e apenas por uma noite fiquei com um colega de faculdade em um congresso em São Paulo. Estava carente do seu amor, então, naquele dia, depois que discutimos, eu viajei, e, chegando em São Paulo, o meu colega foi muito gentil comigo, me seduziu, disse que já gostava de mim há muito tempo, mas que nunca havia dito nada porque eu era uma mulher casada, e como naquele dia estávamos longe de casa, tomou coragem para se declarar; eu era muito mais jovem, isso aconteceu antes do nascimento do nosso neto.

— Poupe-me os detalhes, Concinha. De qualquer maneira não deixei de ser chifrudo, mesmo por um dia. Durante esses anos todos fui marido de adúltera, provavelmente algumas pessoas, quando me veem passar, dizem: "Lá vai o corno!", e eu, tão inocente.

— Quem é você para me recriminar? Quando apontar o dedo para me condenar, veja que tem três dedos da sua mão apontados para você. Tirando esse dia que acabei de lhe contar, sempre fui uma mulher íntegra e honesta, passei esses anos todos me culpando pelo ato impensado que tive; quantas lágrimas derramei, enquanto você estava me traindo o tempo todo com esta vagabunda chantagista, que passou grande parte da vida dela me atormentando. Porque se apaixonou por você, sei lá, se essa mulher tem algum sentimento bom no coração, ou fez tudo que fez apenas por pura inveja de mim. Ela queria a minha vida para ela. E você, Alexandre — ela sempre chamava o marido de Xande, mas durante aquela discussão não conseguia chamá-lo de maneira carinhosa – por causa de um mal-entendido resolveu trair sua esposa, achando que ela não gostava mais de você. Não foi isso que você fez comigo? Responda!

— Em primeiro lugar, eu não lhe traí o tempo todo, traí você algumas vezes; com relação ao que você chama de mal-entendido, eu lhe pergunto: você queria que eu pensasse o quê? Coloque-se em meu lugar. Se me vissem saindo de um motel durante o horário de almoço com um homem, o que você pensaria?

— Tenho certeza de que a minha atitude seria bem diferente da sua. Provavelmente não seria "toma lá, dá cá". Ainda que inicialmente pensasse algo, depois, com certeza, ou ia averiguar com a cabeça fria ou ia perguntar para você o que realmente havia acontecido. Aprendi em algumas palestras com psicólogos que temos de desfazer "mal-entendidos". Principalmente quando gostamos das pessoas e elas são importantes para as nossas vidas. E só conseguimos desfazê-los conversando francamente com as pessoas envolvidas. Você não fez isso, passou grande parte da sua vida dormindo comigo, convivendo diariamente comigo e pensando coisas erradas de mim. Não sei nem por que estou perdendo meu tempo conversando essas coisas com você.

— É verdade; não deveria perder seu tempo com tantos comentários inúteis.

— Sabe, Alexandre, estou tão arrasada, decepcionada com o homem que passou a vida toda casado comigo, que eu sempre amei, admirei, com quem tive um filho maravilhoso, que me deu um neto lindo, meu querido Vihumar, que neste momento não tenho mais forças para discutir com você. É melhor pararmos por aqui. Ainda mais com essa chantagista presente, plantada em minha casa, ouvindo tudo, parecendo uma estátua. Não aguento mais olhar para essa mulher, esse "bujão de gás", "barril ambulante", que tomou tudo que eu tinha, dinheiro, joias, e roubou a minha paz por todos esses anos! Por que a senhora, dona Primavera, tem tanta raiva de mim? Que mal eu lhe fiz, sua infeliz de "costela brocada"?

— Não fale assim comigo, sua "vara de tirar caju", sua "tábua"! — falou com ódio dona Primavera.

Família: arquivo confidencial

— Alexandre, mande ela sair já daqui, do contrário não respondo pelos meus atos. Faça isso, se você ainda tem algum respeito ou carinho por mim.

— Vou fazer o que você está pedindo, não por você, mas por mim mesmo. Dona Primavera, saia da minha casa, por favor. Eu já sabia que a senhora não valia nada, mas depois dessa, de ameaçar e tirar tudo da minha mulher com chantagens, eu digo que lhe desprezo e não quero vê-la mais na minha frente enquanto vida eu tiver.

— Não saio daqui enquanto eu não falar tudo que eu quero! Olhem só o que eu faço com esta merda desse avental, que mais parece uma fantasia, que eu venho usando há anos, toda vez que um vai ficando velho, penso que vão esquecer de comprar outro, mas não; saem e trazem um novo da loja, e eu mesma tenho de lavar um por um, quase todos os dias, porque sempre suja de tempero, de comida, de gordura, sempre os patrões deixam um de reserva, porque querem que eu esteja constantemente limpa. Vou destruir este aqui todo em tiras, passei esse tempo todo da minha vida odiando usar isso em cima das roupas, primeiro quando fui sua empregada, madame Concinha, a senhora exigia que eu usasse e agora porque sua nora, dona Laura, me obrigava também a usá-lo quando eu estava na cozinha. Vou me libertar hoje deste trapo, não fico com ele nem mais um minuto. Tenho horror de avental! Eu saí tão depressa de casa para falar com seu marido que até esqueci de tirar esta porcaria de cima de mim, vim caminhando pelas ruas, bem que vi algumas pessoas rindo de mim, as pessoas provavelmente acharam que sou louca.

Dona Primavera disse isso aos gritos. Sapateando. Rasgou uma parte superior da sua própria roupa e despenteou os cabelos, que estavam cheios de *bobes*, porque tinha lavado e queria que ficassem cacheados, mas na hora da fúria, arrancou todos com as mãos, deixando cair o lenço e grampos para todos os lados. Ficou desfigurada.

— Fala logo, sua louca, o que você quer? — disse dona Concinha.

— Vocês se lembram daquele Natal, que eu não pude passar com minha mãe em Salvador e vocês disseram "fique com a gente, porque você é como se fosse membro de nossa família"?

— Sim, o que é que tem falar desse assunto agora? — perguntou dr. Alexandre, enraivecido.

— O que é que tem? É que vocês haviam me dito como se eu fosse da família de vocês. Oh, raiva que me dava todas as vezes que vocês diziam isso!

— Por que, mulher infeliz?

— Não me chame de mulher infeliz! Enquanto para sua esposa, o senhor doutor deu uma joia, para seu filho deram um lindo relógio de ouro, comprado em joalheria, e para o senhor, a sua esposa comprou um lindo terno preto importado com uma camisa de seda, para mim, "a pessoa considerada da família", vocês deram uma simples toalha de banho, que nem de marca muito conhecida era! Estou cansada de colecionar toalhas que vocês todos dessa família me dão. Volto a repetir, vocês não sabem o ódio que eu tenho quando vocês dizem que eu sou como uma pessoa da família.

— Ah, então o seu problema é inveja — disse dr. Alexandre.

— Chamem como quiser.

— Realmente não posso fazer nada se você não está ligada a nós por laços de sangue. E a essa altura do campeonato, dou graças a Deus. Vihumar não é nosso parente de sangue e para nós não faz a menor diferença. Amamos o nosso neto como se fosse de sangue, talvez até mais.

— Isso é com Vihumar. Eu, vocês consideram é como uma simples empregadinha. Vocês sempre com essa história de dizer que eu sempre fui como membro da família para vocês, para o sr. Maurício, para dona Laura e Vihumar; o fato é que eu não estou no testamento de vocês.

— A senhora é insuportável, dona Primavera, eu quero ver a cara do meu filho, da minha nora e do meu neto, e também de dona Lôla, sua prima, quando souberem a megera, a cobra cascavel que a senhora é. Meu filho, a senhora sabe, é um juiz de direito, e se ele quiser, ele entra com uma ação de reparação de danos por todas as suas chantagens e por tudo que retirou de Concinha todos esses anos.

— Não mandei eles serem idiotas, enganei esses anos todos um por um, me fiz de boazinha; o que impressiona é voz mansa, não é? Quando ia falar com cada um de vocês, não esquecia a voz falsete; eu não estou nem aí para o que eles vão achar ou pensar, danem-se todos. Seu filho mete uma "ação de reparação de danos"? É muito engraçado, eu não tenho p... de nada nessa vida mesmo! E eu provo que quem ainda me deve alguma coisa é ele e a mulher dele. Me deixe quieta, viu...

— Termina de falar logo, sua jararaca, e sai daqui.

— Já disse que só saio depois de falar tudo que quero: eu fico revoltada quando leio em jornais: "precisa-se de empregada que não estude e que durma no trabalho". Ora, como os patrões querem que uma pessoa seja culta sem poder estudar? E eu quero saber qual é o trabalhador que dorme no emprego! Só conheço os vigias... É por isso que a patroa da minha amiga disse: "Fulana, a partir da semana que vem você tem que ficar aqui à noite tomando conta do meu filho, porque vou fazer uma pós-graduação". Eu disse a ela que não fosse besta, que não desse boa vida aos patrões. Ensinei a ela dizer: "se a senhora pode estudar, eu também posso, não vou poder ficar com seu filho; fale com seu marido e resolvam o problema de vocês; porque eu não posso ficar. Vou dar meu horário e pronto, hora-extra não, até porque nem pagam". Minha amiga aceitou o meu conselho. Eu, esses anos todos que venho trabalhando em casa de família, reparo tudo. Se chega um conhecido dos patrões, eles dão um abraço bem forte e um beijo carinhoso; se vão abraçar a nós, os empregados, em dia de aniversário ou no Natal, o abraço é leve e fazem uma cara de nojo. Estou farta. Quero ter vida de patroa, isso sim que é tudo de bom, só faz dar ordens!

Tudo que aconteceu naquela sala foi terrível de ouvir e também de falar para dr. Alexandre, mas que decepção para dona Concinha também! Tanto com o que ouviu do marido como da boca de dona Primavera, embora já soubesse que esta não valia um tostão furado.

Capítulo 34

Parecia que aquele dia não ia terminar. Passava das sete horas da noite e dona Primavera ainda não havia se retirado da casa de dr. Alexandre e dona Concinha. Provavelmente, seria preciso, diante de tanta provocação, que os donos da casa perdessem a paciência e a colocassem aos pontapés para fora. Mas quando já estava para tomar uma atitude mais drástica com dona Primavera, dr. Alexandre lembrou-se do que leu em um livro de um psiquiatra: "Nos momentos mais tensos da sua vida, em vez de reagir, procure a voz do silêncio. Qualquer ser humano, que não ouve essa voz, obstrui sua inteligência, tem atitudes absurdas, fere quem mais merece seu carinho", o que não era o caso da cozinheira, pois ela merecia na verdade ser punida pelas maldades que tinha feito, principalmente à dona Concinha. O dr. Alexandre lembrava-se ainda de algo que ele considerava importante gravar: "nos primeiros trinta segundos de tensão cometemos os maiores erros de nossas vidas. Nos focos de tensão bloqueamos a memória e reagimos sem pensar, por instinto". Dona Primavera continuou insultando os donos da casa; ela olhou para o dr. Alexandre e para dona Concinha e disse:

— Se vocês querem saber, não tenho remorso de nada que fiz na minha vida até hoje. Tenho raiva é do que queria fazer e não fiz. Disso que me arrependo. Portanto, eu penso igual à jornalista e escritora Martha Medeiro, que falou: "existe a coca zero, o fome zero, o recruta zero. Pois inclua na sua lista a culpa zero". E ainda a tolerância zero.

Família: arquivo confidencial

— A senhora é digna de pena — disse dona Concinha, indignada com tudo que acabara de ouvir da boca de dona Primavera.

A cozinheira continuou:

— É muito fácil, para quem tem tudo, criticar. Se ser pobre é bom, por que então nós, os pobres, vamos para a fila da loteria esportiva jogar o pouco que temos para ver se a gente fica rico? É difícil ser pobre e virar rico, mas ser rico e virar pobre é fácil. Então, por que vocês, por exemplo, não distribuem todo o dinheiro que vocês têm guardado para os pobres? Deviam fazer isso. Eu queria ver se vocês dois precisassem trabalhar, o senhor de jardineiro e sua esposa de gari, se estariam sempre sorridentes como vivem. Claro que dona Concinha tem que ser sempre elogiada, tem cremes importados para passar no rosto e no corpo todo, só come do bom e do melhor, vive fazendo viagens caras; eu observo tudo, eu vivo há mais de dezoito anos nessa família! Mesa sempre muito farta, eu me acabando na cozinha de seu filho e de sua nora, Lôla cuidando da casa, jardineiro, outro para cuidar da piscina; é mordomia demais para meu gosto. Ser pobre é bom, o escambau! Olhem para minha cara como está envelhecida, eu tenho espelho, pequeno, mas tenho; eu vejo tudo, não sou burra nem idiota.

Dr. Alexandre respirou fundo e disse:

— Para que a gente não perca mais tempo nem a senhora, quero concluir dizendo que se a senhora tinha um sonho de ser enfermeira formada por universidade, como Concinha é, porque em vez de se queixar demais não correu atrás do seu sonho, pedindo ajuda para nossa família? Tenho certeza de que todos iriam ajudá-la. A senhora podia "pensar antes de reagir, expor e não impor suas ideias, colocar-se no lugar dos outros, ser uma construtora de oportunidades, ter ousadia para reeditar seus conflitos". Porque assim, dona Primavera, "enfrentaria o mundo por causa dos seus sonhos". Mas não; optou por ter inveja, prejudicar a família com que a senhora convivia todos os dias e que sempre a tratou com respeito e carinho.

— Ora, para vocês, tudo! Vida sempre feliz; para mim, nada. Uns nessa vida têm sorte de ouro, tudo que fazem dá certo; outros, como eu, têm sorte de ferro, enferrujado quando acaba. Eu não sou pouca porcaria, não, eu sou uma fossa inteira de merda, de muita bosta fedida. É assim que eu me sinto na maioria dos dias da minha infeliz vida.

— Que absurdo a senhora está falando. Quero concluir essa conversa dizendo que "ser feliz, do ponto de vista da psicologia, não é ter uma vida perfeita, mas saber extrair sabedoria dos erros, alegria das dores, forças das decepções, coragem dos fracassos. Somos muitas vezes carrascos das pessoas que erram, até dos nossos filhos. Os jovens também são implacáveis e agressivos com os erros dos seus pais". Veja o que Vihumar está fazendo com Maurício e Laura porque eles não contaram que ele era adotivo desde quando ele se entendeu como gente. Tudo o que lhe disse é para que a senhora reflita, dona Primavera, sobre tudo que se passou nesta sala aqui hoje com nós três. "Falta compreensão na espécie humana e sobra punição". A senhora fique sabendo que essas palavras que eu falei não são minhas, estão em um livro que li do psiquiatra Augusto Cury. Ele diz ainda: "característica dos vencedores: reclamar pouco. Nada melhor para fracassar na vida do que reclamar muito. Não sobra energia para criar oportunidades. Um ser humano pode ser rico mesmo sem ter dinheiro se tem ao seu lado pessoas que o amem; mas pode ser miserável ainda que milionário se a solidão é sua companheira".

— Olha, dr. Alexandre, quem toma banho de saliva é gato. Não estou comendo nada disso que está escrito nesses livros ditos de autoajuda. Garanto que esse psiquiatra que o senhor falou aí é cheio da grana, então para ele é muito fácil falar essas coisas; apesar de ser cozinheira, tenho curso técnico e, de vez em quando, também leio livros. Essa conversa não vai levar a lugar nenhum; e antes que o senhor e sua mulher me botem para fora de sua casa de novo, eu vou embora. Não pretendo colocar os meus pés aqui, na "mansão" de vocês, nunca mais. Adeus!

Dona Primavera saiu, espumando de raiva, batendo a porta com tanta força que parecia que queria derrubar a casa, como se isso fosse possível.

Capítulo 35

Naquele domingo, parecia que a noite seria mais longa que nos outros dias, porque a família de Vihumar estava passando por muitas emoções fortes. Mas apesar de tudo que já havia acontecido, confissões, mistérios desvendados, ainda aconteceriam coisas surpreendentes; parecia que tinham aberto o arquivo confidencial familiar.

Dona Primavera, após sair da casa de dr. Alexandre e dona Concinha, pensou: "Agora é fácil falar que me ajudariam a estudar para ser uma enfermeira formada por universidade; me engana que eu gosto. Para eles seria sempre mais cômodo ter uma boa empregada, cozinheira, serviçal, do que procurar me ajudar a continuar estudando, ter um curso superior. A vida atual é diferente, só não faz curso universitário quem não quer, pois a cada esquina tem uma faculdade; naquele tempo, que eu queria continuar meus estudos, não era igual a hoje, só tinha uma ou duas universidades, e mesmo assim em Salvador. Ora, eles esquecem que eu sou do tempo do 'ronco', do tempo do 'bufão'!" Começou a falar bem alto para que eles de dentro da casa ouvissem:

— E vocês são também desse tempo, seus metidos a merda, do tempo do "bufão", mas é diferente, porque sempre tiveram "grana", "tutu", "bufunfa", nunca souberam o que é ter vida difícil, falar é fácil, me deixem quieta! Eu não nasci ontem! — ela falava sem parar.

Houve um silêncio comovido após a saída de dona Primavera, até porque o casal precisava conversar, agora que haviam ficado a sós, sobre que rumo dariam às suas vidas depois de tantas revelações surpreendentes, e à porta, pelo lado de fora, uma voz grave, continuava gritando. Era dona Primavera, que dizia:

— Vocês dois e a família de vocês vão pro diabo que os carreguem! Vão ser pobres pelo menos por um dia, para ver se é bom, para ver o que é bom pra tosse! Pimenta nos olhos dos outros é refresco, seus bandos de unha de fome. Esse povo, quanto mais dinheiro ganha, mais canguinha é. Fiquem sabendo que caixão não tem gaveta e que mortalha não tem bolso. Se eu tivesse dinheiro como vocês têm, nunca viveria como pobre e morreria como rica, porque eu aproveitaria bem a vida... gastaria com tudo, comendo bem, luxando, andaria com motorista particular pra cima e pra baixo; por isso que, mesmo "lenhada" como sempre fui, sempre gastei tudo. Só ficou o dinheiro que peguei das chantagens, como vocês dizem, que fiz à "senhora dona madame Concinha", durante esses anos todos; este está lá, guardado debaixo do meu colchão, tostão por tostão, pra eu comprar uma casa própria pra mim, pra deixar de viver de favor nos fundos das casas dos outros... Deus, se é que Ele existe, não dá asa à cobra, porque se desse, ela sairia voando; me dá bastante dinheiro pra ver o que é que eu faço!

Dizia isso com um sorriso sarcástico nos lábios, enraivecida de tal maneira que seus lábios tremiam e ela balançava o corpo sem parar.

A cozinheira zombava dos ex-patrões, continuava insultando os donos da casa pelo lado de fora da porta, pessoas que um dia a acolheram, colocando-a para dentro de suas casas com tanto carinho e respeito, num momento difícil da sua vida. Por essas e outras é que eu digo: quando fizermos um favor a alguém, nunca devemos esperar recompensa. A dor no peito que, principalmente, dr. Alexandre sentia por tudo que passou e ouviu naquela noite era muito grande. Porque dona Concinha, pelas chantagens que há vários anos vinha sofrendo de dona Primavera, sabia que ela era uma pessoa falsa, mesquinha, invejosa e não era um ser humano em quem se podia confiar, e, com relação ao que ouviu do esposo, também estava muito decepcionada, pois ela o amava.

A cozinheira continuava fazendo comentários sobre ter situação financeira confortável, e falava, com raiva, que não ia apenas ficar socando dinheiro na poupança, economizando centavos, para ficar olhando o extrato bancário e dizendo: "todo mês meu dinheiro está, juros sobre juros, aumentando cada vez mais!". Provocava bastante; estava em pé, naquela rua escura e deserta, e falava com os olhos arregalados, parecendo que deles saíam faíscas:

— Vão pra a peste que os pariu! Estou sendo generosa com vocês, ouviram bem? Podia dizer um grande palavrão, mas sou uma semi-idosa educadinha. Sim, tenho consciência que estou beirando a terceira idade... Tenho 59 anos com cara de 70; também, com a vida que a família de vocês me obrigou a levar...! Pronto, desabafei, disse tudo que estava entalado na minha garganta esses anos todos.

Ela passou o dedo, com um gesto ríspido, como se fosse uma faca, na sua própria garganta, com um sorriso irônico nos lábios trêmulos de tanto ódio.

— Dr. Alexandre, ouça: para sua esposa, sua nora dona Laura e sua amiga dona Anita, para elas, só elogios; estão cada vez mais bonitas, mais elegantes, mais cheirosas, também não sei o que o povo vê nelas, não vejo nenhuma miss Brasil; e para mim e para minha prima Lôla, que também fica como uma besta se acabando, trabalhando como governanta na casa de seu filho, só trapos e farrapos!

O casal continuava em silêncio dentro de casa, pensavam os dois ao mesmo tempo naquelas palavras duras e de baixo calão pronunciadas por dona Primavera. "Como ela estava sendo injusta, quanto ódio no coração, tínhamos uma cobra dentro da nossa família sempre pronta para dar um bote", pensavam. Era injusta com os ex-patrões, tanto quando falava da postura que tinham com ela, como quando falava da maneira que dispunham de seu dinheiro, chegando a ser paradoxal: no início da discussão ela disse que dona Concinha tinha viagens, cremes importados, entre outras coisas; como que uma pessoa assim "vive como pobre e vai morrer como rica"? Apenas não se deve esbanjar dinheiro, porque um dia, dinheiro gasto sem responsabilidade e planejamento pode fazer falta. A família de Vihumar tinha consciência disso, gostavam de poupar um pouco sim, para uma eventual emergência, pois já tinham visto, ao longo da vida, pessoas que eram ricas e por esbanjar dinheiro demais ficarem pobres. Eles como não gostavam de pedir dinheiro emprestado para suas emergências para ninguém; tinham o hábito de sempre que possível conservar uma poupança.

Saindo da casa dos avós de Vihumar, a cozinheira pensou: "para aonde vou agora? Se volto para a casa do filho deles, é capaz de já terem telefonado para o filho e a nora avisando o que ocorreu, e falando tudo para sr. Maurício e dona Laura sobre o que descobriram que eu fazia... Isso sem contar que Lôla, minha prima, é a governanta da casa deles; eles são grandes, logo ela vai ficar do lado deles e não do meu lado, que sou pequena e pobre. Vão dizer que sou chantagista, ingrata. Dona Concinha, magoada, vai dizer que fui amante do marido dela, mas garanto que contar que traiu o marido, no tal congresso, isso ela não vai ter coragem de falar para o filho e para a nora; tampouco dr. Alexandre vai dizer que traiu a mulher dele comigo. Porque os grandes nessa vida fazem tudo que o peão faz, traem, brigam, arrotam e soltam bufas, porque tapados é que não são, mas fazem tudo por debaixo dos panos, pois estamos cansados de saber que a corda só arrebenta do lado mais fraco mesmo. Eu é que vou sair de ruim nessa história toda. Ainda vou ser a culpada pela desunião da família feliz. Só falta eles falarem agora que eu fui a culpada por Vihumar ter ido morar na casa de Zezinho quando descobriu que era adotivo".

Dona Primavera começou a andar pelas ruas de Caldas do Jorro sem rumo, chorando de raiva daquela família que durante todo o tempo só queria o bem dela, com exceção, claro, de dona Concinha, que não lhe desejava mal, mas a desprezava, por tanto sofrimento e tantas lágrimas que derramou a partir do dia que a cozinheira descobriu seu segredo e passou a ameaçá-la, dizendo que ia contar tudo ao seu marido e para todas as pessoas que ela conhecia, e sempre pegando dinheiro e joias da sua mão. Na época já estava trabalhando na casa do filho, ela dizia que se ela o induzisse a demiti-la, ela sumiria com Vihumar e ninguém ia ver nunca mais o menino. Dona Concinha não entendia por que ela falava daquela maneira, mas por amar demais o neto, preferia não arriscar, porque por diversas vezes ela falou: "agradeçam a mim a alegria de ter esse menino na família de vocês", e dona Concinha nunca entendeu esse comentário. A cozinheira repetia sempre: "tente me tirar da casa de seu filho, que eu sumo com seu neto. Não estou brincando, vou embora e levo Vihumar comigo". Dizia isso desde que o menino era bebê.

Família: arquivo confidencial

Dona Primavera caminhou muito e, quando já estava bem cansada, parou, olhou para o céu, enxugou com as mãos as lágrimas que rolavam e resolveu sentar em um banco da praça para pensar em tudo que havia feito em sua vida até então; longe de tudo e de todos. Pensou: "a essa altura todos desaprovaram as coisas que fiz. Belo final terei!" Ela murmurou para si mesma: "Não sou tão ruim assim, eu sou a responsável por uma grande alegria da vida de dona Laura e sr. Maurício..." Embora tenha dito para dr. Alexandre e dona Concinha que não se arrependia de nada que havia feito, no momento que estava sentada sozinha no banco do jardim, dona Primavera sentiu um remorso; reconheceu, naquele instante, a sua ingratidão. É preciso esclarecer alguns fatos com relação ao dia que Vihumar foi parar na porta da casa de sr. Maurício e dona Laura: naquele dia, aconteceu uma sucessão de coincidências. O filho que dona Laura esperava faleceu no hospital da cidade logo após o parto, ou melhor, quando o bebê saiu do ventre da esposa do sr. Maurício, ele já estava morto. Do outro lado da cidade estava acontecendo um acidente. Nesse acidente, na batida, morreram os pais e avós de um bebê. Ele estava prestes a nascer; tentaram salvar a moça que estava grávida na hora da colisão, mas sem sucesso; conseguiram salvar a criança, que foi retirada às pressas da barriga da mãe, no mesmo hospital e na mesma hora em que dona Laura perdia o filho. Então, para dona Primavera, foi fácil: no momento em que a enfermeira, hoje já falecida, ajudou o dr. Alexandre a fazer o parto da nora, comentou com ela que o bebê do sr. Maurício e dona Laura havia nascido morto, a cozinheira imediatamente, com a imaginação fértil, teve a ideia de colocar no lugar, para aliviar o sofrimento dos patrões, aquele bebê, cujos pais tinham falecido no acidente. Essas pessoas que faleceram eram humildes, então dona Primavera imaginou que, provavelmente, ninguém da família ia sair da cidade longe onde moravam para querer pegar e criar o bebê. Até porque, estavam, naquele dia, passando de caminhão pela cidade de Caldas do Jorro para retornarem para casa. Depois do ocorrido, o hospital tomou providências e a própria polícia investigou, providenciou colocar anúncios em rádios, jornais e na televisão na tentativa de encontrar familiares das pessoas envolvidas naquela tragédia, sem sucesso. Apenas descobriram que aquelas pessoas que ali morreram moravam em uma cidade do sertão baiano bem distante e que nenhum parente foi localizado. Então, naquele dia, praticamente dezoito anos atrás, dona Primavera pensou: "o bebê que acabou de nascer ficou sem um lar, o casal da casa onde eu trabalho perdeu seu filho, que nasceu morto; vou acomodar o que foi salvo do acidente num cesto e ainda hoje coloco esse bebê órfão na porta do sr. Maurício e dona Laura". Como a rua em que eles moravam era deserta, com casas muito chiques de muros altos, ela ficou um bom tempo escondida com o bebê após a saída apressada do hospital, então esperou chegar de madrugada, aproximadamente quatro horas da manhã, para colocar a criança na porta da casa deles. A cozinheira pensou: "ninguém verá, o casal vai sair triste do hospital. Dona Laura, por ser nora do médico daquele estabelecimento, poderá sair após o parto na hora que desejar sem nenhum protocolo e como eu ouvi falar no hospital que o bebê nasceu morto e ela pediu ao sogro para repousar do acontecido em casa, dizendo que não gostaria de esperar o dia amanhecer para que ninguém os visse chegar sem o bebê, porque não ia escapar de falatórios, o sogro provavelmente aceitará o seu pedido."

Dona Primavera continuou com seus pensamentos: "ao chegarem na rua, vão ver o cesto na porta da casa deles com a criança e vai ficar tudo resolvido". Pensou também: "o bebê ganha uma família feliz, unida, bem estruturada, que tem condições financeiras para criá-lo e muito amor para dar. O recém-nascido não ficará sozinho no mundo e o sr. Maurício e dona Laura preenchem o vazio que ficou dentro deles, com a falta do filho que nasceu morto, e o quarto que está todo lindo, preparado para receber o filho que ia chegar, fica para este que perdeu os pais no acidente".

Dona Primavera, apesar de todas as maldades que fez durante o tempo que conviveu com a família de Vihumar, naquele dia, com aquela atitude irresponsável, roubando uma criança, devolveu a alegria para sr. Maurício, dona Laura e seus avós; restaurou, naquele momento de dor, a alegria do casal que perdeu o filho que esperaram durante nove meses. E, na verdade, da maneira que dona Primavera agiu, naquela circunstância, não tirou o filho de ninguém.

Nos primeiros dias após o ocorrido, ou seja, o nascimento de Vihumar, o hospital onde ele nasceu questionou onde estava o bebê que fora salvo daquele acidente. Na época, procuraram a enfermeira, que faleceu alguns anos depois do ocorrido, e ela disse para o diretor do hospital: "Já levaram o bebê, apareceu alguém da família, mostrou documento de que era irmã da mãe do recém-nascido, então entreguei, juntamente com um outro servidor da parte administrativa do hospital". Essa senhora, na verdade, mentiu para ajudar dona Primavera, que era sua amiga; ela foi sua cúmplice. A direção do hospital errou em não averiguar melhor o que a enfermeira dissera, e isso foi bom para a família de Vihumar. Tudo ficou fácil para dona Primavera, pois ela era uma ex-auxiliar de enfermagem muito experiente; foi muito prático para ela resolver as coisas porque estava no hospital conversando com a ex-colega de trabalho na hora em que tudo aconteceu. Nasceu o bebê; dona Primavera, já sabendo que dona Laura e sr. Maurício haviam perdido o filho naquele mesmo dia, teve aquela ideia; pediu a ex-colega que a ajudasse, em seguida, por impulso, a enfermeira rapidamente entregou para ela o bebê; então ela saiu do hospital apressadamente com medo de que alguém os visse e também para não complicar a vida da enfermeira, que continuaria trabalhando naquele hospital e que perderia o emprego caso fosse descoberta. Meses antes de falecer, a enfermeira encontrou com dona Primavera e disse que se arrependera do ato impensado. Mas dona Primavera disse para a amiga que nunca se arrependeu do que fez, pois a criança estava muito bem e tinha certeza absoluta de que seu plano dera muito certo. No hospital, com o passar dos anos, o assunto ficou esquecido. Ela se sentiu de certa forma aliviada quando soube que a única testemunha havia morrido, porque achava que Vihumar e seus pais nunca saberiam como ele tinha ido parar no portão da casa deles dentro de um cesto.

Capítulo 36

Naquela noite de tão extraordinários fatos revelados, a família de Vihumar, depois de tudo que havia passado, não imaginava o que estava por vir. Dona Laura, após o almoço, como já foi comentado, pediu licença às pessoas e ficou recolhida em seu quarto, descansando e pensando em seu filho. Havia em seus olhos uma expressão que não era habitual. Parecia, apesar dos momentos alegres que havia passado durante a reunião de família, que estava adivinhando a bomba que ia estourar em suas cabeças ainda naquele interminável domingo. À noite, após o jantar, ela recolheu-se imediatamente a seu quarto, onde ficou prostrada durante um longo tempo em uma poltrona que ficava perto da sua cama, quieta, calada, como se estivesse prevendo um acontecimento trágico para sua família. Inicialmente, com o coração muito apertado, pensou que tivesse acontecido algo de ruim com Vihumar; como o filho estava morando na casa de Zezinho, tinha notícias dele de vez em quando por meio da mãe e das irmãs do amigo do filho, portanto, não sabia ao certo se ele estava bem ou passando por alguma dificuldade. O esposo, sr. Maurício, após o jantar ficou lendo um pouco no gabinete da casa, onde aproveitava para estudar os processos que trazia do fórum; por um instante parou, largou o que estava lendo e pensou no que havia perguntado para sua mãe, dona Concinha, naquela semana:

— Diga-me uma coisa, minha mãe, por que é que nos últimos dias a senhora tem evitado falar com dona Primavera? Tenho reparado que nem mesmo responde à saudação que ela lhe faz.

Lembrou que a mãe, no instante em que ele falou isso, empalideceu e respondeu que não queria falar sobre o motivo, não pelo menos naquele dia. E completou dizendo:

— Quem sabe um dia, meu filho, tomo coragem e lhe conto tudo o que se passa comigo.

Sr. Maurício, após esse momento de reflexão, retomou sua leitura, mas não se conformava em ver a sua mãe não confiar nele para desabafar o que tanto a afligia. Seria algo tão grave assim? Pensava ainda: "Seria medo de me revelar algo, receava que eu não aprovasse alguma atitude dela? Realmente parecia temer o que eu pudesse descobrir!"

O sogro dele, sr. Davi, tinha ido para o quarto arrumar sua mala para a viagem de retorno a Salvador no dia seguinte de manhã. A sogra, dona Anita, conversava um pouco com dona Lôla, para distrai-la, pois estava preocupada com a prima que havia saído às pressas no final da tarde, dizendo que não demorava muito para voltar e até aquele momento – já passava das nove horas da noite – não havia retornado. Na verdade, ninguém sabia ainda de nada.

Dona Primavera continuava no banco da praça, com seus pensamentos, sem saber que rumo tomar, totalmente perdida. O dr. Alexandre e dona Concinha continuavam sentados na sala da casa deles, ambos com a cabeça baixa, com as duas mãos no queixo, num silêncio total, profundamente decepcionados e abalados com todas as revelações, ofensas e situações criadas com tudo que tinha sido dito naquele dia, naquela casa; na verdade não sabiam que direção tomar a partir de então. Dona Concinha resolveu quebrar o silêncio e disse ao esposo:

— Alexandre — como ela estava zangada, não o chamou pelo apelido de Xande — agora que estamos a sós, vamos desatar o nosso nó. Vamos conversar sobre todas as intrigas que foram feitas envolvendo nós dois e essa pessoa desprezível, que é dona Primavera. Tudo isso que a nossa família está passando está parecendo um enredo de um drama, de um romance.

Naquele instante pareciam dois inimigos, pois trocaram olhares cheios de ódio... Dr. Alexandre levantou a cabeça, balançou-a para um lado e para o outro, colocou uma das mãos nos lábios, mirou dona Concinha com uma expressão de desprezo e um leve sorriso de canto nos lábios. Ambos compreenderam os gestos e o sorriso dele; a situação do casal parecia tão difícil de consertar! Era como se um quebra-cabeça tivesse sido desfeito e as pessoas estivessem tentando montá-lo de novo, mas parecia muito complicado de reconstruir; confiança ou existe ou não existe, e se existe e se perde, fica meio complicado adquirir novamente. Dona Concinha repetiu a pergunta:

— Alexandre, parece que eu falei baixo e você não ouviu, então vou repetir: vamos desatar o nó que existe entre nós dois?

— Quando existe um conflito, desconfiança, desunião, traição, as coisas não podem ser resolvidas na mesma hora; não é tão simples assim. Um passe de mágica e tudo volta ao normal.

— Olha, veja o que eu aprendi lendo em um livro do psiquiatra Augusto Cury; o trecho diz assim: "...entendeu que os ditadores escravizam porque são escravos dos seus conflitos, e os autoritários dominam porque são dominados pelas áreas doentias da sua personalidade. Quem controla a liberdade dos outros nunca foi livre dentro de si mesmo". Ele diz também: "Devemos ter consciência de que há perdas e frustrações inevitáveis. Aliás, as maiores decepções são geradas pelas pessoas que mais amamos. Por isso, se você quiser uma família perfeita, amigos que não o frustrem e colegas de trabalho superagradáveis, é melhor você morar na lua".

— Ora, não venha agora com filosofia. Falar dessas coisas que leu em livro de autoajuda em um momento de tensão é simplesmente o fim da picada! O momento nem é pra isso. Estou com a minha mente fervendo, nunca pensei que um dia o mundo ia desmoronar na minha cabeça. Parece que você não está em seu juízo perfeito. Não me fala mais nada que leu nesses livros, pelo menos por hoje, porque, do contrário, o efeito será inverso, vou ficar mais irritado ainda.

— Deixe de ser orgulhoso, quem deveria estar mais magoada aqui era eu, e, no entanto, estou lhe chamando para conversar.

— Você que deveria estar mais aborrecida? Faça-me um favor!

— Só vou dizer mais uma coisa, e peço que me escute. Depois prometo que não falo mais o que li nesses livros ditos de autoajuda. Como diz o médico Roberto Shinyashiki: "A honestidade vai ser sempre premiada e deve servir de fundamento para nossas escolhas. Por maiores que sejam os exemplos de falta de integridade que encontremos pelo mundo, é fundamental que nossos valores liderem sempre nossas ações".

— É melhor você parar de ficar falando essas frases feitas desses médicos, com isso, eu já lhe falei, você só vai conseguir me irritar mais do que eu já estou. Você caiu nas garras de uma chantagista descarada, nunca confiou em me contar nada e agora, numa hora como esta, fica citando frases feitas e palavras que leu em livros! Bota a mão na consciência e veja que você errou tanto quanto eu! Odeio hipocrisia. Depois das coisas que você fez, passou a vida toda escondendo segredo de mim, e agora vem com conversa fiada pro meu lado. Acho melhor a gente deixar essa conversa para outro dia; essa noite parece interminável, ou melhor, o dia de hoje parece uma eternidade; estou farto, cansado de tudo, estou me sentindo até fraco. Eu, que sempre fui um médico tão forte, sempre cuidei de tantas pessoas! Parece que a idade que tenho, 63 anos, foi vivida de uma só vez. Tudo hoje. Por favor, deixe-me sozinho. Amanhã, ou quando eu estiver mais calmo, a gente conversa. Hoje só vamos nos magoar.

— Sim, eu reconheço que você tem razão.

— Entenda que "a confiança é um edifício difícil de ser construído, fácil de ser demolido e muito difícil de ser reconstruído".

— E entenda você que: "o mundo pode desabar sobre uma pessoa, ela pode ter perdido tudo na vida, mas, se tem esperança e sonhos, ela tem brilho nos olhos e alegria na alma. Todos temos tendência a ferir as pessoas que mais amamos".

— Ainda bem que você sabe disso.

— Claro que sei. Nós dois nos ferimos e sei que nos amávamos muito; Vihumar está ferindo bastante os pais dele, nosso filho e nossa nora, com essa atitude de não falar com eles, nem voltar para casa. Olha, Alexandre, nunca esqueça: "Se o tempo envelhecer o seu corpo mas não envelhecer a sua emoção, você será sempre feliz".

— Parece que você tirou a noite para me pirraçar, estou percebendo que não bastou dona Primavera para me aborrecer. Primeiro não tenho mais tanta certeza desse amor de nós dois, a partir de hoje alguma coisa se rachou, nunca mais nosso relacionamento será como antes; e, em segundo lugar, pare de me irritar falando essas frases feitas, não pretendo pedir isso de novo, já pedi várias vezes e você insiste em continuar falando! Que coisa mais irritante! Droga, parece que você, Concinha, Laura e meu filho Maurício só vivem lendo esses livros ditos de autoajuda desses meus colegas médicos, não têm mais o que fazer! Não tenho nada contra, mas tudo tem um limite, uma coisa é o que está escrito nos livros, outra coisa é viver a realidade do dia a dia; tudo bem, que tem algumas coisas que estão escritas nesses livros que eu concordo, mas daí todos os assuntos do dia a dia envolverem frases desses livros, também já é demais para meu gosto! — por um instante até pareceu que um não estava magoado com o outro.

— Só vou falar mais uma coisa: "quando estivermos ansiosos e sem condições de conversar, a melhor coisa é sair de cena". Por isso tinha dito que você tinha razão e vamos realmente deixar para conversar quando estivermos mais tranquilos. Prometo que hoje não forço mais a barra para a gente procurar se entender. Agora, pense bem, o que dona Primavera quer ver é a desunião, a desarmonia da nossa família. Você pode até estar magoado comigo, assim como eu estou também com você, não vou mentir, mas de uma coisa eu tenho certeza: sempre o amei e, apesar da mágoa e decepção, sei que ainda o amo. Preciso apenas de um tempo para digerir tudo isso. Por favor, não vamos "dar gosto" a quem está esperando...

— Antes de sair de cena quero lhe confessar que "a família dos meus sonhos não é a perfeita. Não tem pais infalíveis, nem filhos que não causem frustrações. É aquela em que pais e filhos têm coragem de dizer um para o outro: 'eu te amo'. 'eu exagerei', 'desculpe-me', 'vocês são importantes para mim'. Todavia, não há casais perfeitos. Todos cometemos excessos na frente dos filhos, todos ficamos estressados. A pessoa mais calma tem seus momentos de ansiedade e irracionalidade. Portanto, embora desejável, não é possível evitar todos os atritos na frente dos filhos. O importante é o destino que damos aos nossos erros". E isso tudo que falei também serve para ser aplicado no relacionamento dos casais, marido e mulher, namorado e namorada, companheiro e companheira. "Na família dos meus sonhos não há heróis nem gigantes, mas amigos. Amigos que sonham, amam e choram juntos". Agora eu lhe dei o troco com frases feitas, pense nisso, Concinha, amanhã conversaremos. Falei tudo isso porque estou me sentindo fragilizado e me lembrei das nossas vidas desde que Maurício era uma criança. Como fomos felizes!

— É verdade, "devemos pedir desculpas para nosso cônjuge e para nossos filhos, pela manifestação de intolerância a que assistiram. Se temos coragem para errar, devemos ter coragem para refazer nosso erro". Agora vá, Alexandre, para nosso quarto e faça outra coisa até conseguir abrir as janelas da memória e tratar com inteligência os assuntos polêmicos. Para quem não queria conversar nada hoje, até que você e eu falamos muito. Apesar do dia tumultuado. Boa noite!

— Boa noite para você também.

Com essas palavras dr. Alexandre saiu da sala, muito triste. Havia passado, naquele dia, por muitas emoções fortes, estava profundamente aborrecido, decepcionado com ele mesmo por não ter confiado em sua esposa, meteu os pés pelas mãos, foi traí-la com dona Primavera, a mulher que só queria o mal de sua esposa, a mesma que fazia chantagens. Apenas por um mal-entendido, pensando que estava sendo traído, tirou conclusões precipitadas e agiu impulsivamente. Foi para seu quarto tomar um banho para refrescar a memória e tentar dormir. dona Concinha continuou na sala, pensativa.

Meia hora depois do banho, dr. Alexandre começou a sentir uma forte pressão no peito, dor que refletia nos ombros, braço esquerdo, pescoço e maxilar. Começou a suar, ficou pálido, sentindo falta de ar, náuseas e vômitos e uma sensação de morte iminente. Gritou o nome da esposa com a mão no peito, e quando ela chegou ao quarto, ele já estava muito mal, mas ainda conseguiu falar algumas palavras, em voz baixa e com a mão no peito:

— Perdoe-me, Concinha...

— Eu é que lhe peço perdão. Temos de levá-lo urgentemente para a emergência do hospital!

Dr. Alexandre não sabia o que responder; temia ter perdido a afeição da esposa, e essa ideia martirizava os últimos momentos de vida que lhe restavam. Dona Concinha continuou:

— Não pense nisso agora, temos de correr para salvar sua vida.

— Ouça — havia no olhar de dr. Alexandre, ao mesmo tempo, a admiração imensa que lhe causava a ação heroica de a esposa de ter confessado que o traiu, e a dor profunda que sentia por intuir que estava prestes a perdê-la. Como médico, percebia que estava morrendo; não tinha mais tempo para quase nada; mesmo que se reconciliassem, não aproveitariam mais o tempo perdido, até porque tempo perdido não volta, fica perdido, e também por não ter ouvido as súplicas da sua esposa, que queria "desatar o nó" com uma conversa franca e sincera com ele.

— Concinha, se é que você merece perdão, quem tem de perdoá-la é Deus. O seu erro foi menor que o meu, porque foi uma única vez, e você foi castigada esses anos todos por dona Primavera.

A dor estava ficando mais forte, e ele falava com muita dificuldade.

— Escute, eu já lhe pedi que me perdoe.

— Se isso vai lhe deixar feliz, eu lhe perdoo e tenho certeza de que Deus também.

— Ah, que bom... Agora posso morrer em paz... — disse dr. Alexandre, cuja fisionomia iluminou-se. Diga a Maurício e Laura que procurem Vihumar, eu tenho certeza de que, conversando como eu os orientei, vão fazer as pazes; eu amo muito todos eles e você também, minha querida. Se eu tivesse mais tempo para viver, daria valor às coisas, não por aquilo que valem, mas pelo que significam.

Dona Concinha pediu ao marido que não se esforçasse para falar, mas foi inútil; ele tinha necessidade de falar mais. Continuou:

— Possivelmente, não diria tudo o que penso, mas definitivamente pensaria em tudo o que digo. Meu orgulho é que me impediria de ceder. Agora vejo que nada disso tem importância na vida, o mais importante é o amor entre as pessoas...

Com essas últimas palavras, dr. Alexandre morreu; teve um infarto do miocárdio e, naquele momento, estava abraçado a sua esposa, dona Concinha, que, bastante comovida, chorava e dizia:

— Xande, por favor, não me deixe sozinha! A minha vida não terá a menor graça sem você; ah, meu Deus, quanto tempo perdemos. Tudo por causa de orgulho e mal-entendido. Agora é tarde demais.

Era meia-noite, poucas horas haviam se passado desde o falecimento do dr. Alexandre; toda a família estava reunida na sala da casa dele, e seus pacientes do hospital e do consultório, sentados na varanda da casa, esperavam tristemente pelo velório; os familiares, sentindo a falta de dona Primavera, perguntaram para dona Lôla onde estava a prima dela, e ela, sem graça, pois já sabia de tudo que ocorrera naquele dia, estava bastante envergonhada, sentindo-se culpada por ter apresentado dona Primavera àquela família. Sem graça por ter causado a eles, com essa atitude, tantos problemas, disse que não se importassem com a falta dela, pois ela não era digna de estar entre eles. Dona Concinha, muito abalada com a morte do seu esposo, aproximou-se do filho e da nora e, com a voz bem baixa, pediu que eles a acompanhassem até o seu quarto; lá contou para os dois tudo que se passara naquele dia em sua casa, o que provavelmente tinha provocado o infarto do seu marido, e com aquela conversa esclareceu o verdadeiro motivo que, possivelmente, havia ocasionado aquela tragédia. Como ela contou absolutamente tudo, eles disseram que não queriam condenar nem a memória do pai e sogro, que foi uma pessoa muito boa para eles, tampouco crucificar sua mãe e sogra, que sempre foi para eles uma pessoa maravilhosa. Agora, com relação à dona Primavera, ficaram furiosos e decepcionados, achando incrível como ela conseguira enganar todo mundo. Foi uma surpresa para todos; para o sr. Maurício nem tanto, pois ele já vinha desconfiado há algum tempo que havia algo de errado, por causa da forma fria como sua mãe tratava a cozinheira. Dona Concinha aproveitou a oportunidade para dizer para o casal:

— Guardem bem o que vou lhes dizer agora: "O amanhã não está assegurado a ninguém, jovens ou velhos. Hoje pode ser a última vez que veremos aqueles que amamos. Por isso, não espere mais, faça hoje, pois o amanhã pode nunca chegar. Senão, lamentaremos o dia que não atendemos esse desejo". Esse foi o exemplo de vida que a morte repentina do meu marido me deixou, falou tudo isso em prantos; quase o casal não entendia direito o que ela falava.

Vihumar perdeu seu querido avô. Os vínculos eram fortes. O sentimento da perda abateu-o drasticamente. O menino não conseguia raciocinar. Perdeu o prazer de viver, chorava desconsolado, demonstrava muita tristeza. Sentia-se inseguro e desprotegido.

Nessa noite mais uma vez Zezinho demonstrou amizade por Vihumar. O colega e amigo, para descontrai-lo, começou a brincar com ele e disse:

— Vihumar, estou pensando em pedir dinheiro emprestado para comprar uma passagem de avião para ir embora desse país, sem volta.

— Mas por que essa ideia maluca agora?

— Porque antigamente a "homossexualidade era proibida no Brasil. Depois, passou a ser tolerada. Hoje é aceita como coisa normal. Eu vou embora, antes que se torne obrigatória" — disse com um sorriso nos lábios.

— Ora, Zezinho, será que até num momento difícil desse da minha vida você vem com brincadeira!

— Ah, meu amigo, "não deixe que nada te desanime, pois até mesmo um pé na bunda te empurra para frente".

Nesse exato instante, apareceu a mãe de Zezinho, falou que ele respeitasse mais o momento de tristeza de Vihumar e parasse de brincadeiras. O filho obedeceu de imediato, e ainda pediu desculpas, alegando que não suportava ver Vihumar angustiado.

No dia seguinte, compareceram ao enterro muitas pessoas, dona Anita e sr. Davi, que estavam certos de que voltariam bem cedo para Salvador, diante do ocorrido optaram por ficar para ver o sepultamento do amigo. Vihumar compareceu com Zezinho, e embora por diversas vezes tivesse vontade de se aproximar e dar um abraço em seus pais, não o fez por orgulho, porque ainda estava magoado com eles; e dona Primavera, cara de pau, apareceu escondida para ver o enterro sem que ninguém a visse; chorava bastante, enxugava as lágrimas com um lenço velho, porém limpo.

Durante o sepultamento dona Concinha lembrou-se do que o marido vivia dizendo para ela: "Concinha, agradeça a Deus pela vida e pelas perdas. Faça delas uma oportunidade para compreender as limitações da existência e do crescer. Quem almeja ter uma personalidade saudável não deve esquecer essa lei: não espere muito dos outros". Naquele instante, lembrou, ainda, que ele vivia dizendo: "os cardiologistas são unânimes em afirmar que exercício físico bom é aquele feito com consistência e regularidade. Esse conselho vale para tudo". Que ironia do destino, ele cuidou de todo mundo, fez alerta até para Davi cuidar da saúde, e se esqueceu de que, apesar de ser médico, era mortal, não cuidou da própria saúde. "Ah, já estou com tanta saudade de você, meu querido! Daqui para frente vou me sentir, nessa vida, um peixe fora d'água" — pensava.

Dona Primavera devolveu, obrigada pelo sr. Maurício, todo o dinheiro que roubou de dona Concinha durante aqueles longos anos. Uma parte ela guardava em caderneta de poupança, e outra, embaixo do colchão, com as joias que também tomou, com as chantagens que fez. Ficou sozinha, isolada, morando em um quartinho que os pais de Vihumar compraram e emprestaram para ela, por caridade, bem pequeno, com telhas de barro, composto de coisas básicas para sua sobrevivência, na própria Caldas do Jorro, em uma rua afastada da casa deles, porque não queriam mais olhar para o rosto dela; a rua era de chão de barro, cheia de poeira, e lá ela ficou com o compromisso de fazer trabalhos comunitários voluntários, além de voltar a trabalhar duro como auxiliar de enfermagem no hospital em que dr. Alexandre trabalhou, ganhando um salário mínimo, porque aposentadoria não tinha ainda e ia demorar alguns anos para conseguir, sob pena de morar debaixo de uma ponte caso não cumprisse o prometido. Os pais de Vihumar tiveram essa atitude porque foi ela quem havia colocado o menino no cesto na porta deles; lembraram que, apesar de todas as maldades, ela deu o maior presente da vida deles, o filho querido, e essa atitude não tinha preço. Sr. Maurício e dona Laura, no primeiro momento, queriam isolar totalmente dona Primavera; pensaram em deixá-la na rua da amargura, depois esfriaram a cabeça, refletiram melhor e acharam que essa seria a melhor solução. Não quiseram pagar-lhe um asilo porque seria mais aconchegante e mais animado, teria companhia para conversar, atividade física quase todos os dias, festinhas, entre outras coisas. Na verdade, isso seria um presente para ela. Como ela odiava morar sozinha, detestava a solidão, esse foi o pior castigo, sem dinheiro e morando absolutamente só. Ficou sem amigos, e até dona Lôla, sua prima, virou as costas para ela depois que descobriu toda a chantagem que ela havia feito com dona Concinha e que ela tinha sido amante do dr. Alexandre. Ela precisava viver até a velhice, porque o tempo ensinaria a ela que a morte não chega com o fim da vida, mas sim com o esquecimento. Naquela idade, já se encontrava isolada por todos, imagine como ficaria se vivesse ainda muitos anos. Como o emprego que conseguiu era naquela cidade mesmo, teve de continuar ali, com as pessoas olhando para ela de uma maneira hostil. Quando ela tentava chegar perto de alguém para conversar, a pessoa ia saindo de fininho, e as outras pessoas que estavam ao redor do lugar também... Era como se ela tivesse uma doença contagiosa. Até mesmo quando ia comprar alguma coisa para comer, na maioria das vezes ouvia o dono ou o gerente do estabelecimento dizer "saia daqui, para você eu não vendo nada, sua velha safada, descarada, chantagista". Ela saía de fininho, porque corria um sério risco de ser linchada. "Para muitos a solidão é uma companheira intolerável", era o caso dela, "mas para os sonhadores é um brinde à reflexão". Ela chegava em casa cansada de trabalhar em pé, aos 59 anos de idade, e ainda tinha de fazer comida com ingredientes que não eram de primeira, que demoravam mais para cozinhar; tinha de arrumar o quarto, fazer toda a faxina e, no dia seguinte, acordar muito cedo, por volta das cinco horas da manhã, para chegar pontualmente às sete no trabalho. Realmente para ela, que sonhava um dia ter uma vida de luxo, não poderia haver castigo pior.

Dona Concinha, viúva, resolveu vender a casa porque ela trazia muitas lembranças do marido, tanto boas quanto ruins; mais as boas, claro; e voltou a morar em Salvador. Quis ficar perto dos amigos, sr. Davi e dona Anita. Em muitos momentos, ficava triste pensando que, por causa de mal-entendidos, perderam, ela e o marido, a oportunidade de uma vida mais feliz, pura perda de tempo e energia. Às vezes se lembrava de que, antes das chantagens de dona Primavera e do mal-entendido do motel, quando dr. Alexandre pensou que ela era lésbica, eles eram tão felizes, com as dificuldades normais de uma vida de qualquer casal saudável. Quando ela traiu dr. Alexandre com um colega, em um congresso de que participou, foi exatamente nove meses antes do nascimento de seu neto Vihumar, por essa razão ela tinha um relacionamento com o neto que parecia mais mãe dele do que avó, porque ela tinha uma sensação de que se aquele relacionamento sexual de um dia tivesse gerado uma criança, o que para ela seria um desastre em sua vida, a criança teria a idade de seu neto; por isso foi comentado em um capítulo que ela parecia mãe de Vihumar e não avó, porque o tratava bem, mas não com tanto mimo como o tratava dona Anita. Todos os erros ocorridos em sua vida e na do esposo foram cometidos por ambos, e ela tinha consciência disso, e mesmo assim, não desatou o nó. Se na época um chamasse o outro para expor o que sabiam, as suas desconfianças, todo o mal-entendido seria desfeito. Não teriam sofrido tanto e não ficariam tão desgastados e angustiados. Porém, era tarde demais, não se podia voltar atrás. Até porque, nem ela nem o marido imaginavam que ele poderia morrer tão rápido e tão de repente. Depois de tudo, ela vivia dizendo às pessoas: "não deixem para amanhã o que vocês podem fazer hoje. Amanhã poderá ser tarde demais".

É importante desatar o nó quando há um entrave entre as pessoas, principalmente se for uma pessoa importante na sua vida. Chame a pessoa, converse francamente com ela, porque pode ser apenas um mal-entendido. E faça isso o mais rápido possível. Apenas se estiver com cabeça quente, deixe esfriar. Lembre-se: quem esquenta a cabeça é palito de fósforo. E se disserem que alguma coisa está pegando fogo, para você correr para resolver, diga que você não é bombeiro para apagar o fogo. O importante é sempre agir com calma, coerência e levar a vida a sério, mas não tão a sério.

Na verdade, com relação a sua traição de um dia, com o colega de congresso, dona Concinha tinha certo arrependimento, porque feria seus princípios. Era uma mulher casada e deveria ter mais cuidado, e não se atirar nos braços do primeiro que aparecesse, embora conhecesse o rapaz há vários anos. Ela tinha convicção de que, mesmo se o mundo inteiro não soubesse o que ela tinha feito de errado, e se tal atitude não fosse de encontro aos seus princípios, o melhor seria resistir e não ter feito nada que sua consciência não aprovasse. A nossa cabeça poderá ficar muito mal. Sem contar que se pode chegar à conclusão de que foi com uma pessoa que nem valia a pena arriscar a nossa felicidade.

Dona Lôla, decepcionada com tudo o que a prima havia feito, queria pedir demissão da casa do sr. Maurício e de dona Laura, mas eles conversaram muito com ela e a convenceram a ficar, explicando que ela não sabia, tampouco tinha culpa se a prima era mau caráter; faziam questão de que ela continuasse, justificaram que iam ficar muito tristes se ela fosse embora, inclusive Vihumar, quando voltasse para casa. Pois tinham certeza de que um dia o filho tão querido e muito amado voltaria. Então, a governanta, dona Lôla, resolveu ficar; não pretendia dar mais um desgosto para aquela família de que tanto gostava e que a tratava com tanto carinho, respeito e admiração. Brincou, dizendo:

— Como é para o bem de todos e felicidade geral da família, digam ao povo que eu fico!

Dona Anita continuou morando em Salvador, com sua escola de culinária, fazendo cada vez mais sucesso com os docinhos e salgadinhos que oferecia às alunas e a alguns alunos que, de vez em quando, apareciam. O sr. Davi continuou sendo um grande arquiteto muito conceituado, também na capital baiana, e depois do susto que passou com a suspeita, felizmente afastada, do câncer de próstata, procurava se cuidar mais; prometera para a esposa que não deixaria de fazer nenhum exame que fosse considerado necessário, principalmente os específicos para o homem. Dizia também à esposa que sentia como se tivesse nascido de novo e que não pretendia perder mais tempo com bobagens, queria viver cada minuto da vida ao lado dela, como se fosse o último, tudo porque sentiu, com o susto que levou, a proximidade da morte. Para algumas pessoas esses fatos funcionam muito bem como se fosse uma "injeção de ânimo".

Capítulo 37

Meses depois da descoberta de que era filho adotivo, a situação continuava a mesma entre Vihumar e seus pais adotivos. Não havia diálogo entre eles. Essa situação duradoura os incomodava muito, tanto ao casal quanto ao garoto.

Segundo o médico psiquiatra Roberto Shinyashiki, "os problemas são sempre menores do que parecem quando se tem a coragem de enfrentá-los". Diz também em um de seus livros: "Precisamos ser fortes para suportar as adversidades da vida. A vida às vezes se torna muito difícil. Há momentos em que tudo o que fazemos parece não dar certo. Mas mesmo assim precisamos suportar as pressões e seguir em frente".

Vihumar sempre se perguntava:

— Como é que as pessoas podem esconder uma coisa dessa tão bem, sem que ninguém perceba? Não dá para aceitar e entender. Nunca desconfiei de nada... Eles me ensinaram tantas coisas boas! Eles falavam: "meu filho, você precisa ter habilidade de suportar pressões".

Ele coçava a cabeça e esfregava as mãos naqueles lindos cachinhos negros, que eram seus cabelos. "Parece que vou ficar louco" — pensava. Lembrava com muita saudade dos seus avós, principalmente dos que moravam ao lado da casa de seus pais, dr. Alexandre, já falecido, e dona Concinha, que tinha ido morar em Salvador. O adolescente recordava que um dia, após ler um livro, foi à casa do vovô Xande e disse:

— Vô, aprenda mais sobre computadores, artes, jardinagem, o que quer que seja. Não deixe que o cérebro se torne preguiçoso. Uma mente preguiçosa é oficina do Alemão. E o nome do Alemão é Alzheimer!

Depois que Vihumar disse isso, os dois riram tanto, que dona Concinha se aproximou e disse baixinho:

— Quando vocês dois estão juntos não dá para levar muito a sério o que falam, da boca de vocês a gente geralmente só ouve piadas.

Voltando para a realidade, lágrimas correram de seus olhos, lembrando mais uma vez da vida boa que levava antes de tudo que descobriu. Vihumar pensou mais outra vez na família unida que tinha. Sentou-se, apanhou uma folha de papel e começou a escrever:

"Erra quem pensa que os amigos não podem ajudar. Os amigos ajudam a abrir nossos olhos quando tomamos um caminho errado. Quando você demora a crescer, os amigos o instigam a acordar para a vida e a tornar-se responsável por seu desenvolvimento. Os amigos são firmes quando você resolve agir como um rebelde sem causa e sabem apontar atitudes suas que magoam as pessoas queridas e não constroem nada de positivo. Amigos sabem conversar quando você está desorientado e o estimulam a ser objetivo em suas ações."

Na verdade, Vihumar estava reconhecendo com essas palavras todo o apoio e amizade do amigo Zezinho, bem como dos familiares do garoto, que, embora humildes, o acolheram em todos os sentidos, inclusive em sua residência, durante esses dias difíceis que atravessava em sua vida. A família da namorada, Aline, gostava dele, mas continuava a não aceitar o namoro, tanto pelo desnível social, como também por afirmarem que Vihumar era negro. Para ele e para a namorada, tanto fazia se as pessoas o enxergavam como negro ou branco. Ele pensava: "não somos todos irmãos?". O adolescente tinha no colégio um colega de pele negra, com o qual por diversas vezes conversava sobre o tema do racismo Ele não entendia por que os brancos se diferenciam dos negros, e questionava:

— Podem as cores zombar uma da outra e uma delas dizer "eu sou superior"? Pode a embalagem reivindicar o direito de ser mais importante do que o conteúdo?

Para ele, "brancos e negros tinham os mesmos sentimentos, a mesma capacidade de pensar, a mesma necessidade de ter amigos, de ser amados e de suportar a solidão. Por que não podiam ter amigos brancos e abraçá-los? Não somos todos seres humanos?". Ele estava certo em seu pensamento.

Vihumar continuava a frequentar normalmente as aulas no colégio, sem faltar nenhum dia, pois era muito caprichoso e responsável. Tinha enorme prazer em assistir às aulas, principalmente da professora Fatinha, que por diversas vezes disse para eles:

— Vocês, daqui a alguns anos, serão adultos, e alguns já comentaram comigo que pretendem fazer vestibular para administração de empresa, portanto, digo a vocês que uma máxima da liderança é "elogie em público e critique em particular". Nunca se esqueçam disso que falei, meus queridos alunos.

Num determinado dia, ao caminhar para o colégio com Zezinho, encontrou com Aline, sua namorada, que lhes disse que naquele dia haveria uma aula de ciências muito interessante, que a professora ia falar sobre seis alimentos que curam e também são gostosos. Vihumar lhe perguntou:

— Como você está sabendo que o assunto é esse, se eu não lembro dela ter comentado nada em sala de aula?

— Nem eu — disse Zezinho.

— Eu sei, porque encontrei com a professora de ciências ontem, e ela me adiantou o assunto.

— Ah, sim! Agora entendi.

— Andem depressa, seus lerdos — disse Aline — porque eu não quero chegar atrasada na sala de aula.

— Calma. Quem corre, cansa. Não façam hoje o que vocês podem deixar para amanhã — disse Zezinho, sorrindo.

— Ah! Tenha paciência, a frase não é justamente o inverso? — perguntou Aline.

— Sim, mas é assim que eu acho que é certa.

Quando chegaram ao colégio, a professora já estava na sala e começou a falar do assunto.

— Todos dizem que é bom comer frutas, legumes e verduras, não é verdade?

— Sim — responderam os alunos.

— Mas quais são as melhores opções?

— A senhora é quem vai dizer — disse Zezinho.

Todos riram.

— Bem... No passado, os cientistas acreditavam que tudo de que o corpo precisava para funcionar bem eram: carboidratos, gorduras, proteínas, minerais, vitaminas e água retirada dos alimentos.

Enquanto a professora falava, Vihumar parecia que estava no mundo da lua, flutuando. Ela continuou:

— Agora eles descobriram outros ingredientes igualmente poderosos nas frutas e nos vegetais chamados fitoquímicos; "fito" significa planta. Os fitoquímicos têm nomes muito complicados, como glicosenolatos. Vejam bem: quase todos os dias, tomamos conhecimento de que determinado alimento pode ser considerado "milagroso". Não é verdade?

— É, sim — responderam os alunos. Todos, menos Vihumar.

A professora insistiu:

— Não é verdade, Vihumar?

— O quê, professora? Desculpe, estava distraído.

A professora repetiu a pergunta para ele e completou:

— Vamos com calma. Essas notícias devem ser examinadas, pois às vezes as manchetes correm à frente da ciência. Vou apresentar para vocês, a seguir, uma síntese de algumas das pesquisas fitoquímicas mais recentes, supondo-se que suas propriedades na prevenção de doenças sejam confirmadas de quantas porções são necessárias para manter a saúde.

— Anda logo, professora. A senhora está rodeando demais.

— Calma, Aline. Você é muito ansiosa! Continuando minha aula, eu digo para vocês que, de todas as plantas empregadas para fins medicinais, o alho é provavelmente a mais louvada.

— Por quê? — um dos alunos perguntou.

— Porque se acredita que reforce o sistema imunológico, previne o câncer e as doenças cardíacas, além de agir como antibiótico.

"A literatura da Grécia Antiga está repleta de histórias sobre as qualidades extraordinárias do alho", observa Manfred Knoger, professor de ciências dos alimentos na Universidade do Estado da Pensilvânia. "É um daqueles alimentos que possuem mais do que benefícios nutricionais".

Família: arquivo confidencial

— Por que, professora? — indagou Zezinho.

— Vejam bem, agora os cientistas estão descobrindo o porquê. O gênero *Allium*, que inclui o alho, a cebola e o alho-poró, contêm uma substância química chamada alicina, que pode inibir o desenvolvimento de cânceres do trato gastrointestinal.

Aline era a aluna mais interessada na aula, pois nutria o sonho de um dia ser médica endocrinologista ou nutricionista. Sempre gostou das duas profissões.

— Embora o papel do alho na luta contra o câncer não tenha passado por testes rigorosos, são fortes as evidências de que ele possa reduzir o colesterol.

— Ele reduz em quantos por cento, professora? — perguntou Aline.

— Olha, uma pesquisa de dezesseis experimentos químicos constatou que o alho reduziu em 12% o colesterol. Nem todos os suplementos agem tão bem quanto o alho puro. Então, prefiram o fresco.

— De quanto uma pessoa precisa? — perguntou Vihumar, que embora estivesse distraído, conseguira ouvir o final da explicação.

— Para reduzir o colesterol, a pessoa deve experimentar ingerir todos os dias um ou mais dentes de alho picados ou amassados. Estou falando isso, mas sempre é bom consultar um médico antes de agir com relação às coisas relacionadas à saúde.

— Ainda bem que sou jovem. Não preciso disso, pois alho é muito ruim e cheira mal.

— Você está enganado, Vihumar. Quem disse que criança ou adolescente não pode ter colesterol alto?

— Não sei. Pensei que fosse coisa só de gente mais velha.

Alguns dos alunos expressaram a mesma opinião de Vihumar, e a professora lhes disse:

— Vocês estão redondamente enganados. Todas as pessoas adultas, jovens ou crianças devem ter cuidado com a alimentação desde cedo, para que no futuro não sofram as consequências de uma alimentação que não foi balanceada.

Enquanto isso, os pais de Vihumar faziam alguns comentários sobre o século que se iniciara

— Pôxa, Laura, este novo milênio começou com muitas confusões!
— É mesmo, amor. O século XXI está danado, botando pra quebrar.
— Teve arrastão, com a greve dos policiais em alguns estados do Nordeste, inclusive aqui na Bahia... Tem o Governo Federal, que oficializou a era do apagão... E, pra completar, as Torres Gêmeas foram destruídas em Nova York por terroristas, em 11 de setembro de 2001! Como escreveu o psiquiatra Augusto Cury, "Não apenas 11 de setembro, mas também o consumismo, a competição social, a paranoia da estética, a crise do diálogo têm sufocado a vida de milhões de jovens e adultos em todos os países do mundo. Os adultos estão se tornando máquinas de trabalhar, e as crianças, máquinas de consumir. Estamos perdendo a singeleza, a ingenuidade e a leveza do ser. A educação, embora esteja numa crise sem precedente, é a nossa grande esperança". Eu, hein! Não sei onde vamos parar deste jeito!

— Eu sei que temos de fazer correntes de orações para amenizar tantas confusões e destruições no mundo. Só com muita prece e muito amor ao próximo vamos conseguir superar tantos conflitos. "Só o amor constrói". A existência passa tão rápida e as pessoas não se dão conta disso. O mal que fazemos aos nossos semelhantes, estamos fazendo a nós mesmos.

— Isso é verdade, Laura.

No colégio, a professora continuava sua aula:
— Vocês lembram quando suas mães faziam vocês comerem cenoura, porque era bom para os olhos?
— Ah! E como lembro! — disse Vihumar.
— Na verdade, elas deveriam ter feito a propaganda do espinafre.
— Por quê? — perguntou Aline.
— Porque folhas verdes-escuro, como o espinafre e a couve, contêm luteína e zeaxantina, fitoquímicos que podem proteger os olhos quando envelhecemos.
— Ora, professora, estamos muito longe da velhice.
— É, Zezinho, mas o tempo passa para todo mundo. Ou a pessoa fica velha um dia ou morre antes. Não temos outra alternativa.
— É, mas somos muito jovens ainda, a velhice está muito longe da gente — insistiu Zezinho.

Família: arquivo confidencial

— Professora, você, digo, a senhora, falou de seis alimentos que curam e também são gostosos. Eu não estou achando nada gostoso; diga quais são os outros.

— Vejam bem... Torna-se cada vez mais evidente que brócolis e vegetais próximos (como repolho, couve-flor e couve-de-bruxelas) reduzem o risco de câncer de pulmão e estômago, entre outros. Mesmo assim, ainda é muito cedo para dizer se esses ou outros alimentos podem, de fato, prevenir a doença.

— Ah, professora, então já não estou entendendo mais nada — disse Zezinho.

— Menino, eu só estou repetindo o que li!

— E as frutas boas para a saúde? – indagou Aline. — A senhora ainda não falou delas.

— Calma, menina, vou explicar. Laranja, limão, lima e toranja são excelentes fontes de vitamina C, fosfato e fibra, todos relacionados ao risco de câncer.

— Toranja? Eu nunca ouvi falar dessa fruta.

— Fiquem sabendo vocês que toranja é um fruto da toranjeira, semelhante à laranja, porém maior, de pouco suco e sabor muito ácido, utilizado em doces e refrescos.

— Ah! Voltando ao assunto inicial que a senhora estava falando, tudo hoje é essa doença, câncer, câncer! Eu não aguento mais falar disso, professora! — disse Zezinho. Minha mãe diz que antigamente as pessoas nem pronunciavam esse nome, diziam "Ca".

— Ainda hoje muitas pessoas e até mesmo profissionais da área falam assim. Completando o que estava falando, seu óleo também possui alto teor de uma substância menos conhecida, o limoneno, cuja capacidade de combater tumores foi demonstrada em animais de laboratório. Pesquisadores do Centro Abrangente de Câncer da Universidade de Wisconsin, em Madison, estão testando um derivado do limoneno em pacientes com câncer em estágio avançado. Até agora, não foi dada a palavra final sobre os benefícios do limoneno.

— Onde ele pode ser encontrado? — perguntou Aline, sempre muito curiosa e interessada nos assuntos relacionados à saúde.

— Ele pode ser encontrado em grande parte na polpa e na casca das frutas cítricas, mas os sucos também oferecem alta concentração da substância. Então, bebam! Ouviram bem?

— Ouvimos, professora! — responderam.

— Ainda está faltando mais, professora...

— Calma, menina!

— Há a notícia de que o hábito de beber vinho, especialmente o tinto, está associado...

— A que, professora? — interrompeu Aline.

A professora franziu a testa, arregalou os olhos e continuou:

— Associado a um risco menor de doença cardíaca e vem recebendo destaque na imprensa, não é verdade?

— Sei lá!

— De fato, as doenças cardíacas têm sua menor incidência nos países com o maior consumo de vinho, em particular a França.

— Ah! Então a senhora está nos aconselhando a tomarmos muito vinho? — perguntou Aline.

— Não é nada disso. Observem: os cientistas acreditam que a maioria dos benefícios provêm dos flavonoides não alcoólicos presentes no vinho tinto, sobretudo os fenólicos da casca da uva.

— Estou ficando todo confuso — falou Zezinho — é muita informação para um dia só de aula.

— Preste atenção que você vai entender. Até que mais estudos sejam concluídos, os cientistas aconselham: abstêmios, não comecem a beber para proteger o coração.

— Ah, agora eu entendi... — disseram Zezinho e Aline ao mesmo tempo.

— Continuando: como o álcool está ligado ao aumento do risco de alguns tipos de câncer, prefiram consumir as uvas escuras e seu suco, que têm mais fenólicos do que as verdes.

— Ah, sim.

— Bem, só falta eu concluir falando do tomate. O fitoquímico mais estudado no tomate é o carotenoide licopeno. O veredicto: esse componente pode evitar o câncer de próstata.

— Ah, professora, somos muito jovens para falarmos de câncer de próstata — disse Zezinho.

— Mas se vocês prestarem atenção à aula, podem ajudar seu pai ou o pai de algum amigo a se cuidar melhor. Embora eu insista em dizer: para fazer uso constante de algum alimento, a pessoa deverá seguir orientação de um médico ou nutricionista. Vejam bem, um estudo demonstrou que aqueles que comeram dez ou mais porções de alimentos à base de tomate por semana apresentaram apenas metade do risco de desenvolver câncer de próstata, se comparados àqueles que ingeriram menos de duas porções.

— E o ketchup, professora, tem alguma coisa a ver?

— Sim, Aline. O molho de tomate teve o efeito mais significativo e comprovou-se que até o ketchup é rico em licopeno.

— Oba, vou comer mais ketchup do que já como — respondeu Vihumar, que até então estava bastante distraído, com pouca concentração na aula por causa de suas pendências com seus pais.

— Mas não exagerem. Tudo em excesso é prejudicial. Não se esqueçam disso.

— Está bem! Está bem, professora! Ok, você venceu!

Todos riram.

— Bem, concluindo a aula, quero dizer que o licopeno pode ainda ser um dos motivos pelos quais as frutas e os vegetais reduzem o risco de doenças cardíacas.

— Professora, e pra quem não gosta de tomate, tem outra alternativa? — perguntaram.

— Você não é fã de tomates? Damasco, melancia e mamão são fontes alternativas de licopeno.

— Professora, de quanto de tomate a pessoa precisa?

— Procurem comer, por semana, uma xícara e meia de molho de tomate ou cinco ou mais xícaras de tomates.

— Tudo isso?

— Sim. Mais ou menos isso.

— Ah, já vi que a senhora quer que a gente fique gordo! — disse Zezinho.

A professora nem deu importância para o comentário e perguntou:
— Gostaram da aula?

Diante da pergunta, alguns alunos, que não se interessavam muito por aqueles assuntos, pensaram: "se nós fôssemos ser sinceros, responderíamos que não. Aula muito longa, repetitiva e assuntos muito chatos". A professora complementou:

— Não guardem essas informações só para vocês. Eu vou passar uma apostila do assunto para cada um, e peço-lhes que mostrem para seus pais. O que é bom devemos repartir, compartilhar com os outros.

— Eu não tenho com quem compartilhar — disse Vihumar. Estou sozinho no mundo, sem família.

— O que disse, Vihumar? — perguntou Zezinho, sentindo-se ofendido.

— Ah, Zezinho, você está entendendo o que eu quero dizer. Até porque sabe que você, seus pais e suas irmãs agora são a minha família.

— Ainda bem — respondeu Zezinho. Então você não está só no mundo.

— Ah, foi maneira de falar.

— Também, professora, os pais de Vihumar devem saber tudo isso, porque o avô dele era médico, o pai é juiz, logo é um homem bem culto, e a mãe é professora com formação universitária.

— Está bem, embora nós saibamos que o pai de Vihumar, por exemplo, que é um juiz, possa ser ignorante em algum desses assuntos que eu falei; eu já disse uma vez aqui que a gente não deve ficar ofendido quando alguém nos chamar de ignorante, porque ignorante, se algum de vocês não sabe, fique sabendo, é aquele que não é instruído em determinada área, somos ignorantes naquilo que desconhecemos. Agora tomem as apostilas do assunto, porque está na hora de eu entrar em outra sala para dar aula.

Todos foram para casa cheios de informações na cabeça.

Naquele dia, a noite estava silenciosa, fazia muito frio em Caldas do Jorro, o relógio batia oito horas. Vihumar e Zezinho tinham acabado de jantar. Nesse momento, a mãe de Zezinho aproximou-se e perguntou:

— O que vocês dois tanto cochicham?

Zezinho bocejou e respondeu:

Família: arquivo confidencial

— Nada de importante, minha mãe. Estou hoje muito cansado... — encolheu os ombros e espreguiçou-se. Estava dizendo para Vihumar que daqui a pouco vou deitar.

Vihumar, então, começou a sentir-se só, sobretudo à noite. Naquele dia, depois que o amigo foi deitar, apesar do frio, arrumou-se e decidiu visitar Aline. Ele estremeceu, hesitou, mas foi em frente com o seu plano. O adolescente já estava farto de ficar em casa sozinho. Ele teve a ideia de chamar Aline pela janela do seu quarto. As duas janelas da sala da casa da adolescente estavam fechadas e com as luzes apagadas. Na verdade, ele queria entrar no quarto da namorada para ter relações sexuais com ela. Aline fora sua primeira namorada. A garota estava com 17 anos. Ele havia saído da casa de Zezinho com "camisinha", ou seja, preservativo, na carteira. Vihumar estava com dezessete anos também e não havia tido nenhuma relação sexual. Ficou do lado de fora, mais ou menos por trinta minutos chamando Aline, pedindo para que ela deixasse ele entrar em seu quarto; a menina não permitiu e mandou que ele a deixasse dormir e fosse embora. Vihumar pediu que ela abrisse a janela que ele prometia não pular para dentro do quarto, mas queria apenas um beijo e depois deixaria ela dormir em paz. Depois de muita insistência, Aline assim o fez. Abriu a janela, estava com o seio palpitante, toda trêmula e ao mesmo tempo contente e feliz ao perceber a perseverança e paciência do namorado chamando por ela no sereno; pensava que tudo aquilo só poderia ser porque gostava dela e também porque se sentia muito atraído por ela. A garota estava com os longos cabelos louros, enrolados nas pontas com cachos que cobriam todo em volta do seu pescoço, a testa alva coberta com uma franja e ao redor da cabeça uma fita de cetim finíssima que terminava com um bonito laço no meio da cabeça. Os lábios de Aline, vermelhos e úmidos, pareciam uma flor, orvalhada pelo sereno da noite; o hálito doce, de quem acabara de escovar os dentes, exalava formando um sorriso bonito naquele rosto de linhas suaves e delicadas; mistura de esplendor e simplicidade. Vihumar aproximou-se dela com os braços abertos, prendeu-a nos braços, beijou-a nos olhos, no rosto e depois na boca profundamente. Beijaram-se com carinho mais uma vez, então ele perguntou para ela:

— Ficou zangada comigo?

Àquela altura Aline já sabia qual era a verdadeira intenção do rapaz, sabia qual era seu pensamento secreto, pois o preservativo havia caído da sua carteira de dinheiro.

— Não.

Aline respondeu cheia de ternura. Pensou: "tudo não passou de uma criancice de que agora sorria". Ela falou para ele que o pior era a vizinhança, que todos o conheciam e que se os vissem juntos, corriam o risco de alguém contar para os pais dela.

— Minha querida, ninguém viu; além do mais, somos solteiros.

— Somos solteiros, porém menores de idade, devemos obediência a nossos pais. Eu, particularmente, não tenho como me sustentar, sou estudante e moro com eles.

— Não quero ficar falando sobre pais e você sabe o porquê.

Trocaram um longo beijo de amor. Aline fechou a janela e ele foi embora, de certa forma, desapontado, porque seu plano não dera certo.

Os dias se passaram e Vihumar não quis mais insistir com Aline. Só queria ter relações sexuais com ela se ela quisesse e tivesse certeza do que estava fazendo. Até porque Aline sempre comentou com ele e com as amigas que começar vida sexual significa aumentar as responsabilidades, ter cuidado para não ter uma gravidez indesejada, entre outras implicações; no momento ela não estava querendo se preocupar com essas coisas. Não se sentia preparada. Porém, Vihumar estava ficando ansioso com a situação, e convivia na casa de Zezinho com as irmãs dele, Lolita e Lorena, moças das quais ele pensava: "são bonitas e atraentes". Um belo dia, chegaram de uma festa; era bastante tarde, tudo estava calmo e tranquilo na casa; apenas via-se a lua cheia pela janela da sala e a claridade de uma luz, que vinha de uma lâmpada que a mãe de Zezinho deixara acesa na cozinha antes de ir dormir, para que não chegassem da festa e encontrassem tudo escuro. Depois que o amigo e a irmã Lorena despediram-se e foram dormir, o inesperado aconteceu entre Vihumar e Lolita, a irmã mais velha de Zezinho, que já não era mais virgem e que tinha dezenove anos, dois anos a mais que Vihumar. Ela era mais experiente que ele, que até então era virgem. Ele se sentiu profundamente comovido pelo amor ardente de uma mulher bela; até então ele não sabia que ela era apaixonada por ele. E também se sentia impressionado pelas palavras de fogo que corriam dos lábios de Lolita, impregnadas de perfume e sentimento. Naquela noite, ela vestia um vestido de renda e cetim vermelho, e ela estava mais sensual que os outros dias. Tinha ganhado o vestido de presente de aniversário, meses atrás, da mãe de Vihumar. Embora não tivesse festejado o aniversário, a mãe de Vihumar soube e mandou pelo filho o vestido para presenteá-la; ela ficou muito feliz. Como ele sentia atração física por Lolita, rolou entre eles, naquela noite, uma relação sexual baseada apenas na atração física que ele sentia por ela, porque o adolescente não tinha a menor intenção de começar um namoro com a irmã de Zezinho, embora ela quisesse muito mais. Após o ocorrido, Lolita foi para seu quarto e teve um sono calmo e sereno, e o seu rosto gracioso, na cama, estava ainda mais belo.

Vihumar, como era muito sincero, no dia seguinte contou tudo que se passou na noite anterior, entre ele e Lolita, para Zezinho, que ficou paralisado com a notícia, sentindo enorme ódio do amigo, muito decepcionado com os dois. Disse que ele não respeitou sua irmã na casa de seus pais e saiu furioso. Mas a zanga demorou pouco tempo, pois a amizade deles era mais forte. Na verdade, quanto mais ficavam zangados um com o outro, na mesma proporção faziam as pazes e a amizade deles ficava mais fortalecida.

Dona Laura estava ficando preocupada, porque o final do ano estava se aproximando e Vihumar ia fazer vestibular e eles queriam dar uma festa no aniversário dele. Mas, com essa situação toda de indiferença entre eles, dona Laura e sr. Maurício não sabiam o que fazer.

— Não há nada pior na vida que a indiferença. Às vezes é preferível que as pessoas tenham ódio da gente — pensava dona Laura.

Enquanto isso Lolita, irmã de Zezinho, escrevia uma poesia em seu quarto pensando em Vihumar.

Pensando em um amor proibido

I - Eu quero ser sua numa noite de lua cheia,
Onde só a lua seja testemunha
E só o tempo tenha uma alma nua.

II - Acordar ouvindo o canto dos pássaros
E vendo a mansa neblina que cobre os carros
E sentindo o teu corpo num só compasso.

III - Acreditar que aquele momento
Não foi só um envolvimento superficial,
Mas que entre nós se esconde um sentimento,
Mesmo que seja rápido como um furacão que passa,
Mas não passa sem ser percebido,
Pois deixa marcas jamais esquecidas
Em dois seres sensíveis,
Porém resguardados e prevenidos para as
Cicatrizes que o tempo, em seus corações,
Deixou e nunca apagou.

Zezinho bateu na porta e entrou no quarto de Lolita, perguntando o que ela estava fazendo. Ela mostrou a poesia ao irmão e disse que havia feito pensando em Vihumar. Zezinho lhe deu vários conselhos e disse a ela para não se iludir, pois Vihumar amava Aline e ela não teria chance. Pediu que ela o esquecesse, pois tinha sido só um momento de aventura. Ela disse que sabia de tudo aquilo e ficara daquele modo porque a mulher é sempre mais sentimental que o homem. Ela confessou para o irmão que sempre teve um amor platônico por Vihumar; como ele não dava a mínima para ela, nunca tinha comentado com ninguém, e que na noite anterior fora ele quem tomara a iniciativa, mas que apesar de ter sido dessa maneira, ela prometia ao irmão que tentaria esquecê-lo, mas acreditava que, no momento, seria mais difícil, por ele estar morando na casa deles. Zezinho concordou com a irmã e disse que a mulher deve ser mais cuidadosa que o homem em suas relações, porque elas, geralmente, sofrem mais do que eles. O homem, acreditava Zezinho, é sempre mais prático, muitas vezes segue o impulso. Mesmo assim, todos precisam ter cuidado, porque a AIDS e outras doenças sexualmente transmissíveis não estão escritas na testa de ninguém.

— Eu sei, meu irmão; a gente transou com "camisinha".

— Ah, menos mal. Fico mais aliviado.
— Aliviado por quê? Vihumar, além de seu amigo, era virgem!
— Sim, eu sei. Nesse caso eu me expressei mal. Mas não porque ele é meu amigo. Amigo também tem AIDS. Mas, sim, porque ele era virgem.

Eles lembraram juntos o que sua mãe dizia: "Cuidado, Zezinho, ande sempre com "camisinha". O homem não fica de barriga grande, mas é tão responsável quanto a mulher."

Os avós de Vihumar vieram de Salvador, pois já estava na semana do aniversário do neto, e eles queriam, antes que chegasse o dia, ter uma conversa séria com ele.

Depois de uma longa conversa com os avós, Vihumar resolveu procurar o sr. Maurício e dona Laura. Todos choraram muito, se abraçaram e se beijaram. Vihumar falou que nunca teve dúvidas do amor deles, apenas tinha ficado magoado porque não lhe contaram desde o início a verdade.

— Vocês sempre me ensinaram que mentira tem pernas curtas.
— É isso mesmo, você tem razão; sempre falamos assim mesmo.

O garoto entregou para sua mãe um poema que fez para ela, e, em seguida, passou às mãos do seu pai a que fez para ele:

Oração do filho para a mãe

Mãe!
Um ser tão sublime e suave...
Que eu seja sempre um filho compreensivo e bom,
Que me imagine no seu lugar,
Sabendo compreender suas atitudes...
Nas diversas situações...
Agindo sempre com justiça
E nunca condenando suas posições
Severas e suas falhas mais simples...
Que eu consiga entender a sua linguagem,
Ainda que pareça estranha

Que eu seja paciente e justo,
Partilhando sempre de suas alegrias
E atenuando a sua dor...
E que eu possa dizer um dia:
Obrigado, mãe,
Por ter me dado a oportunidade de existir
Observação:
"Mãe,
mesmo com os atropelos da vida moderna e as pressões da sociedade, você é um ser incansável em matéria de amar, ensinar e doar. Por isso, você merece nota 10! Eu reconheço o seu empenho e sua luta. E me sinto orgulhoso de ser seu filho, de estar sendo educado por você e estar me tornando um cidadão justo, solidário e fraterno. Que a virgem Maria sempre ilumine os seus passos e os meus também."

Depois dessa declaração de amor que fez para a mãe, chegou a vez de agradecer ao pai. Então, leu para o sr. Maurício:

Procura-se um pai

"Um pai, que antes de ser pai,
Seja amigo,
E que sendo amigo nunca se
Esqueça que é pai...
Um pai amigo para as horas certas...
Mas que certamente se fará presente
Nas horas mais incertas da minha vida,
Fazendo-me acertar.
Obrigado, Deus, por ter achado para mim o
Meu pai!"

Dona Laura chorou e abraçou o filho, e teve a certeza de que ele realmente se considerava filho dela e do sr. Maurício. Naquele momento, teve a coragem de entregar para o filho uma cartinha que havia feito para ele quando o garoto estava zangado com eles e ainda morava na casa de Zezinho. Ela tirou o papel do bolso e entregou, pedindo para ler em voz alta. Vihumar começou a leitura:

"Para você, com amor!
Meu querido,
você é meu filho e eu o amo. É simples assim. Aprendi nesse período que você estava longe da gente que quando um recém-nascido aperta com a sua pequena mão, pela primeira vez, o dedo da sua mãe e do seu pai, o agarrou para sempre. Independentemente do que tenha feito ou não, eu o amo! Dentro de você habita um espírito eterno, o qual conheço intimamente. Eu amo você. Você está nesta Terra vivendo a sua vida, tomando as suas decisões, tentando descobrir a melhor coisa a fazer e como fazer – como viver, como sobreviver – e é uma luta. Eu sei disso e compreendo, pois essa é a batalha da vida. Embora a sua vida continue e você um dia envelheça e depois morra, o seu espírito nunca envelhece. Nunca morre. O seu verdadeiro eu, que agora habita em seu corpo, viverá para sempre. É por isso que não é pelas coisas físicas, as coisas materiais deste mundo, que você deve lutar, porque um dia vai ter que deixá-las para trás. O que realmente conta são as coisas do espírito: amor, bondade, misericórdia, compreensão, generosidade. Essas são as coisas que o tornam rico – rico em espírito. Essas são as coisas que o tornam forte – forte espiritualmente. Então faça o bem. Demonstre amor. Dê amor. Ame sua família, seus amigos, seus vizinhos. Ame as pessoas que encontra. Tenha misericórdia, compaixão e seja gentil. Porque, ao compartilhar essas coisas, ao demonstrar amor, você mostra Deus aos outros. Você é meu filho adorado; um grande beijo com amor para sempre... da sua mãe que nunca o esquece... Laura."

Vihumar, não se contendo de alegria, correu para dizer aos empregados "voltei e agora não quero brigar com meus pais nunca mais". Depois, terminou a leitura, emocionado; na verdade, releu o que já havia lido, deu um beijo na testa de sua mãe; depois de todo o entendimento, ele perguntou sobre seus pais verdadeiros, apenas por curiosidade. Sr. Maurício lhe garantiu que numa determinada época, ainda quando ele era pequeno, investigou e ficou sabendo que seus pais biológicos haviam morrido em um acidente de automóvel ali em Caldas do Jorro, exatamente no dia que ele nasceu. Vihumar acreditou e deu o assunto por encerrado.

Foi buscar suas roupas e objetos pessoais na casa de Zezinho, falou para o amigo e para a família dele que seria eternamente grato pelo acolhimento no momento mais difícil de sua vida. E mais do que nunca ele confirmou o que seus pais sempre disseram: "amigo é aquele que, nos momentos mais difíceis de nossa vida, nos estende as mãos".

Esse foi um dia de muita emoção para Vihumar e para seus pais, pois nesse mesmo dia ele ficou sabendo que havia passado no vestibular que prestou em Salvador para engenharia civil, seu sonho. Estavam tão felizes que dona Laura, que procurava mais um pretexto para comemorar os 18 anos do filho, encontrou. Disse a sr. Maurício:

— Amor, você sabe que gosto muito de elaborar recepções. Gosto de estar atenta a tudo, desde os preparativos.

Ela começou a escolher o saboroso menu para seus convidados e os do seu filho. Enquanto isso, Vihumar foi para o telefone chamar os amigos para a grande festa, inclusive de despedida dele em Caldas do Jorro. Inicialmente, ia ficar o primeiro ano com os avós maternos em Salvador; depois que seus pais estruturassem tudo, também iriam viver com o filho na capital baiana.

Chegou o dia da festa, e todos os convidados compareceram. Vihumar apresentou a todos sua banda, que incluía seus pais e seu avô; as avós, que não tocavam nada, prometeram que, de vez em quando, ajudariam a cantar; ele formou o conjunto "Happy Family"(Família Feliz). Cada um tocava um instrumento. Ele tocava guitarra e, às vezes, dava uma "canja" no teclado. Os pais de Vihumar sempre acreditaram que todo adolescente que pratica um esporte e aprende a tocar algum instrumento dificilmente se envolve com drogas.

Vihumar lembrava com Zezinho que um dia, enquanto passeavam pelas ruas de Caldas do Jorro, as garotas disseram:

— Psiu!

Zezinho olhou, e as meninas disseram:

— Fofo e sexy!

Vihumar passou de volta e as meninas disseram:

— Feio e seco!

Os amigos riram lembrando o passado. Hoje Vihumar estava um rapaz bem diferente, bonito, moreno cravo e canela, cabelos cacheados, cortados baixinho, olhos bem verdes iluminando o ambiente, alto e musculoso. Lembraram-se também da brincadeira que em um dia Vihumar fez com o avô Alexandre, quando ele ainda estava vivo, obviamente, dizendo assim:

— Vô Xande, o senhor está um GTI.

O avô falou:

— Menino, olha sua vida! Está chamando seu avô de Gay da Terceira Idade?

— Que é isso, vô, claro que não; chamei o senhor de Gato da Terceira Idade.

— Ah, assim eu gostei; ainda bem, você escapou de tomar uns cascudos.

Todos riram.

Zezinho lhe disse:

— Lembra, Vihumar, quando você estava zangado com seus pais? Eu lhe dizia: Não estressa, para tudo tem jeito!

Os pais de Vihumar vão passando e ele diz:

— Eu quero falar pra vocês uma coisa.

— Diga, meu filho.

— O que eu gosto em vocês são os detalhes.

— Quais?

— Todos!

Eles se abraçaram. Dona Laura, chorosa, disse:

— Toda lição só vêm da experiência.

— Hoje é um dia de muita alegria, vamos deixar de choro — complementou o sr. Maurício

Dona Laura enxugou as lágrimas e disse:

— Vem ver uma coisa, meu filho!

— O que, mamãe?

— Olhe para frente da nossa casa.

— Ah, que faixa linda!

— Leia.

"Vihumar: Parabéns! Felicidades! Você é o nosso maior tesouro!".

— Muito obrigado, eu já sei que sou tudo isso há muito tempo.

— Convencido — disse dona Laura.

— Meu filho, nunca se esqueça: "para conseguir vencer é preciso pensar em todos os cenários possíveis para evitar surpresas desagradáveis. Assim, se consegue antecipar as mudanças, diminuir as incertezas e prever um pouco o futuro. Só com um bom planejamento não seremos pegos de surpresa, e, se formos, estaremos prontos para dar uma resposta rápida" — disse ao filho o sr. Maurício.

— Está bem, papai, captei sua mensagem.

— Vamos tocar mais um pouco; depois vamos dançar; eu com sua mãe, e você com Aline. Afinal, está chegando a hora de se despedir dela.

— Ah, pai, não me fale isso! Já estou ficando com o coração apertado.

— Vihumar, meu filho, nunca esqueça: "Tudo muda sempre, nada será do jeito que foi um dia, tudo passa, pode demorar, mas que muda, muda. A vida vem em ondas, como o mar", Vihumar. E digo mais: "o amor permite conviver com o diferente, o que enriquece ambas as partes por meio da troca de experiências. Não devemos ter medo dos confrontos... Mas sugiro que deixemos explodir toda a nossa doçura". "Lembrando que a vida é tão curta e a tarefa de vivê-la é tão difícil que, quando começamos a aprendê-la, já é hora de partir... Sigamos na certeza de que tudo passa..."

As amigas de dona Laura comentavam ao vê-la passando pela sala:

— Ela é esplendorosa, uma pessoa de extremo bom gosto.

Vihumar se aproximou de Aline e disse:

— Meu amor, estou indo estudar em Salvador; infelizmente você, desta vez, não passou no vestibular, logo, terá de continuar estudando para atingir seu objetivo. Mas tenha certeza de que não irei esquecê-la. Levo você comigo, dentro do meu coração. Vou estudar, trabalhar para, um dia, se resolver me casar, espero que ainda pense como hoje, será com você. Pois acho que você é a mulher da minha vida. Foi muito bom naquele dia você não ter me deixado entrar em seu quarto. O sabor da espera torna mais importante a conquista. Além do mais, somos muito jovens ainda. Vamos dar tempo ao tempo. Se estivermos predestinados um para o outro, mais cedo ou mais tarde vai acontecer a nossa união. E, com certeza, será num momento muito especial para nós dois.

Família: arquivo confidencial *

Eles se beijaram longamente, e Vihumar terminou a noite feliz e ansioso com a nova vida que o esperava, com um certo medo do desconhecido, porém animado e confiante de que tudo daria certo. Acreditava que o que mentalizamos, acabamos materializando. Aprendeu que a "frustração é importante para o processo de formação da personalidade. Quem não aprende a lidar com perdas e frustrações nunca irá amadurecer". Percebeu também que ele podia ser somente uma pessoa para o mundo, mas, ele era o mundo para alguma pessoa. Depois de tudo que passou, procurou manter os que amava sempre junto dele, dizendo-lhes sempre ao ouvido o quanto precisava deles e quanto os queria bem. E sempre tratava todos com gentileza, e dizia sempre: "perdoe-me", "por favor", "obrigado" e todas as palavras de amor que conhecia.

Ninguém é igual a ninguém, e ninguém é perfeito. A vida nos oferece situações com as quais podemos lidar, conforme aprendemos a conviver com elas. É assim que a vida funciona. Não conseguimos mudar o que não conseguimos encarar. Por isso, "onde quer que você se encontre, é exatamente onde precisa estar naquele momento".

FIM

INFORMAÇÕES SOBRE NOSSAS PUBLICAÇÕES
E ÚLTIMOS LANÇAMENTOS

Cadastre-se no site:

www.novoseculo.com.br

e receba mensalmente nosso boletim eletrônico.